LA CLAUSURA

ROBERT LOVELLE ROOKS

Cierre o necesidad de cierre (NFC) (utilizados indistintamente con necesidad de cierre cognitivo (NFCC) son términos psicológicos sociales que describen el deseo de un individuo de obtener una respuesta firme a una pregunta y una aversión hacia la ambigüedad.

First edition 2023

Cierre o necesidad de cierre (NFC) (utilizados indistintamente con necesidad de cierre cognitivo (NFCC) son términos psicológicos sociales que describen el deseo de un individuo de obtener una respuesta firme a una pregunta y una aversión hacia la ambigüedad.

Dedicado

Dedicado a mis hijas Aniyah, Jaidyn y Olivia. Aunque mi primera esperanza es que nunca lo experimenten, que sus corazones se curen de cualquier angustia que puedan sufrir...

Prólogo

"SÓLO QUERÍA SABER POR qué". Daniella se detuvo y miró a su alrededor antes de continuar: "Probablemente me mirarías y pensarías que estoy loca". Daniella hizo una pausa mientras se reía ligeramente. "Incluso me siento como una loca cuando lo recuerdo".

Daniella suspiró, luego apagó su colilla de Paul Mall Orange King en la suela de su zapato y la arrojó sobre la cubierta por encima del hombro. Un hombre vestido completamente de blanco, incluidos sus zapatos ortopédicos, se acercó corriendo desde donde estaba, justo fuera del alcance de sus oídos, para tomar la colilla. La sostuvo en la mano y luego volvió corriendo a su puesto.

"¡Incluso esto! ¡Humo! Soy una maldita nutricionista, ¡Por el amor de Dios!" Se rio histéricamente. "Es sólo que... ¡No creo que ellos, los hombres, en general, entiendan cómo nos afectan a veces sus acciones! Y en este caso, realmente... realmente necesitaba entenderlo. Y necesitaba que ellos entendieran. Mi tiempo. Mi dinero. Mi hogar, mi amor y mi familia-". Una sola lágrima cayó repentinamente del ojo de Daniella mientras fruncía los labios y arrugaba la frente, intentando continuar imperturbable. "¡Mi corazón! ¡Todos son valiosos!"

Las olas creaban un telón de fondo rítmico y contrastado con los sentimientos de Daniella. El sol, sin nubes ni neblina, brillaba sobre el Alma de Eska de tal forma que uno sentía que sus dudas y preocupaciones se derretían. Daniella llevaba ese día uno de sus típicos vestidos de verano, naranja, que le llegaba hasta los tobillos, donde sólo se veían sus zapatillas de ducha de noventa y nueve céntimos y las uñas de los pies pintadas en naranja. El sombrero de sol blanco más grande y holgado que jamás se hubiera visto en alguien menor de cincuenta años cubría sus gafas de sol Cartier. Y esas gafas de sol, casi cubrían sus ojos, que, aunque eran hermosos, parecían vacíos, perdidos, capaces de contar toda una vida de tristeza en una sola mirada.

"Sólo quería saber por qué".

Parte I

Amos

1

"¡MUY BIEN, MAMÁ, NOS vemos este fin de semana! ¡Te amo, papá!" gritó Daniella por encima del hombro mientras cerraba la puerta mosquitera de la casa de sus padres, una casa que Daniella conocía de toda la vida como su hogar.

Los Cartwright habían sido propietarios de esta casa durante generaciones. Era una casa de estilo renacentista griego de 1886 situada entre Kennessaw y Marrietta, más conocida como el condado de Cobb, Georgia. La riqueza de su familia había superado el valor monetario de esta casa, pero en ese momento era más bien un patrimonio. El Sr. y la Sra. Cartwright nunca vieron la razón de trasladarse permanentemente a ninguna de sus otras propiedades. Éste era su hogar.

Mientras caminaba con paso ágil por el patio hacia el camino de entrada en sus pantalones cortos favoritos y una camiseta de tirantes, Daniella miró a su derecha y recordó el viejo columpio en el lado oeste de su finca. Recordó cuando andaba con sus primas en su propiedad densamente arbolada con largos vestidos blancos, medias blancas y trenzas de coletas en días cálidos de principios de verano, días muy parecidos a éste. No había ni un solo recuerdo triste de su infancia.

Cuando llegó a su coche, un Audi A4 plateado de 2015 que acababa de comprar por su cuenta unas semanas antes, le dolían las mejillas de tanto sonreír al recordar tiempos pasados. Aunque seguía siendo grande, la mansión no le parecía tan grande como cuando era pequeña.

Daniella miró su coche mientras sujetaba el asa de la puerta, sonriendo aún ante el primer vehículo que se había comprado sin la ayuda de sus padres: una ocasión monumental para ella. Mientras sus primos, tíos y tías ya mayores y otros amigos y familiares -algunos sutilmente y otros no tanto- tendían la mano a los Cartwright, Daniella se propuso hacer las cosas de forma independiente siempre que fuera posible. El Sr. Cartwright hizo fotos de su "pequeña Azalea" y su "Audi bebé", como bromeó cuando ella trajo el coche a casa por primera vez desde el concesionario. Los padres de Daniella estaban orgullosos de ella. Ella estaba orgullosa de sí misma.

Ni un segundo después de encender el coche, su teléfono sonó a través del sistema multimedia Bluetooth del vehículo. Daniella aún estaba intentando averiguar cómo manejarlo; su último coche no disponía de esa función.

"¡Cariño! ¿Cariño?" gritó Daniella al aire, mientras sacaba a tientas el teléfono de su bolso Tory Burch.

"Hola, Dani. ¿Vas de camino al trabajo?" preguntó Amos.

"Sí, cariño, puedo decir que estás afeitando a alguien ahora mismo", se rio Daniella.

"Sí, sí, lo sé, estoy trabajando en conseguir unas maquinillas más silenciosas. Esas cosas son caras, ¿Sabes?" contestó Amos como si fuera una rutina.

"¡No!" Daniella sabía lo que su novio estaba insinuando. Ella siempre quiso que él tuviera lo mejor, en su vida personal y profesional. No habría sido la primera vez que ella le sugería amablemente a Amos que mejorara su equipo. "Me doy cuenta de que ahora mismo tienes el teléfono metido entre el hombro y la oreja", dijo Daniella mientras se alejaba de la mansión de los Cartwright.

"Oh, vaya. Eso roza lo espeluznante".

"Cállate", se rio Daniella.

"Pero tienes razón. Como siempre, nena. ¿Nos vemos esta noche?"

"¡Por supuesto! Sólo tengo que asegurarme de quedarme en Trefo lo suficiente para firmar por ese cargamento de Odwalla antes de irme esta tarde y estaré en camino, nena."

"Genial. Nos vemos entonces. Te quiero."

"Yo también te quiero."

2

"VEO QUE SIGUES TONTEANDO con esas nenas blancas", dijo el cliente de la silla de Amos, con una barba enorme y una camiseta de Black Lives Matter, haciendo referencia a la imagen de fondo que aparecía en la pantalla del móvil de Amos, ahora iluminada. Lo miró de soslayo, manteniendo la cabeza quieta ante el riesgo de que la maquinilla se acercara demasiado.

"Hermano, me estás irritando", dijo Amos, frotándose la frente. "¿Por qué miras mi teléfono de todos modos?"

"Sólo digo, hermano. ¿No has visto esa película 'Obsesionada'? ¿Con la hermosura de Beyonce? ¿Salió hace unos años?"

"¡Whoowoo!" Exclamó un cliente sentado en la sala de espera. "¡Todavía tengo pesadillas con esa película! ¡Rompí con mi chica cuando vi esa mierda!"

"Espera, llevas tiempo viniendo aquí, playboy. Nunca te he visto con una nena blanca", dijo Amos.

"No, no era blanca. Sólo tenía la piel muy clara. Me imaginé que era lo suficientemente similar, ¡Así que dejé ir a la zorra!"

Todos en la barbería se rieron. Incluido Amos. Abrió King Kutz a los veintinueve años. Desde entonces, la barbería en un escaparate de Eastpoint se había convertido en su corazón y su alma.

Compartía una puerta, que normalmente permanecía abierta, con un salón de belleza vecino; él y la mujer propietaria compartían el alquiler del inmueble y colaboraban a menudo cuando era oportuno.

Tres años antes había obtenido el G.E.D. y la licencia de peluquero en el Atlanta Technical College. Después consiguió un préstamo para el negocio con la ayuda de Daniella, cuando se conocieron en el centro comercial Lenox Mall, donde se encontraba su tienda de alimentos saludables, un quiosco que por aquel entonces servía sobre todo bebidas saludables.

Headmaster's, una barbería del centro comercial fue el primer lugar donde Amos trabajó después de recibir su licencia. Un día, después del trabajo, vio a Daniella sirviendo batidos. Sabía que ella era la encargada porque nunca llevaba el uniforme como los demás trabajadores. Se miraron con frecuencia en los días previos a su primer encuentro. Amos le compró un batido, sin saber ni importarle de que era. Sólo pensó que era una buena forma de acercarse a ella. Coqueteó y la hizo sonreír durante la transacción. Pensó entonces que le encantaría verla sonreír más a menudo. Hizo su jugada y se marchó con un gran batido de chocolate con infusión de proteínas y el número de teléfono de Daniella.

"¡Mejor ten cuidado, Amos! Esas nenas blancas no son ninguna broma". dijo el cliente sentado de Amos después de que se calmara la conmoción. "¡Te van a joder!"

"Mhmm," dijo un colega peluquero llamado Magic, apuntando con sus tijeras a Amos.

"Tienen que tranquilizarse", dijo Amos con seriedad, pero aún con una sonrisa en la cara.

Con su 1,80 de estatura, su tez color moca y su complexión mediana, Amos siempre recibía cierto respeto de casi todos los que le rodeaban. Sus modales suaves y tranquilos también ayudaban a su estatura en todos sus tratos. "Si no fuera por esa nena blanca aún estaría en Lenox, pagando el alquiler de la cabina. Y ninguno de vosotros ni siquiera estaría aquí".

3

"No, CARIÑO. EN REALIDAD, no bebo Starbucks; sólo trabajo aquí. En realidad, no me gusta el café en absoluto", dijo Louis entre sorbos de un vaso de agua helada.

"Ah, vale. Pero seguro que conoces a muchos chicos guapos trabajando aquí". Preguntó la nena de la camiseta azul lisa en la que se leía "G.T.".

"¿Por qué crees que me interesa conocer chicos?". Louis miró a la nena aleatoria que insistía en molestarlo en su descanso.

"Oh. Em. Caramba. Lo siento mucho; no tenía ni idea de por qué supuse que eras gay. No quería insinuar nada". La nena al azar extendió las manos delante de ella, empujando el aire entre ellas.

"No pasa nada, me pasa todo el tiempo. Si te hace sentir mejor, conozco a muchos hombres aquí y en todos los sitios a los que voy. También a mujeres. Sinceramente, pensaba que eras guapa hasta que..." El iPhone de Louis hizo sonar su característico timbre desde su bolsillo trasero. Tiró su taza, ahora vacía, a la papelera en la que estaba apoyado.

"Hola, Yella. ¿Qué tal? Espera". Louis volvió a desviar su atención hacia la nena al azar que seguía allí de pie con su café con leche triple, venti, de soja y sin grasa, que él mismo le sirvió.

"Ya puedes irte, adiós", consiguió decirle Louis de forma asombrosamente educada mientras se dirigía hacia la puerta trasera de su local y volvía a centrar su atención en el teléfono. "¿Qué tal? ¿Qué hacemos esta noche?"

"Espera, ¿Con quién estabas hablando hace un momento?" preguntó Daniella por teléfono.

"Uf, sólo con una solitaria cualquiera de Georgia Tech".

"Oh, ¿Era guapa?" Daniella sonrió.

"Vale, puedo decir que estás sonriendo, en primer lugar, y, en segundo lugar, ¡Sí! Era muy guapa, pero asumió que yo era gay y simplemente no pude con ella".

"Claro, cariño... ¿Pero eres gay?". Daniella se rio entre dientes.

"Cariño, ¡¿Cuántas veces tenemos que repasar esto?!". Louis suspiró, sentándose en un taburete junto a la puerta trasera del edificio. La zona olía fatal, debido a que los empleados la utilizaban para fumar, el contenedor sin tapa estaba justo al otro lado de la puerta y, al parecer, a los vagabundos y a los borrachos les encantaba utilizar la zona como baño por la noche. "No soy gay".

"¡Cariño, tirarte a una mujer al azar de vez en cuando no te convierte en hetero!" dijo Daniella riéndose a carcajadas en ese momento.

"Tampoco he dicho nunca que sea hetero".

"Cierto, pero odias el concepto de la bisexualidad. Los has llamado idiotas confundidos y codiciosos que no saben lo que quieren. Tengo el mensaje de texto guardado en mi teléfono".

"Yella, lo sé... zorra. ¿Por qué me has llamado?" Louis puso los ojos en blanco.

"Lo siento, sabes que tengo que molestarte, mi amor-"

"Sí, sí. Ya lo sé. ¿Qué quieres? ¿Vamos a salir esta noche? ¡La Ópera de Atlanta va a estar a reventar esta noche! ¡Lo sé!" Louis bailaba consigo mismo mientras hablaba.

"¡Estoy seguro de que así será! ¡Lleno de ti y de todos tus fabulosos amigos de Midtown! Pero Amos y yo tenemos una cita esta noche. ¿Quizá mañana?

"Aw, ¿Tú y el barberito van a salir esta noche? ¿Te va a llevar a cenar a la luz de las velas a Chick-Fil-A?"

"¡Dios mío! ¡Ojalá!" dijo Daniella sarcásticamente después de un jadeo intencionado. "Sólo llamé para ver si podías ir a ver a Eska".

"Espera... ¿No estuviste anoche en casa de tus padres?"

"Sí, ¿Por qué?"

"¿Así que vas a llevar tu apestoso trasero a una cita con tu novio después de estar todo el día en el trabajo sin ducharte ni cambiarte de ropa? ¡Eres tan desagradable!"

"¡Louis!" Daniella soltó una enorme carcajada y no pudo parar de reír durante casi un minuto entero. "¡Eres tan estúpido! ¡Yo no apesto! Simplemente... me ducharé en su casa", dijo Daniella sugestivamente después de calmarse por fin.

"Oh, vale. Ya veo lo que estás haciendo, pequeña zorra. No hay problema. Sabes que haré cualquier cosa por ti y por ese estúpido perro callejero. Lo tengo, boo". Dijo Louis sonriendo, abriendo finalmente la puerta trasera que llevaba a la parte de atrás del bar.

"Gracias, cariño. Hasta luego".

4

"CAN'T FEEL MY FACE", de The Weekend sonaba a un volumen generoso por el sistema de altavoces inalámbricos del interior de Trefo, la tienda de alimentos saludables de Daniella, convenientemente situada dentro del centro comercial Lenox Square, en la parte norte de Atlanta. Su tienda había recorrido un largo camino desde sus humildes comienzos como un puesto de batidos en medio del paseo, situado entre un banco de sillones de masaje y un quiosco de accesorios para teléfonos móviles.

"Tengo un..." Clarissa se aferró a la última palabra mientras se detenía a leer la etiqueta de la taza, "¡Un batido de tarta de zanahoria para Jacob! Y un rico chocolate oscuro para Isaías".

"Gracias."

"Gracias, señora".

"¡Oh, Isaías! ¡Un rico chocolate oscuro! ¡Ay!" exclamó Clarissa justo antes de ver a Daniella entrar en la gran entrada de la tienda. Clarissa se quedó de pie, con la boca abierta intentando evitar el contacto visual.

Daniella observó al hombre salir de su tienda. Sacudía la cabeza y sonreía mientras clavaba los ojos en Daniella. No era anormalmente alto, sin embargo, era un hombre moreno, guapo y bien vestido, pensó Daniella. Llevaba unos pantalones azules que se rompían justo por encima del tobillo para mostrar unos calcetines de vestir y unos Oxford brillantes. Encima llevaba una camisa azul claro entallada y abotonada hasta arriba. Tenía grandes bíceps y un trasero a juego. Pero, aun así, como mujer tomada y gerente, miró a su empleada, que ahora se sonrojaba, dispuesta a ser la jefa que era.

"Clarissa-" Daniella empezó, sobre un suspiro.

"Lo siento, jefa. Sé que ha sido poco profesional. Pero, ¡Vamos! ¿Lo has visto?" dijo Clarissa, intentando quitarse discretamente el chicle de la boca.

"¿En serio?" Daniella cambió de postura y pasó su bolso del hombro a la mano.

"¡Jefa, lo siento! Puedo hacerlo mejor. Se lo prometo".

"¡Deja de coquetear con los clientes!" le exigió Daniella en voz baja.

"Sí, señora", dijo Clarissa seriamente, con una sonrisa en la cara que hacía que toda su actitud pareciera sarcástica.

"Y deja de mascar chicle delante de nuestros clientes".

"Sí, señora", dijo Clarissa, aun sonriendo.

"Se llama integridad. Tienes que comportarte siempre de la misma manera. Esté yo en la tienda o no". Daniella levantó un poco la voz, mientras se acercaba al mostrador de batidos que estaba justo dentro de la entrada y a un lado. Junto a él, había un par de expositores abiertos y fríos. Uno era para bebidas embotelladas y saludables de franquicia, como agua vitaminada, Zumo Naked y Bolthouse. El otro era sólo para agua embotellada. Sólo agua de grandes marcas como FIJI, Evian y Smart Water. "¿Puedes con eso, Clarissa? Realmente no tengo ningún problema con que disfrutes de tu trabajo, pero... el coqueteo. Tiene que parar, si es espeluznante cuando nos lo hacen los hombres, debe ser igual para nosotras".

"¿Pero realmente lo es?"

"Sí- Oh Dios mío. No puedo creer que te haya contratado aquí". Daniella empezó a alejarse de su joven, divertida y pechugona prima pelirroja Clarissa.

"¡No lo dices en serio! ¡Trefo no sería lo mismo sin mí!" gritó Clarissa, limpiándose las manos en su delantal azul marino, largo hasta los muslos, que lucía el logotipo de la Compañía.

"Sí, yo no estaría a punto de ser demandada por acoso sexual sin ti, querida. Gracias", dijo Daniella, deteniéndose a tomar algo del suelo.

"Por cierto, ¿Qué significa Trefo? Alguien me lo preguntó hoy y le dije que era 'tres hombres' en español, pero estoy segura de que no es correcto".

"Que me jodan", susurró Daniella para sí misma con la cabeza gacha. "Es griego, significa 'Nutrir'. Te lo dije cuando te di el trabajo". gritó Daniella a sus espaldas mientras caminaba de vuelta a su despacho.

"¡Quizás lo hiciste!" empezó Clarissa en voz alta, luego en voz baja continuó: "Y tal vez estaba colocada ese día- ¡Oh hola! ¡Bienvenida a Trefo! ¿Le gustaría probar hoy nuestro batido de manzana crujiente?"

5

"VALE, DÉJAME BUSCARLO EN Google".

"Por favor, hazlo, porque no sabía lo que significaba la palabra antes de la película, y seguro que no lo sé después de ver esa mierda". Amos abrió la puerta trasera del pasajero de su Lyft para Daniella fuera del cine.

"Bien, aquí está". Daniella entró en el coche, acercándose para sentarse detrás del conductor. "Revenant: Una persona que ha regresado, supuestamente de entre los muertos", leyó Daniella después de que Amos entrara en el coche y cerrara la puerta tras de sí.

"Oh. Bueno sí, supongo que ahora tiene sentido". Dijo mirando a Daniella. Ella soltó una risita y le besó ligeramente en la boca. "¿A dónde vamos de todos modos? ¿A tu casa o a la mía?" Preguntó Amos con la mano en la pierna de Daniella.

"A la tuya". Daniella sonrió.

"Maldita sea, esperaba que dijeras la tuya, así podríamos relajarnos junto a la chimenea".

"Sabes, a veces pienso que ésa es la única razón por la que vienes". Daniella le dio un codazo en el hombro a Amos. "¡Nunca muestras ningún interés en visitarnos más que esa maldita chimenea!"

"Eso no es cierto, nena. Muestro interés por tu chimenea". Amos besó la frente de Daniella. "Yo muestro interés por tu despensa". Amos volvió a besar la frente de Daniella. "Y, muestro un serio interés por tu cama". Otro beso en la frente.

"Es una cama bonita, ¿Verdad?" Daniella, aún sonriente, levantó la vista para recibir esta vez su beso en los labios. "De todas formas, no hace suficiente frío para la chimenea".

A Daniella le encantaba Atlanta. Cada parte de ella. Al menos cada parte de ella que ella había visto, en cualquier caso. Su conductor de Lyft llevó a la pareja, ambos aún con lo que llevaban para trabajar, desde el cine hasta el apartamento de Amos en East Point por la IH-85, cinco millas por hora por debajo del límite de velocidad. Daniella mantuvo su mano en la de Amos mientras notaba las frecuentes miradas del conductor por el retrovisor. Aunque amaba su ciudad, no se le escapaba que no a todo el mundo le gustaba verlos juntos. Amos siempre parecía ajeno a ello, pero Daniella lo notaba con bastante frecuencia. No podía precisar cuál era exactamente el problema cuando estaba con él. Sentía que era lo suficientemente atractiva, pero nadie la miraba así cuando estaba sola. Era un tipo de mirada diferente. No le molestaba, porque en realidad sólo le importaba si su diferencia de color de piel le importaba a Amos. Obviamente no lo hacía o, al menos, él nunca sacaba el tema ni lo mostraba. Y se sentía segura con él. Fueran donde fueran, Amos se comportaba con la suficiente confianza como para que Daniella supiera, o al menos sintiera, que la protegería por si acaso esas miradas se convertían en acciones algún día.

"Sinceramente", empezó Amos, mientras Daniella entraba en su apartamento. "Aunque esa película fue estúpida".

"Yo tampoco puedo decir que sea un fan, cariño". Daniella puso su bolso en el sofá. "¿Necesito recordarte que fue idea tuya?", terminó Daniella sobre un suspiro, mientras rodeaba lentamente el cuello de Amos con sus brazos.

"No cariño, no". Amos tiró de Daniella por la cintura. "No hace falta que me lo recuerdes. Pero me gusta Tom Hardy".

6

"Zorra, si no contestas este maldito teléfono...", dijo Louis con severidad, pero sin gritar, en el buzón de voz de Daniella.

Louis había estado parado fuera de la casa de Daniella durante unos buenos veinte minutos antes de poder contactar con su querida amiga.

"¡Juro por DIOS que, si no me das una llave de esta casa, empezaré a dejar que este perro se mee por toda tu alfombra!". exclamó Louis mientras estaba de pie frente al teclado montado en el umbral del garaje.

"¡Ay cariño, lo siento! ¿Olvidaste el código otra vez?"

"Esta zorra..." Louis puso los ojos en blanco.

"¡Es 9012! ¡Te lo digo casi todas las semanas! Es más, te lo voy a mandar por SMS, cariño. ¿DE ACUERDO?" dijo Daniella con tono preocupado.

"¡Tenías que adelantarte y mandarme un maldito mensaje de texto con la clave!" dijo Louis justo antes de que Daniella se riera. "¿Sabes qué? Sólo por eso, me beberé una botella entera de tu vino y dormiré en tu cama", dijo Louis mientras la puerta del garaje se abría sigilosamente.

"¿En qué se diferencia esto exactamente de todas las otras veces que vas a mi casa sin mí?". dijo Daniella riéndose de las cosquillas que le hacía Amos.

"Dios mío, ¿Están haciendo el...?" Louis se detuvo a mitad de la frase para emitir ruidosos sonidos de vómito a través del teléfono antes de colgar.

Louis dejó su mochila en el suelo dentro de la entrada a la casa desde el garaje una vez que se aseguró de que la puerta del garaje estaba cerrada.

"¡Eh, nena!" Eska corrió hacia Louis ladrando alegremente, erguida sobre sus patas traseras y dándole zarpazos en las rodillas.

Eska, la Toy Poodle de pelaje color marfil que los padres de Daniella le regalaron por sus dulces dieciséis años, era básicamente su prima favorita de cuatro patas. Trataba a su perrita como a una niña, siguiendo todas las recomendaciones que encontraba desde que Eska era un cachorro. Cuatro comidas al día cuando la tuvo por primera vez. Tres comidas al día hasta que Eska cumplió seis meses. Dos comidas al día durante los últimos nueve años. Se aseguró de que Eska saliera a pasear diariamente durante treinta minutos. Eska siempre fue cepillada profesionalmente dos veces al mes mientras

Daniella aún vivía con sus padres, y continuó con esta práctica incluso después de mudarse.

Louis tiró del arnés de Eska y le puso la correa a juego. El arnés de Eska estaba personalizado con su nombre en mayúsculas y en negrita, junto con el de Daniella, su número de teléfono debajo en una fuente mucho más pequeña, pero aún legible.

"Vamos, saquemos tu mimado trasero fuera".

7

"Cariño, ¿Estás despierto?" preguntó Evelyn, tumbada de espaldas a la derecha de su marido desde hacía treinta y ocho años.

"Sí", respondió secamente Jameson tras un largo momento de pausa. "Ya sabes que últimamente no duermo con regularidad."

Evelyn se tumbó a la derecha de Jameson, como había hecho durante casi cuatro décadas. Sus posiciones para dormir nunca cambiaban, pero sus camas, por supuesto, sí. En realidad, en su cama de masaje Sealy Hybrid split king, Jameson estaba acostado con su cuerpo vuelto hacia su inquisitiva esposa.

"¿Y bien? Vamos, dime qué te pasa". Evelyn cerró su ejemplar de Confiesa de Colleen Hoover, su autora favorita, sobre el edredón y puso una mano sobre el hombro derecho de su marido. "Has estado bastante callado desde que Dani se fue".

Jameson suspiró tras otra larga pausa.

"Le gusta mucho ese... chico suyo. ¿No es así? ¿Cómo se llama?" Jameson se volvió finalmente para mirar a su mujer.

"Amos, cariño".

"Sí, Amos. Es de lo único que habla. Cuando no está en Trefo, está con él", continuó, gesticulando con las manos hacia ninguna parte.

"Bueno, cariño, así es más o menos estar en una relación. Sólo hablaba de ti cuando empezaste a cortejarme". Empezó a sonreír mientras intentaba atrapar sus ojos con los suyos. "Sigue sin cambiar mucho con los años".

"Eso es diferente, Evelyn".

"¿En qué sentido?" preguntó Evelyn rápidamente. "¿Porque es...?". Evelyn se dio unos golpecitos intensos con la mano izquierda en el brazo derecho.

"¡Bueno, eso es definitivamente una gran parte de ello!" respondió Jameson con la misma rapidez.

"¡Oh, Dios! Jameson, ¡Nunca en toda mi vida había oído que te disgustara la gente de color!". dijo Evelyn inocentemente, sorprendida.

"No me disgusta la gente de color, Evelyn. No seas ridícula. ¡Estoy preocupado por nuestra hija! ¡Por toda la basura blanca y la policía racista que hay ahí fuera! ¿Qué pasará cuando Daniella esté con él en un control de tráfico y algún policía de gatillo fácil la hiera accidentalmente? O peor aún, ¡Lo haga a propósito por estar con un hombre de color en primer lugar!". Se hizo el silencio en la habitación durante unos instantes. "Y cariño, no les llames 'de color'".

"Lo siento. Ya sabes lo que quiero decir", dijo Evelyn con desdén. "De cualquier forma, Dani es adulta. No hay nada que diga que la tragedia no pueda llegarnos a cualquiera de nosotros en cualquier momento, Jameson. Tanto si salimos dentro como fuera de nuestra raza. Deberíamos pensar bien en nuestra hija y en su futuro con este chico, si eso es lo que quiere". Evelyn se acomodó en posición de sueño. "Y tú no deberías estar todo el día dándole vueltas al asunto. El hecho es que Dani es tu niña. Tu 'pequeña Azalea'; no quieres que salga con nadie, es mi suposición". Evelyn cerró los ojos.

Jameson miró a su mujer y sonrió. Alargó la mano para apagar la lámpara antigua de su mesilla de noche de caoba. Siguió el ejemplo de su mujer tras un largo suspiro.

8

Mientras Amos roncaba suavemente a su lado, Daniella se miraba las uñas de los dedos de las manos y de los pies al mismo tiempo que se sentaba en su cama Malm de tamaño queen. Daniella recordaba los nombres suecos, no sus significados, de los muebles que compraron juntos en IKEA para el apartamento de Amos. Él no tenía casi nada cuando se conocieron. Ella le ayudó a elegir, e incluso a pagar, todos los muebles que ahora tenía, desde la cama hasta el mueble Malsjo para la televisión de su dormitorio. Encima de ese soporte había un televisor LG de cuarenta y seis pulgadas que ella también le ayudó a elegir. First 48, uno de los programas favoritos de Daniella sirvió como ruido de fondo mientras reflexionaba sobre lo que haría a continuación después del sencillo diseño de puntas francesas que había lucido durante la última semana más o menos. Visitaba Fashion Nail Spa n° 1 cada dos semanas, convenientemente situado al final de la calle de su casa en Sandy Springs. Lee y Q, las artistas de uñas se peleaban por ella cada vez que venía. Ambas hacían un trabajo igual de fantástico en sus uñas. Ambas adoraban a Daniella porque tenía unos pies preciosos y se inclinaba bien. Sus palabras. Daniella incluso intentó aprender algo de vietnamita para poder charlar con ellos en su lengua materna. Ellos lo apreciaban. A veces Louis la acompañaba para hacerse la pedicura o simplemente para molestarla. Sonrió mientras pensaba en el hecho de que a Louis sólo le gustaba que le frotaran los pies.

Quizá una punta francesa arco iris ombre... pensó Daniella.

Amos se revolvió junto a ella.

"Shh", Daniella se acercó para frotar la cabeza de su hombre, "Vuelve a dormirte, cariño".

Siguió mirándole y frotándole suavemente la cabeza, riéndose en voz baja al ver cómo él acababa de sonreír y se acomodaba de nuevo en su sueño. Daniella no podía pensar en otra cosa que prefiriera estar haciendo. En cualquier otro lugar en el que prefiriera estar. Sus ronquidos volvieron.

Durante un rato, se sentó y pensó en Amos. Cuánto tiempo llevaban juntos, lo feliz que era con él y cuándo su relación pasaría al siguiente nivel. Amos mencionaba a menudo lo mucho que le gustaba el hecho de que ella no le presionara para hacer cosas. Su relación había progresado gradual y orgánicamente hasta donde estaba ahora. Aunque ella pensaba en ello todo el tiempo, simplemente lo dejaba pasar, permitía que Amos fuera quien era y que la relación fuera por donde debía ir. Él era el hombre. Haría lo correcto cuando se sintiera obligado, pensó ella. Hasta entonces,

cuando mirara su mano, no vería metal y piedra; por ahora,
sólo puntas francesas ombre arco iris.

9

"¿SABES QUÉ? NO ME agradas".

"Cariño, lo siento, sabes que te quiero, pero ahora mismo me pareces gay". respondió Clarissa, aplicándose cuidadosamente la sombra de ojos en el asiento trasero.

"¡Vale, ves esto es lo que está mal en nuestra sociedad ahora mismo! ¿Cómo demonios pueden alguien parecer gay?" La atención de Louis fue rápidamente desviada por la risa ahogada del conductor que provenía del asiento delantero. "¿De qué demonios te ríes, Mustafá?"

"¡Louis!" Clarissa dejó caer las manos a su regazo sorprendida, aun sosteniendo su polvera y su cepillo.

"Lo siento, señora, yo..."

"¡Señora!" Louis miró a un lado y a otro de la conductora a su ahora risueña amiga como si intentara averiguar a quién regañar primero. "¡Ves por esto es que tomo Lyft, UBER simplemente contrata a cualquiera!" Clarissa siguió riendo, mientras el conductor de UBER permanecía en silencio y conducía lentamente. "¿Sabe qué? Estamos lo suficientemente cerca, ¡Déjanos salir!"

"Estás alucinando", contestó Clarissa, todavía afanándose con su maquillaje.

"De todas formas veo a Daniella justo ahí; puedes terminar tu cara de payaso cuando lleguemos".

El conductor del UBER paró delante del Hospital Emory. Todavía arreglándoselas para retocarse el maquillaje, Clarissa siguió a Louis fuera del Uber y hasta la acera frente al hospital.

"Y, por cierto, Mustafá. Soy un hombre, cariño". Louis cerró la puerta de golpe y se quedó de pie con el puño cerrado como un niño enfadado. "¡Y tú!"

"¡Qué!" Clarissa, que seguía sin desconcentrarse, contestó a su enfadado amigo.

"¡Pues tú pareces una zorra!" gritó Louis, mientras empezaba a cruzar la calle descuidadamente.

"¿Estás...?" dijo Clarissa tras un grito ahogado. "En primer lugar, ¿Por qué crees que me ofendería por eso?". Finalmente volvió a guardar sus artículos de belleza en su sencilla bandolera negra y pisó la calle con sus sandalias negras de cuña detrás de Louis. "¡Sólo estás diciendo que parezco una mujer por la que los hombres pagarían un buen dinero por su tiempo! Me lo tomo como un cumplido".

"Por supuesto que sí", se burló Louis.

"En segundo lugar, como persona gay, ¿Por qué crees que es malo parecer gay? No lo entiendo".

"Zorra. No soy ¡Gay! Y no hay una forma específica de parecer gay". Finalmente llegaron al otro lado de la calle Peachtree.

"Lo siento, cariño. Si los heteros tienen pinta, los gays también".

"Dios, me caes mal".

"No sé en lo que me estoy metiendo y lo odio, pero tengo que preguntar..."

"¡Hola, amiguita!" enfatizó Louis mientras miraba lascivamente a Clarissa. "¡Me gustan tus uñas!"

"¡Gracias! ¡Pero ya las has visto! Tengo que volver a hacérmelas".

"Mhmm. Genial, ¿Te parezco gay?" preguntó Louis después de abrazar a Daniella que se encontró con el dúo en la acera después de cruzarse.

"Sabía que me arrepentiría de esto". Daniella abrazó a su prima mientras respondía. "¿Podemos olvidarnos de que lo he preguntado e ir a la cola?"

"¿Parezco una zorra?" preguntó Clarissa, con la mano en la cadera.

"Dios", suspiró Daniella. "De acuerdo, señores, jugaré. ¿A qué me parezco?"

"Rica", respondió Louis rápidamente.

"Engreída", intervino Clarissa justo después, con la mirada perdida.

"¡Oh, Dios mío, ¡chicos!", dijo Daniella lentamente, con el rostro endurecido por la sorpresa de la ofensa.

"¡No, nena!" dijo Clarissa rápidamente.

"¡En el buen sentido!" añadió Louis, igual de rápido.

"¡Sí, y 'rico' es algo bueno! gritó Clarissa apoyando otra afirmación. "¡Mierda, yo también quiero parecer rica!"

"¡Algunas de las mejores personas del mundo son ricas y engreídas!" remató Louis.

Clarissa y Louis se miraron inquietos. Ambos observaron cómo Daniella se daba la vuelta y caminaba hacia el restaurante con su falda lápiz vaquera de talle alto y abotonada, su top de volantes blanco liso y sus tacones peep toe de ante con tiras.

Gladys Knight's Chicken and Wafles estaba siempre abarrotado. Por la mañana y por la noche. La cola solía empezar en la entrada del restaurante y se extendía a lo largo de toda la acera, hasta pasar el parque Renaissance. Daniella se colocó al final de la cola con los brazos cruzados alrededor de su bolso esmeralda Bulgari Serpinti Forever.

Clarissa y Louis seguían clamando detrás de ella intentando que Daniella no se enfadara. A veces se olvidaban de que era sensible y, lo que era más importante, Daniella solía pagarles la comida cuando salían todos.

"¡Louis es un racista!" anunció Clarissa. No gritando, pero lo bastante alto como para que casi todo el mundo en la cola la oyera y dirigiera su atención al trío.

"Lissa, ¿Qué coño?" replicó Louis en voz baja. Incluso Daniella dejó de hacer pucheros para dirigir su atención a su prima.

"¡Sí!" continuó Clarissa como de costumbre sin ningún pudor. "¡Llamó 'Mustafá' a nuestro conductor de UBER!".

"Bueno", dijo Daniella secamente, "¿Se llamaba Mustafá?". La gente de la cola perdió rápidamente el interés.

"¡No! ¡Se llamaba Paul!"

"Zorra, ¿Cómo lo sabes?" dijo Louis despectivamente.

"Idiota, yo pedí el UBER. ¡Su nombre está en mi teléfono!" Clarissa extendió su teléfono para que ambos pudieran ver las notificaciones aún presentes.

PAUL HA LLEGADO.

PAUL TE HA DADO LAS GRACIAS POR TU PROPINA

"Vaya, Louis". Daniella puso los ojos en blanco.

Los tres continuaron la conversación de chalecos de cuero marrón sobre camisas de cuello de pico y vaqueros ajustados, tops de corte bajo sobre leggins y cuñas, faldas lápiz y racismo manifiesto durante los siguientes diez minutos hasta que llegaron a la puerta.

10

"CREO QUE SOY DEMASIADO viejo para esta mierda, bro."

"Amos, ¿Cuántas veces tengo que decírtelo? ¡Nunca eres demasiado viejo para pasártelo bien, wey! ¡Sólo relájate!" Demetric levantó su vaso corto de Crown Royal y Coca-Cola hacia su amigo de veinte años y bebió un sorbo. Tras dejar el vaso, que ahora sólo contenía hielo, sobre la mesa en la que habían estado apoyados los últimos diez minutos, Demetric hizo una señal a un camarero con un rápido movimiento de la mano. Se aseguró de utilizar siempre el brazo donde descansaba su reloj de pulsera Breitling con bisel de diamantes personalizado.

"Entonces, ¿Qué tomamos ahora? ¿Coca-Cola número once?" dijo Amos vale antes de dar el último trago a su botella aún helada de Heineken.

"¡Wey, por favor!" La sonora carcajada de Demetric pasó desapercibida para todos menos para Amos debido a la música alta y a la gran multitud. El salón VODS había sido un destacado club nocturno de Atlanta durante un tiempo. Incluso después del reciente tiroteo, la gente seguía haciendo cola fuera para evadirse de la realidad durante el fin de semana y pasar un buen rato. A pesar de los intentos del club por tratar de mantener una apariencia de lujo, su ubicación seguía definiendo a la mayor parte de su clientela. Eso y la selección musical. "My Way" de Fetty Wap sonaba a todo volumen por los altavoces mientras Demetric y Amos seguían riéndose en un club repleto de estudiantes, enfermeras, profesionales, traficantes de drogas y gente que a la mañana siguiente estaría en la iglesia. "Si fuera el 11, ahora mismo estarías sacando mi trasero de aquí".

"Sí, no lo sé".

"¡Hey nene, te ves reluciente hoy! ¿Qué necesitas?"

"¡Bueno, ya que preguntas, déjame seguir adelante y anotar tu nombre y número en esta servilleta de aquí!" Demetric tomó una servilleta suelta de su mesa y se la tendió a su camarero.

"¡Nuh uh, cariño, te he visto aquí antes, y conozco tus problemas!" dijo en voz alta, juguetona, pero aun así severa. Estaba claro que llevaba horas, o años, evitando insinuaciones. "Pero ¿Qué necesitas? ¿Estás tomando Henn' y Coca-Cola?" Intentando apurar la interacción.

"No, necesito una Corona y una Coca-Cola. ¡Y tu número!"

"¡Qué gracioso eres!" La camarera se rio desdeñosamente. "Te traeré tu Corona y Coca-Cola, cariño". Se volvió hacia Amos, colocando suavemente su mano sobre su pecho. "¿Necesitas algo, cariño?" Se acercó a él.

"Oh no, estoy bien. Tengo que conducir". Amos se irguió.

"¿Seguro?" La camarera sonrió.

"¡Sí, Amos! ¿Estás seguro wey?" gritó Demetric a su amigo.

"Sí, estoy bien". Amos asintió y sonrió inocentemente.

"Vale, avísame si quieres algo." Su mano se deslizó ligeramente por cada botón de su camisa abotonada George mientras se daba la vuelta para marcharse.

Ambos la observaron alejarse. Vestía como todas las demás camareras, de negro de la cabeza a los pies: tops negros, pantalones o shorts negros sobre zapatos de suela gruesa y aspecto cómodo. El atuendo no tenía nada de especial, pero su pelo trenzado hasta la cintura dirigía fácilmente las miradas de los hombres hacia sus amplios cuartos traseros y sus piernas expuestas.

"Llevo años diciéndome a mí mismo que debo dejar de salir con tu trasero". Dijo finalmente Demetric después de que su camarera se abriera paso entre la multitud y volviera a la barra. "¡Debería haberle dicho que estabas comprometido con una nena blanca!" Ambos se rieron. "¡Eso habría cortado toda esa mierda rápidamente!"

"¿Crees que eso habría ayudado a tus posibilidades con ella?" Amos le contestó bromeando tranquilamente.

"Que te jodan, cabrón". Demetric se hizo el ofendido.

"Y no estoy comprometido".

"Bien podrías estarlo, llevas años con esa nena".

"Sólo han pasado dos años, hombre."

"¿Sabes cuánto tiempo son dos años para una mujer de veinticinco años?" Su camarera volvió rápidamente para colocar la bebida de Demetric y una servilleta limpia en su mesa. "Quédate con el cambio". Demetric le entregó un billete de veinte dólares, sin romper el contacto visual con su amigo. "¡Ha estado contigo casi la mitad de su edad adulta!"

"Wey, cálmate". Amos suspiró: "Termina tu doceava copa; estoy listo para irme".

11

"Tomaré el Bulleit Bourbon, y ¿Podría traer un vaso de agua helada y una Mimosa?"

"No hay problema, señora. ¿Algo más?"

"¿Mimosa?" La atención de Jameson se desvió de la colocación de su juego de palos Callaway Big Bertha.

"Se supone que viene Dani, ¿Recuerdas?" respondió Evelyn mientras la camarera miraba a su lado, con una sonrisa incómoda en la cara. "¡Oh! ¡Sí! Lo siento, cariño". Jameson retiró su putter, "Tienes que disculparme, mi querida esposa no ha bebido alcohol en algunos años. Pensé que quizás algo iba mal". dijo Jameson en dirección a Angela antes de que él y su esposa se rieran cálidamente.

"No hay ningún problema, señor. ¿Necesitan algo más?"

"No, gracias, Angela".

"Gracias, Angela".

"Querido", Evelyn ajustó la cremallera de su camiseta de manga corta Kinöna. "¿Por qué insistes en venir aquí?" preguntó Evelyn a su marido, después de que su camarera Angela estuviera fuera del alcance de sus oídos.

"¿Me estás tomando el pelo? ¿Quieres decirme que realmente disfrutas estando cerca de todos esos yuppies estirados de Brookfield?". Jameson se quitó su gorra blanca de EPIC y la dejó sobre la mesa antes de sentarse frente a su mujer.

"Tú eres uno de esos yuppies", respondió Evelyn sonriendo, cogiendo las manos de su marido.

"¿Necesito recordarte por milmillonésima vez que eres del condado de Cobb, Georgia? Yo soy del condado de Dodge, en el centro de Georgia. Has sido miembro de un club de campo toda su vida. Estoy acostumbrado a llevar camionetas viejas a campo traviesa por diversión". Jameson y Evelyn se sonrieron. "Simplemente tuve suerte y acabé donde estoy ahora".

"Yo soy el afortunado". Los dos se acercaron por encima de la mesa para darse un rápido beso en los labios.

"¡Awww! ¡Ustedes dos hacen que me quiera derretir!" Daniella finalmente irrumpió, habiendo escuchado gran parte de su conversación.

"¡Dani! ¡Cuánto tiempo llevas ahí parada!" Evelyn se giró rápidamente para ver a su hija sosteniendo su iPhone 6S PLUS, apuntando de lado hacia ella y su marido.

"Oh, guarda esa maldita cosa, ¿Quieres? ¡Ven aquí!" Jameson se levantó rápidamente para abrazar a su pequeña Azalea.

"¡El tiempo suficiente para saber que ustedes dos son la pareja más linda del mundo! Dios mío, mamá, ¿Estás bebiendo?". Daniella señaló la flauta que había sobre la mesa.

"No, esto es para ti, creo". dijo Angela mientras terminaba de dejar las bebidas sobre la mesa.

"¡Oh, supongo que hoy beberé desde temprano!" exclamó Daniella, tomando su mimosa. "¿Cómo estás, Angela?" preguntó Daniella.

"Estoy bien, cariño. Gracias por preguntar. Dios mío, ¡Me encanta tu bolso!"

"Ese es mi turno". Jameson se colocó la gorra en la cabeza, se levantó y volvió a prepararse para su primer swing en el campo de prácticas.

Las señoras se rieron mientras comenzaban su charla de nenas. Desde que el Top Golf de Atlanta abrió sus puertas en 2014, las tres hicieron catorce visitas mensuales: mismo lugar, misma hora. Daniella tenía un recordatorio en el calendario de su iPhone. Sentía que se le daba fatal el golf, pero nunca faltaba.

12

"¡HOMBRE, NO PUEDO CREER esta mierda!"

"¿Tú también lo viste?"

"¿Qué pasa?" Amos estaba concentrado en un borde hacia arriba, respondiendo a dos clientes a los que de repente oyó hablar en voz alta entre ellos en la sala de espera.

"¡Este blanco hijo de puta acaba de tirotear una iglesia en Carolina del Sur!"

"Joder, hombre".

"¡Joder!"

"Hermano, cálmate hombre, tenemos clientes, mujeres y niños aquí".

"¡Cálmate! ¡Joder, quieres decir que me calme! ¿Estás viendo esta mierda?"

"¡Sí, hombre! ¡Lo veo! Es un desastre, te entiendo. Pero esto es un lugar de negocios; ¡Tienes que sacar todo ese desorden fuera!" Con un cliente sentado en su silla, maquinilla en una mano y un pequeño peine negro en la otra, Amos respondió de nuevo al cliente que esperaba.

"¿Lugar de negocios? No, a ti y a esa blanca tuya no les importa una mierda de esto, ¡Eso es todo!" Dijo el hombre de pie junto a la entrada, señalando con el dedo a Amos.

"¿Qué acabas de decirme hombre?" preguntó Amos en voz baja. Dejó lentamente sus herramientas en su puesto de trabajo.

"Whoa, whoa, whoa. No, tienes que irte a casa, chico". Magic se abalanzó sobre el cliente para acompañarlo hasta la puerta. "Estás hecho bro. Vamos, bailemos".

"¡Vete a la mierda, cabrón!" El cliente estaba ahora en la puerta principal, llevándose la mano a la cintura por detrás de la espalda.

Un solo grito sonó desde el salón de belleza. Luego, hubo varios más, y después conmoción desde la barbería.

Amos corrió hacia la entrada. Vio cómo Magic empujaba al hombre al suelo utilizando el brazo izquierdo, el hombro derecho y todo el peso de su cuerpo. Justo cuando el primer impacto de la parte inferior del Yeezy Boost 350 derecho de Magic aterrizó en la cara del hombre, y otro, Amos buscó, encontró y tomó el arma del hombre.

"¡Que alguien llame a la policía!" gritó Amos.

Todos sacaron sus teléfonos. Algunos para grabar, otros para llamar a la policía. Los gritos de susto se convirtieron rápidamente en gritos de ánimo cuando las Nike SB Holy Grail de Amos ayudaron a domar al revoltoso cliente que estaba empeñado en convertir la barbería King Kutz en otra estadística.

13

"SABES, MI CONTRATO DE alquiler se acerca y no voy a renovar en esta pocilga".

"¡Cariño, te dije que te mudaras conmigo! ¡Deja de comportarte como un niño!" Clarissa hizo un puchero.

"¿Yo, mudarme de nuevo al burgués Buckhead contigo?"

"Yo no vivo en Buckhead".

"Oh, perdona Lindridge Martin Manor, bastante cerca", contestó Louis con su mejor acento británico.

"DIOS, suena peor cuando lo dices así".

"Zorra, ya hemos pasado por eso antes, tienes demasiados hombres entrando y saliendo de tu casa. Tienes malos hábitos. Simplemente no puedo lidiar con ello. No señora", dijo Louis, hablando por su auricular inalámbrico JLab sentado en su lugar habitual de descanso fuera de Starbucks.

"¿Estás celoso?" dijo Clarissa en su móvil, sonriendo.

"¡A veces! ¡Zorra, sí! Algunos de esos hombres eran... ¿Sabes qué? Gracias, pero no gracias. Espera, ¿No se supone que deberías estar en el trabajo?"

"Sí, estoy aquí", respondió Clarissa, fingiendo sonreír mientras devolvía el saludo a un cliente.

"Oh, Dani no debe estar".

"No, la jefa no está. ¿Qué decías?" Clarissa dio un sorbo a su agua Fiji mientras estaba de pie en el mostrador de Trefo. No había muchos clientes.

"Tú. eres. Una. Zo. Rra. Básicamente". dijo Louis, aplaudiendo simultáneamente, una vez por cada palabra de una sílaba.

"Dios mío, odio cuando haces eso".

"Sopórtalo. Zorra". Louis siguió aplaudiendo.

"Cariño, te prometo que esta vez no será así. Te vienes a vivir conmigo, cuidaremos el uno del otro, cuidaremos de Dani, beberemos vino-"

"Dividiremos el alquiler", intervino Louis.

"¡Por supuesto, joder! ¡Dividiremos todas las facturas! Pero saldremos, nos divertiremos, nos daremos atracones de series juntos en Netflix y ¡Sólo invitaremos a chicos si al otro le parece bien! ¡Odié cuando te mudaste antes! ¡Estaba tan triste! ¡Vuelve!" le suplicó Clarissa a su amiga.

Hubo un breve silencio en la línea.

"Bueno... definitivamente sabes cocinar muy bien". dijo Louis sugestivamente.

"¡Cocino muy bien!"

"Y tu sitio definitivamente es bonito".

"¡Es muy bonito!" Clarissa estuvo de acuerdo.

"Debe ser agradable venir de una familia con dinero como tú y Dani".

"¡Oh DIOS mío, quieres dejar de ser tan estúpido y mover tu cama de mierda a mi casa!"

"¡Umm, deja mi futón fuera de esto!"

"Deja de actuar como si no fueras a hacerlo."

"Vale, zorra". Louis suspiró antes de continuar en voz alta: "Me vuelvo a mudar".

"¡Yupi!"

14

"¡No! ¡No señor, es increíble!" dijo Daniella, haciendo lo posible por no sonar demasiado emocionada. "Vale, tú también. Adiósito". Daniella pulsó el botón para colgar su llamada y suspiró.

"¿Acabas de decir 'Adiosito'?" preguntó Amos mientras barría varios recortes de pelo.

"¡Dios mío!" gritó Daniella, todavía sentada en la sala de espera con la cara ahora entre las manos. "¡No me lo puedo creer! Literalmente, ¡Nunca había dicho eso en toda mi vida!".

Tanto Daniella como Amos se rieron. Amos siguió barriendo, sonriendo y sacudiendo la cabeza. Era justo después de la hora de cierre. Daniella pasó a recoger a Amos para otra de sus fiestas de pijamas.

"¡Brock Elliott!" empezó Daniella, todavía gritando. "Estoy hablando con EL Brock Elliott y he dicho adiosito". Ambos volvieron a reírse, tras la exageración humorística de Daniella sobre su locura al teléfono.

"Bromas aparte, estoy muy orgulloso de ti cariño. Tenemos que celebrarlo".

"No, no hay nada que-"

"¡No me digas 'no'! Esto es importante, cariño". Amos se quedó quieto y recto ahora con su escoba aún en la mano. "¡Como dijiste, estás hablando con EL Brock Elliott y estás a punto de llevar a Trefo a nivel internacional!"

"Aún no está concretado...". Daniella, ahora fuera de su asiento, se paseaba por la sala de espera del Rey Kutz. "Y Canadá no es tan internacional. Además, todavía tengo que ir allí y recorrer las instalaciones, tengo que globalizar todo de mi compañía, obtener nuevas cuentas bancarias, licencias de exportación-"

"Cariño". Amos dejó caer su escoba y tomó a Daniella por la cintura, mirándola: "Tú. Tienes. Esto". Daniella miró a Amos a los ojos, devolviéndole su intensa mirada. "¡Has hecho cosas increíbles! ¡Y estás en proceso de hacer más! Sí, va a costar trabajo, ¡Pero lo has conseguido, cariño! Estamos de celebración. Punto".

Daniella sonrió. Las dos se abrazaron inocentemente, su abrazo duró unos instantes. Ella apoyó la cabeza en el pecho de él; seguía sonriendo y simplemente disfrutando del momento.

"¿Estás seguro de que podrás arreglártelas mientras yo no esté?", empezó ella sin moverse. "¡No quiero estar en Toronto, oyendo hablar de otro racista enloquecido que intenta disparar en la tienda!".

Amos estalló en una carcajada ruidosa. Sin palabras, sólo risas, mientras continuaban abrazados.

15

"¿HAY ALGO QUE PUEDA hacer para convencerte de que no traigas este futón aquí?"

"Vale, en primer lugar, este futón ya está aquí dentro. Obviamente. Segundo, ya hemos discutido esto. No intentes cambiar las cosas ahora que estoy - ¡Ouch!"

"¡Lo siento!"

"¡Concéntrate en no golpear mi maldita mano contra la puerta en vez de en tu feng shui!" Clarissa y Louis metieron el futón en el dormitorio de invitados, que era el antiguo/nuevo dormitorio de Louis.

"¡Lo siento, te dije que deberíamos haber contratado a alguien para la mudanza!"

Clarissa y Louis dejaron el viejo futón de metal que Louis compró en Walmart en 2010 en medio del suelo.

"¿Con el dinero de quién? Clarissa, te lo juro por DIOS, ¡No empieces a tropezar! ¡He vuelto hace cinco minutos y ya me estás poniendo de los nervios!"

"Lo siento, Reina. Vamos, siéntate". Clarissa se sentó en el brazo del futón de Louis.

"Uf". La miró mientras se sentaba en el cojín desgastado del futón. "No puedo creer que accediera a esto. Eres tan arrogante. Mira, ¡Ni siquiera te sientas correctamente en mi sofá! Qué falta de respeto."

"Aquí." Clarissa se movió lentamente hacia el cojín junto a Louis, luego sonrió incómoda. "¿Mejor?"

"Puedo decir por tu cara que estás a punto de vomitar. ¿Verdad?"

"Sólo quiero demostrarte que te quiero y que he cambiado. Voy a ser mejor amiga".

"¿Aunque te haga vomitar?" Louis sonrió.

"Sí. ¡Incluso si me pone enferma y hace que se me erice la piel y piense en todas las cosas asquerosas que ha habido en este cojín durante los últimos años!". dijo Clarissa, sonriendo por encima de una expresión general de malestar. "Quiero decir, ¿Cómo se limpia esta cosa? ¿Es posible siquiera lavarlo? ¿Qué?"

"¿Clarissa?"

"¿Mhmm?"

"Ponte de pie."

"Oh DIOS, gracias. Ew."

"Te odio tanto. Vamos a emborracharnos".

"¡Vamos!"

16

"Bueno, Evelyn, me estoy haciendo viejo. Me sorprendería que no se me olvidaran algunas cosas aquí y allá". dijo Jameson, completamente vestido después de un examen físico y un análisis bioquímico. "Sólo quiero largarme de aquí y comerme un filete".

"A todo el mundo se le olvidan las cosas, Jameson, pero no como a ti. Siéntate ahí y ten paciencia para que podamos averiguar qué está pasando".

"Lo que pasa es que tengo hambre. Me hicieron ayunar desde ayer por la tarde. Ahora es casi mediodía y me muero de hambre". recalcó Jameson, mientras se las arreglaba para mantener un tono bajo. "Para alguien tan olvidadizo, seguro que puedo recordar todo eso".

"Oh, Jameson. De verdad". Evelyn se despidió de su marido, mientras le sujetaba la mano con su izquierda y su bolso Tumi en la derecha, una cartera Arona de la colección Pavia que guardaba en el maletero de su coche como reserva. Era importante tener uno por si acaso no llevaba un bolso para cualquier ocasión en la que se encontrara. Su médico de familia en Kennestone Family Medicine no era su plan original para ese día, obviamente. "Si el Dr. Sams vuelve y dice que no hay de qué preocuparse, ¡Podemos ir a buscarte tu maldito filete!" consiguió Evelyn con una sonrisa.

"¡Vaya! un Filete, eso suena bien. Déjenme que me dé prisa y los saque de aquí para que puedan ir a por él". El Dr. Donovan Sams, un hombre de mediana edad nacido y criado en el condado de Cobb, era hijo del antiguo médico de Jameson: el difunto Thomas Sams. Sus familias se conocían bien.

"Donny, tómese su tiempo. Se pondrá bien", intervino Evelyn.

"¿Se dirigen a Elevation?" preguntó el Dr. Sams mientras miraba su historial, sentado en un taburete con ruedas.

"A Copeland's", respondió secamente Jameson.

"¡Copeland's! Qué bueno. Me encanta su plato de bistec labouchere. Hacía tiempo que no iba".

"Sí, eso es lo que siempre pide". Jameson miró a su mujer. "Yo también lo recuerdo".

Evelyn se burló.

"¡VALE!" continuó el Dr. Sams tras una risita. "No voy a sacar conclusiones precipitadas. Te voy a hablar con franqueza, como me enseñó mi viejo".

"Te lo agradezco, hijo. Vamos a escucharlo".

"En este momento, parece como si pudiéramos tener los primeros signos de demencia". Evelyn jadeó y apretó la mano de su marido. "Ahora, Sra. Cartwright, no empiece a apretar sus perlas todavía".

Evelyn lanzó una mirada severa al Dr. Sams mientras Jameson esbozaba una sonrisa.

"Tendré que hacer unos cuantos análisis más y traerles aquí para hacerles una resonancia magnética, que ya tengo programada con Tracy mientras hablamos. En ese momento, sabremos más y podremos buscar opciones. Afortunadamente, por ahora no parece que necesiten más atención por lo que me están diciendo; sin embargo, por favor, vigilen de cerca cosas como el aumento de la rigidez muscular, cualquier alucinación, dificultad para dormir, um, ¿Qué más?" El Dr. Sams se tomó un segundo para pensar, "falta de motivación o signos de depresión. Si empieza a experimentar alguna de estas cosas, o si usted, señora, nota algo de esto, por favor llámeme vale. Aparte de eso, los veré muy pronto para esa resonancia magnética".

"Doctor, ¿Está diciendo que Jameson puede tener Demencia?" dijo Evelyn como si se hubiera perdido toda la conversación.

"Cariño, eso es lo que acaba de decir el hombre", volvió a decir secamente Jameson.

"Está bien, señor". Sonrió, "Eso es lo que parece. Es muy difícil hacer un diagnóstico definitivo sobre las enfermedades que afectan al cerebro; por eso queremos cubrir todas nuestras bases. Pero se lo ruego, por favor, no se excite, manténgase alerta. Ha hecho lo correcto al venir hoy. Con los avances médicos y la detección precoz estas cosas no son siempre las sentencias que solían ser. Así que grítenle a Tracy, anoten esa cita para la resonancia en sus calendarios y vayan a tomar ese filete". El Dr. Sams sonrió.

"Eso es lo mejor que le he oído decir en todo el día, cariño. Y una gran idea. Venga, vamos".

17

"¿Vas a pedir lo de siempre?

"¿Sabes, cariño? Creo que hoy voy a cambiar".

Amos miró a Daniella, que estaba sentada a su lado en un reservado de la esquina, con la mano ahora sobre su pierna.

"¿En serio?", le respondió, con una mirada interrogante en el rostro. La pequeña taquería de la IH-75 llamada "La Cocina" era su sitio favorito para un buen desayuno Tex-Mex desde que empezaron a salir.

"No, dos tacos de chorizo con huevo y queso, por favor".

"¿Con guarnición de aguacate?"

"¡Sí, por favor!" Daniella habló casi el noventa y cinco por ciento de todo el español que conocía.

"Eres tan linda cuando haces eso", se dijo Amos en voz baja mientras llamaba pasivamente a su camarero, Guillermo con un gesto de la mano y una sonrisa.

"¿Ya han pensado lo que quieren esta mañana?" Guillermo, el hombre bajito y regordete vestido con unos vaqueros azules holgados, una camisa negra y un delantal negro desatado por detrás preguntó sin un ápice de acento, pero con una gran dosis de entusiasmo y hospitalidad.

"Sí señor, quiere dos tacos de chorizo, huevo y queso. Con guarnición de aguacate". Guillermo repitió el pedido al tiempo que lo escribía en un bloc con un lápiz que tenía pegado entre la oreja y la cabeza rapada. "Y yo quiero huevos divorciados, con 3 tortillas extra".

"¿Hoy no habrá panqueques?" Preguntó Guillermo.

"Vaya, cariño, se acuerda de ti", bromeó Daniella. "¡Ve por tus panqueques; sabes que quieres!"

"Vamos, hombre", Guillermo se unió a Daniella.

"Sí, tráeme unos panqueques". Amos cedió. Guillermo y Daniella se rieron mientras barajaban los menús.

"Muy bien hombre, buena elección. Ya los traeré, vale".

Habían pasado meses desde el ataque a la tienda. Daniella había hecho varios viajes a Toronto para reunirse con Brock Elliot con el fin de proponerle matrimonio y hacer prospección inmobiliaria comercial. La pareja siempre cumplía con sus citas: cenas, fiestas de pijamas y, por supuesto, sus citas para desayunar. Tenían un día completo. Había tanto tiempo de calidad que intentaban encajar.

"Dios, estoy hasta arriba".

"Bueno, para ser justos, ¡Sus panqueques tienen medio centímetro de grosor! ¡Y te comiste tres!"

"Lo sé", dijo Amos, hundiéndose un poco en su asiento.

"No te me duermas otra vez", sonrió Daniella.

"A Guillermo no le importará". Ambos rieron entre dientes mientras veían regresar a su camarero.

"¿Quieren algo más? ¿Algún postre? Tenemos flan, tres leches, sopapillas..."

"Oh no, no señor. Ya hemos terminado. Pero gracias. Míralo, ¡Está a punto de reventar!" contestó riendo Daniella, dándole golpecitos en la barriga a Amos.

"Eh hombre, tu esposa tiene razón. ¿Estás bien?"

"No es mi esposa", dijo Amos con desdén, intentando incorporarse por encima de un gruñido. La sonrisa de Daniella se desvaneció rápidamente. "Pero ella tiene razón, he terminado, hermano. No puedo comer nada más". Continuó después de volver a mirar a Daniella: "¡Probablemente no coma en lo que queda de día!". Se rio solo.

"De acuerdo, jefe. Le traeré la cuenta". Guillermo se marchó rápidamente.

18

"Bueno, es obvio que estamos más abajo en su lista de prioridades", dijo Clarissa, con una mano en la cadera y la otra sosteniendo una copa de vino, a la que sólo le quedaba un sorbo de tinto.

"¡Rissa, no le hagas eso, está ocupada!"

"¡Gracias!" Daniella coincidió con Louis con los ojos fijos en su prima.

"Dios mío, cállate. ¿Vas a empezar tus veintiséis con la cabeza todavía en su trasero?" Clarissa desvió su atención hacia un camarero que pasaba por allí. "¡Una más, por favor!" Gritó, golpeando con la uña de su dedo índice, larga y roja como un estilete, el borde de su vaso.

"Zorra, creo que has llegado a tu límite", dijo Louis, ahora con la mano en la cadera.

"Umm, ¿Nenas?" intervino Daniella.

"No, no lo hizo", replicó Louis mientras Clarissa se reía.

"Mira, sé que no nos hemos visto mucho últimamente. Lo siento mucho".

"No tienes por qué sentirlo. Contigo expandiéndote a Sasqatchawan o lo que sea-"

"Dios mío, es Toronto, estúpida", corrigió Clarissa mientras recibía su sexta copa de vino.

"Toronto, lo mismo; su hombre del que está intentando como una loca conseguir ese anillo, y pasando tiempo con sus ancianos padres, ¡Tiene mucho que hacer! ¿Por qué no llevas tu trasero privilegiado a Canadá para visitarla, Rissa?"

Daniella miró a Clarissa con timidez. Clarissa se llevó la copa de vino a la boca y bebió lentamente.

"Exacto. Así que deja de intentar matar el ambiente. Es Nochevieja, estamos en este bonito lugar, bebiendo copas gratis y disfrutando del poco tiempo que tenemos con nuestra amiga". Louis tocó la mano de Daniella y sonrió. "Me he puesto mi mochila de "voy a salir" y unos buenos vaqueros para esto. Deja de molestar".

"Prima", dijo Clarissa, quitándose por fin el vaso de los labios. "Y ya te he dicho que tienes que dejar de llevar esa cosa. Es un bolso".

"Vaya, ahora puede hablar". Louis puso los ojos en blanco ante su compañera de piso. "Y es una cartera, no un bolso. Te voy a hacer daño cuando lleguemos a casa".

"Oh por favor, te he visto pelear; literalmente no tengo nada de qué preocuparme". Todos rieron entre dientes. "Sabes que te echo de menos, nena". Clarissa miró a su prima. "Quizás debería conseguir un pasaporte. E ir a verte de vez en cuando mientras estás fuera".

"Zorra, ¿No tienes pasaporte?" le espetó Louis a Clarissa.

"¡Hombre, tú tampoco! ¿De qué estás hablando?" Los ojos de Clarissa se entrecerraron, lista para la confrontación, como siempre.

Daniella era siempre la mediadora entre su prima y su mejor amigo. Era un trabajo incansable, pero en el fondo, disfrutaba con sus riñas. Sorprendentemente, la calmaba. Y siempre la hacía sentirse como en casa. Ir a Whiskey Blue, que se encontraba en lo alto del Hotel Colee, en la zona de Buckhead, era algo que Louis y Clarissa hacían con Daniella. A ninguno de los dos les gustaba realmente el ambiente ni podían permitirse frecuentar un lugar así. Pero era el ambiente de Daniella. Y ella siempre quería a sus dos personas favoritas allí donde estuviera.

Mientras contemplaba su ciudad desde su mesa redonda de pie, pensó en Amos y en lo que dijo Louis. ¿Por qué llevaban juntos tres años y él nunca había sacado el tema? ¿Por qué se resistía a la sola idea de hacerlo? Casarse con ella.

Intentando por todos los medios mantenerse positiva, volvió a encogerse de hombros y decidió mantener su rumbo.

Al final haría lo correcto. Sólo necesitaba seguir haciendo crecer su negocio y estar preparada para él cuando estuviera listo. Preparada para seguir siendo un activo en su vida, y apoyarle con lo que necesitara. Eso era lo que significaba el amor para ella.

19

"Menudo golpe, hijo".

"No podría tenerte aquí avergonzándome como lo hiciste la última vez, señor", respondió Amos a Jameson antes de que ambos rieran.

"Ah, entonces quieres decir que has estado practicando". Jameson tomó su jarra de cerveza de barril y la apuntó hacia Amos junto con un gesto de aprobación.

"Podría ser eso, señor", empezó Amos, "o podría ser que esta vez no me lo estoy tomando con calma". Amos sonrió.

"Bueno, hijo, no vuelvas a hacer eso. Si puedes vencerme limpiamente, lo aceptaré con la barbilla. Pero ahora tienes una pelea". Ambos hombres se rieron.

Daniella, se sentó junto a su madre en la mesa alta detrás de su zona de conducción.

"Creo que nunca he visto a alguien tan enamorado". Evelyn dio un codazo a su hija que estaba aturdida".

"¿Qué?" Daniella sonrió.

"¡No me digas! Se te ven las estrellas en los ojos mientras le miras. ¡Ahora mismo estás en otro mundo! Creo que un tornado podría arrasar la mitad de Atlanta ahora mismo y no te darías cuenta".

"¡Mamá, shh!" Daniella apartó la mirada, intentando ocultar su sonrisa.

"De acuerdo, cariño. Puedes negarlo todo lo que quieras. Estás perdidamente enamorada".

"Es agradable ver que papá se lleva tan bien con él". Daniella hizo una pausa. "Nunca pensé que lo llegaría a ver".

"Tu padre no es tan malo, Dani. Sólo creció en una época y un lugar diferentes. Pero ahora que ha tenido la oportunidad de aprender de forma diferente a como le enseñaron, está haciendo lo correcto". Evelyn abrazó a su hija mientras observaban a sus hombres hablar y beber. "¿Cómo van las cosas entre ustedes?"

"Van bien, mamá". Daniella sonrió y se acurrucó contra su madre.

"Muy bien, Azalea. Es tu turno". Jameson se acercó a su hija, tendiéndole un 9-iron.

"Papá, mamá y yo no jugamos hoy, ¿Recuerdas?".

"¿En serio?"

"Sí, hoy sólo usted y yo, señor. Supongo que querían evitarnos la derrota".

"Amos, encantador de serpientes", replicó Evelyn. "Ustedes terminen su juego. Puede que nos unamos en la próxima ronda". Evelyn miró a su hija para confirmarlo.

"Sí, la próxima ronda".

20

"Confíe en mí, esto será una gran adición a su apertura suave".

"Por supuesto, Sr. Elliot, confío plenamente en su criterio", respondió Daniella a su asesor e inversor, esforzándose al máximo por igualar su entrada.

"Daniella, querida". Brock dejó de caminar. "Te lo he dicho mil veces. Llámame 'Brock'. Somos socios. No soy tu jefe. Y Jesús, realmente me haces sentir viejo cuando lo haces". Brock rozó juguetonamente la manga derecha de su traje Kiton gris de cachemira con la mano izquierda. "¿Te parezco viejo, Daniella?". preguntó Brock mientras miraba sus mocasines Hermes color tostado desierto.

"Bueno, ahora que lo mencionas..." Daniella miró a su compañero. "Los zapatos sí que te sientan bien".

"¡Esa es la Daniella que me gusta!" Brock se volvió hacia la entrada de la calle Dufferin del centro comercial Yorkdale y siguió caminando.

"Como sabes, tengo un presupuesto para la inauguración. No quiero estar nunca..." Daniella buscó una palabra que utilizar, "¡Apretada! ¡Nunca quiero estar apretada de dinero! ¿Sabe lo que quiero decir?"

"Por supuesto, sé lo que quieres decir. Quieres que esto sea una transición suave que no-" Brock dejó de hablar brevemente mientras le abría la puerta a Daniella.

"Gracias."

"De nada querida. Que no te desangre en el proceso. He revisado tus libros una y otra vez. Eres una derrochadora meticulosa, no despilfarras el dinero en cosas innecesarias y has sido muy responsable con tus finanzas al menos en lo que respecta a tu negocio, que por supuesto es lo único que me interesa. No se preocupe por el coste de los servicios de Michel. Me debe un favor".

"¡Vaya, no sé qué decir! Ni siquiera esperaba esto, pero seguro que no lo esperaba gratis. Tendré que conseguir su 'at' para asegurarme de que la gente sepa de dónde viene toda esta comida tan increíble".

"Por eso sé que esta aventura empresarial tendrá éxito. No estás sólo por ti misma. Eso me gusta". Brock se detuvo ante una tienda cerrada hacia el extremo sur del centro comercial. Sobre la puerta tapiada había un cartel de "Trefo" apagado. En los tablones se leía "Próximamente". "¡Voila!"

Mientras Brock Elliott, el magnate con traje de diez mil dólares valorado en algo más de 950 millones de dólares, estaba de pie presentando su nueva tienda como si se hiciera pasar por una joven Vana White, Daniella se quedó boquiabierta. Como empresaria, era humilde. Ya sabía lo que era ver su propia tienda en un centro comercial, y aunque ésta no era muy diferente de su local de Atlanta, se estaba expandiendo. ¡Globalmente! Estaba extasiada. Creó un prospecto en el que describía cómo devolvería el dinero a Brock con intereses en un plazo de doce meses, basándose únicamente en los beneficios de su establecimiento de Atlanta, sin incluir los posibles beneficios que obtendría de su nuevo establecimiento de Yorkdale, Canadá. Se preguntó qué haría a continuación. Se preguntó hasta dónde podrían llegar ella y su marca. Sabía que la salud iba a ser una industria en auge que no caería en picado a corto plazo, pero no tenía ni idea de que llegaría a este punto. Estaba aturdida.

"Recuerdo cuando tuve esa mirada", volvió a hablar Brock, con las manos fuera del modo de presentación, pero apuntando a la cara de Daniella. "Es una sensación tan buena. Espero que nunca la pierdas. Incluso después de que valgas cientos de millones".

"Oh, no sé nada de eso". Daniella salió de su trance y se burló de la idea. "No nos adelantemos. Creo que si abriera una o dos tiendas más en EE.UU.-"

"¿Por qué detenerse ahí?" interrumpió Brock. "¿Qué tal Abu Dhabi, Dubai, quizá una en Sydney, Lisboa, Atenas, diablos, en todo el mundo?".

"¿Cómo podría estar en todos esos lugares?". preguntó Daniella, turbada ante la idea.

"Daniella, tú has estudiado empresariales. ¿Crees que dirijo personalmente todos mis negocios? Para eso están los directores de distrito, regionales y generales. Pronto podrás contratar a gente que haga esas cosas por ti mientras disfrutas de los beneficios de tu creación y de tu experta perspicacia empresarial."

"Pero, ¿Y si quiero estar allí? ¿Y si quiero implicarme personalmente? En todo ello".

"Involúcrate tanto como quieras, querida. Pero no permitas que eso ahogue tu progresión. Tienes una idea que crees que puede y hará que la gente de todo el mundo esté más sana. Expandirte sería lo más responsable". Brock sacó las llaves de la puerta del bolsillo de su pantalón y se las entregó a Daniella. "Abre la puerta a tu futuro. Las posibilidades son infinitas. Y espero estar allí para verlo todo".

Daniella sonrió. Su apertura suave era en menos de una semana, y aquí estaba siendo publicitada por un hombre al que nunca había soñado conocer, y mucho menos trabajar estrechamente con él.

"Debo irme. Tengo una rueda de prensa en una hora y, como pronto aprenderás si no lo has hecho ya, el tráfico de camino a Pearson a esta hora del día es ridículo. Debería volver a volar desde aeropuertos privados. Pero le prometí a Sir Richard que le apoyaría siempre que pudiera. Nos vemos pronto". Brock besó a Daniella en ambas mejillas, como era costumbre en la parte de Europa de la que procedía. "Buena suerte en la inauguración, querida. Dale recuerdos a Michel. Y no dejes que te lo haga pasar mal. Tú mandas".

"¡Gracias, Sr.- quiero decir, Brock! ¡Buen viaje!"

Mientras le veía alejarse, se le ocurrió, Espera, ¿conoce a Richard Branson?

21

"Bro, te digo que se trata de cuánto dinero aporta cada equipo a la ciudad. Eso es todo. Punto". Magic no tenía ningún cliente en ese momento. Estaba sentado en el asiento de su peluquería dando vueltas lentamente, comiéndose un bocadillo de chick-fil-a original que le había sobrado.

"Vamos, hombre. Aunque construyan ese estadio de mil millones de dólares, todavía tienen que ganar partidos. Necesitan un equipo que atraiga a los aficionados. Si apestan, no importará cuánto dinero hayan aportado al principio. Tienen que seguir trayendo dinero para siempre". Un cliente que estaba junto a la puerta, que había estado saliendo después de cortarse el pelo durante los últimos cinco minutos de esta conversación, gritó.

"Hombre, sabes tan bien como yo que incluso un equipo de fútbol perdedor creará una base de seguidores leales que acudan a verlos perder una y otra vez", intervino Amos mientras trabajaba en el corte de uno de sus clientes habituales. Utilizando una maquinilla de afeitar y una toalla caliente para limpiarse de vez en cuando el gel de afeitar, hablaba sin moverse ni apartar la vista de su cliente. Se oyeron algunas risitas de los pocos clientes que había allí.

"¿Qué equipo quieres ver mudarse ahí fuera? ¿Los Chargers o los Rams? No hay forma de que los Raiders acaben fuera de California, así que ni siquiera me planteo ese lío".

"Hombre, en serio, eso no tiene sentido de todas formas", intervino otro cliente en la sala de espera. "¿Vegas?"

"No tiene sentido, los Rams..." Magic dejó de hablar.

"¿Los Rams qué, hombre?" dijo Amos aún concentrado en la línea de su cliente.

"Entre, señorita. ¿Busca el salón de belleza?" Preguntó el hombre de la puerta.

"No, gracias". Contestó una voz de mujer.

Amos se quedó helado.

"Estoy buscando a Amos. ¿Amos Jones?"

"¿Dawn?" Amos dejó de cortar y se irguió. La navaja en una mano, la toalla aún en la otra. "¿Qué haces aquí?"

"Oh, mierda". Dijo Magic en voz baja.

Dawn Jenaie Robinson caminó hacia Amos. "Bueno, 'hola' a ti también". Parecía completamente fuera de lugar en este ambiente. Las mujeres del salón de belleza que podían ver, la observaron acercarse con envidia, algunas con odio instantáneo. La presencia de Dawn exigía atención. Llevaba un vestido marfil Fashion Nova Mini Blazer Dress, con una cartera Dooney and Bourke Pebble Grain ZipZip Satchel. Sus tacones obviamente hacían juego. Aunque su atuendo no haría saltar la banca de nadie de la clase media-alta estadounidense, se notaba que se preocupaba mucho por su aspecto. Tanto que parecía que se rebajaba para estar allí en primer lugar. Su pelo era castaño, le llegaba hasta el pecho y estaba trenzado en la parte superior, luego atado en una gran trenza francesa hacia la parte inferior. Era plenamente consciente de lo que hacía.

"Como puede ver, ahora mismo estoy un poco ocupado". Amos volvió a meter la cabeza en su trabajo mientras el resto de la barbería observaba descaradamente la interacción.

"Veo que estás haciendo lo tuyo". Dawn caminó muy cerca de Amos, dejando menos de medio metro de espacio entre los dos. Lo más probable era que el cliente de Amos pudiera oler el perfume Gucci Bamboo que ella llevaba. "Sólo quería venir a verte ahora que estoy de vuelta en la ciudad. Tomaré asiento hasta que tengas un momento libre".

"¿Por qué?" preguntó Amos secamente, sin mirar en dirección a Dawn y continuando con su trabajo.

"Como dije, quería verte". Dawn sonrió, mostrando dos filas de dientes blancos casi perfectos y encías rosadas, sin cambiar de actitud ni de tono.

Amos lanzó a Magic una mirada ambigua. Magic enarcó las cejas, rompió el contacto visual y giró su silla de barbero alejándose del intercambio mientras terminaba por completo su bocadillo.

"Mira, tengo citas concertadas. Quizá quieras llamar si necesitas algo, Dee".

"Tienes razón, debería haber llamado". Dawn rebuscó en su bolso para recuperar su teléfono.

"El número es el mismo". dijo Amos, sin hacer contacto visual.

Dawn sonrió de nuevo, se giró lentamente y salió. El hombre que seguía junto a la puerta se la abrió y la siguió para verla salir. Casi inmediatamente después de que se cerrara la puerta se produjo una conversación en voz alta; el fútbol no era el tema.

22

"Bien, ¿Así que desde su última visita el Sr. Cartwright me dice que ha estado experimentando algunas alucinaciones, señor?"

"Jesús". Dijo Jameson, decepcionado, mirando hacia su mujer. Que llevaba un sencillo jersey de cuello alto de cachemira de Loro Piana.

"¿Qué?" respondió ella, ligeramente ofendida.

"¡Me pareció ver a un tipo paseando por el extremo más alejado del campo de prácticas! Sólo me equivoqué; yo no llamaría a eso una alucinación", empezó Jameson en voz alta, pero luego se redujo a un tono despectivo.

"¿Tampoco me confundiste con nuestra hija durante cinco minutos de conversación cara a cara? ¿O creíste oír a tu difunto padre llamándote desde nuestro cuarto de baño? O a un bullmastiff en nuestro garaje". Evelyn se inclinó para intentar captar el contacto visual de Jameson.

"Tengo que dejar de contarte cosas".

Evelyn jadeó, poniéndose de pie.

"Vale, vale, señor. Creo que... bueno, sé que su mujer sólo intenta cuidar de usted, y además hace lo que le pedí, que era notificarme cualquier comportamiento. Cualquier cosa nueva, cualquier cosa preocupante. Si estas cosas resultaron no ser nada, entonces está bien, si no, entonces tal vez su esposa nos está ayudando a detectar algo a tiempo para hacer algo al respecto.

Los tres volvieron a sentarse en el Kennestone Family Medicine. El Dr. Sams, como de costumbre, permitió que la pareja tuviera sus palabras mientras esperaba su turno para hablar.

"Vale, bueno..." Jameson suspiró.

"¿Le digo la verdad, señor?"

"Dime la verdad, Donny", aceptó Jameson con una expresión algo derrotada en el rostro.

"Además de lo que le dije que habíamos encontrado en su resonancia magnética, y la idea de que está teniendo algunas alucinaciones no sólo puede significar que padece una demencia en fase inicial o media...". Evelyn jadeó. Jameson puso inmediatamente los ojos en blanco. "Sino también que puede haber avanzado ya, por así decirlo, a un cierto tipo de demencia llamada de 'cuerpos de Lewy'. No es demasiado raro, es el segundo tipo de demencia más común después del Alzheimer. Las alucinaciones, los cambios en el estado de alerta y la atención pueden disminuir progresivamente-" Evelyn empezó a asentir con la cabeza con conocimiento de causa. Jameson suspiró. "Y bueno, podemos hablar más de esto más tarde. Estoy seguro de que ustedes dos quieren saber lo que esto significa para ustedes y cómo y o si se puede tratar, ¿Verdad?"

"Tiene usted razón, doctor", respondió Jameson, Evelyn rodeó a Jameson con los brazos por detrás y apoyó la cabeza en la espalda de él. Jameson volvió a suspirar. "Tienes razón". Jameson estiró la mano para tomar la muñeca de su esposa. Rompió el contacto visual con el Dr. Sams por un momento. Se preguntó, en ese momento, si era sólo una alucinación el hecho de que pudiera oír el segundero de su Panerai Luminor Marina haciendo tictac. ¿O podía oír literalmente el tic-tac de su tiempo?

23

DANIELLA ESTABA DE PIE, de espaldas al único pilar cilíndrico situado en el centro de su nueva tienda, ubicada en una esquina del centro comercial Dufferin. La tienda estaba abarrotada y ella acababa de dirigir a un cliente hacia los productos masticables de vinagre de manzana. Aunque sabía que el enorme ajetreo del día de la inauguración tenía poco que ver con el hecho de que su tienda fuera, para ella de todos modos, lo mejor de la historia, o con que en ese momento estuvieran poniendo a todo volumen una nueva canción llamada "Youth" de Troye Sivan, sino más bien con la rebaja a mitad de precio de todo en el día de la inauguración. Sabía que, si lograba hacerse con al menos el cuarenta por ciento de su negocio con regularidad, obtendría grandes beneficios en el futuro.

Le preocupaba más la perspectiva de decepcionar al Sr. Brock y perder potencialmente su sociedad que decepcionarse a sí misma. Lo cual, ella sabía, estaba mal, pero era la verdad. Sentía que su opinión de sí misma, y sus acciones deberían haber sido primordiales en todos sus tratos.

"¿Disculpe?"

"¡Hola! Buenos días, bienvenida a Trefo, ¿En qué puedo servirle?" Daniella sonrió alegremente e inclinó la cabeza lo suficiente para mostrar que nada más que este posible cliente tenía su atención. La frase era una regurgitación de lo que ella había entrenado a todos sus asociados a usar.

"¿Tienen 'Bomb', por casualidad?", preguntaron seriamente dos hombres vestidos con trajes vaqueros de no más de diecinueve años.

"¡Sí que tenemos, caballeros! En el refrigerador transparente, justo encima del Red Bull". Daniella señaló mientras sonreía, aunque por dentro estaba en conflicto. Su mejor juicio le había dicho que no hiciera caso al Sr. Brock cuando le había sugerido suministrar un pequeño surtido de bebidas energéticas y deportivas. Ninguno de los dos estaba realmente en consonancia con el tipo de productos que ella quería vender, pero en ese preciso momento, comprendió por qué: captar el negocio de la gente que buscaba sus productos y, posiblemente, de los transeúntes que tuvieran sed o necesitaran un estimulante para su jornada laboral. Los marcó tan alto que pensó que nadie los compraría. Pero ahí estaban, siendo comprados, eso sí, por adolescentes, ¡a puñados!

Miró a sus nuevos empleados de Trefo. La palabra "Toronto" bordada tenuemente bajo su logotipo en sus camisas y gorras. Por dentro, sonreía con tanto orgullo que no sabía si se notaba por fuera o no.

"Esto va, bastante bien, ¿No?"

¿Cómo podría olvidarlo? Otro factor que contribuyó al bullicio de su gran inauguración fueron los increíbles finger foods, preparados por el sorprendente en todos los sentidos chef Michel Antoine LaTouche. Su nombre rodaba por la lengua. Incluso su ligero manejo del inglés resultaba atractivo.

"¡Dios mío! Michel, ¡Todo va de maravilla! ¡Y tú! Entre tus pastelitos de carne y tus gambas-" Daniella no podía creer su ignorancia, no tenía ni idea de lo que se había metido en la boca antes, sólo recordaba que era todo celestial. El día había sido tan borroso para ella, tratando de asegurarse de que todo fuera perfecto, que no pudo pararse a pensar lo suficiente para no quedar como una estúpida delante de su ayudante prestada.

"Ah, ¿Te refieres a las tartaletas de gambas y las mini tourtieres de ternera?"

"¡Sí!" Daniella frunció los labios y apuntó con el índice hacia Michel. "¡Esas! ¡Sí!" Daniella suspiró. "Eran increíbles".

"Oh, no es nada. Es un placer ayudar a una amiga de una amiga. Además, te agradezco que me ayudes a publicitar mi nuevo menú. Debe venir a mi restaurante y experimentar una comida completa. Digamos, ¿El jueves por la noche? Hay menos gente y podría dedicarte más tiempo a explicarle las cosas. Si disfrutó tanto con estos sencillos aperitivos, sé que se deleitará con uno de nuestros platos. ¿Cuánto tiempo estará en la ciudad?"

"Bueno", Daniella no sabía si era sólo su forma de hablar o si debía sentirse insultada por algo de lo que había dicho hasta ahora. Ella no encontraba estas comidas sencillas en lo más mínimo. "Estaré en la ciudad toda la semana. Sólo controlando la tienda, entrenando a todo el mundo-"

"¿Descansando, recuperando el sueño?" Michel sonrió.

"Sí. Sí, eso también. Estoy agotada".

"No es que se note con sólo mirarte, pero sé que estás muy ocupada y puedo ver cómo te he observado a lo largo de la mañana; trabajas incansablemente para asegurarte de que todo funcione sin problemas." Michel acercó una mano platónica al hombro de Daniella. "También debes dedicarte tiempo a ti misma. Descanso, relajación. ¿Sí?" afirmó Michel mientras retiraba la mano y se apartaba.

"Sí. Tienes razón, Michel. Gracias". Daniella juntó las manos. Sin saber por qué este perfecto desconocido sabía decirle estas cosas.

"Debo volver; voy a empezar a servir el pesto de aguacate peruano y el Crostini de tomates cherry. No lo olvides, ¡El jueves!" Michel se dio la vuelta y caminó de vuelta hacia su mini estación de preparación que estaba justo al lado de la entrada, junto a la zona de la caja registradora.

Daniella se quedó mirando a Michel asombrada por los platos que acababa de describir; hablaba con tanta despreocupación de lo que a ella le parecía una obra maestra. Susurró soñadoramente para que sólo la oyera ella: "¿El qué?".

24

"SABÍA QUE ALGO ASÍ iba a pasar". Clarissa entró furiosa en la habitación de Louis.

"Zorra, ¿Cómo sabías que algo así iba a pasar, porque eres tan buena manteniendo un trabajo?" replicó Louis desde su futón.

"¿Cómo dices? Wey, lo sabía porque cada vez que dependo de algo de ti, ¡No se puede confiar en ti!"

"Tú fuiste la que me suplicó que me mudara de nuevo a este sitio de todas formas, pero no te preocupes, aún tendré mi parte de las facturas del mes. ¡No te preocupes por eso, Rissy!"

"¡Te dije que no me llamaras así!"

"Como quieras. Rissy".

"¡Oh, Dios mío, ¡No te soporto! Entonces, ¿Qué vas a hacer ahora? ¿Hm?" Clarissa se cruzó de brazos. "Puede que estés bien para este mes, ¿Qué hay de los próximos siete?"

"No lo sé. Ya lo resolveré", dijo Louis con desdén.

"¿Cómo te despidieron de Starbucks de todos modos?" Clarissa entró y salió de la habitación de Louis al pasillo. "Todo lo que tienes que hacer es hacer café y servir sándwiches secos".

"¡Y tratar con imbéciles engreídos como tú todo el día!"

"Yo no soy una engreída". Clarissa se detuvo para mirar fijamente a su compañera de piso.

"Zorra..." Louis se levantó y suspiró. "No me apoyas mucho". Estaba deshecho, con una bata larga de franela puesta y unos bóxers a cuadros sin calcetines.

"Dios mío, eres tan patético. Ven aquí, chico". Clarissa alargó la mano y le dio a Louis un gran abrazo fraternal. "Vas a estar bien". Le habló con voz sarcástica y mohína.

"Vas a morir soltera, Rissa", dijo Louis suave y sinceramente con la cabeza apoyada en su hombro.

"Lo sé, por eso estás aquí".

Los dos se abrazaron, haciéndose cosquillas y riendo.

"¡Vale, vale, zorra para!" Louis se retiró de nuevo a su futón, secándose una sola lágrima del ojo.

"¿Estás bien, boo?" preguntó Clarissa de pie en su puerta.

"Sí, estoy bien".

"Muy bien". Clarissa volvió a su habitación, gritando por encima del hombro: "¡Consigue un trabajo!".

25

"BIENVENUE A LA RIVIERE. ¿Tiene una reserva?" El recepcionista estaba de pie en la puerta detrás de un podio de madera pulida, vestido de blanco y negro estándar. Su acento era tan marcado que cuando hablaba tanto en francés como en inglés Daniella casi olvidaba que estaba en Ontario y no en Montreal.

"Oh. No, yo..."

"¡Ah! ¡Daniella!" Michel se acercó a Daniella, con una larga bata blanca de chef y un alto toque blanche a juego en la cabeza. La abrazó ligeramente mientras le daba un toque con la mejilla izquierda a la izquierda, y luego con la derecha a la derecha.

"¡Hola, Michel!" exclamó Daniella emocionada. No sólo porque estaba lista para comer, sino porque, aunque era una exitosa empresaria internacional, se encontraba realmente sola en una ciudad extraña. Era agradable ver una cara conocida.

"Stefan", Michel se volvió hacia el saludador. "Preparé notre meilleure table. Va vite!"

"Oui". Stefan, el recepcionista se giró rápidamente y avanzó hacia el interior del restaurante bouchonesco para llevar a cabo la orden de Michel.

"Por favor", continuó Michel, "Sígueme".

La Riviere, enclavado en lo más profundo del viejo Toronto era un lugar muy conocido por aquellos que deseaban gastar grandes cantidades de sus duramente ganados dólares canadienses en la tradicional feria francesa, platos sudamericanos y buenos vinos.

"Esta es Deanna, mi nueva incorporación al personal. Cortesía de una conexión de nuestro amigo común". Michel señaló a una mujer sentada a la que parecía no molestarle la interacción hasta el momento.

"Hola, soy Daniella".

"¡Hola!" El humor de Deanna cambió al instante. "¿Eres americana?"

"¿Tú también lo eres?" Contestó Daniella, siguiéndole el juego a las adivinanzas.

"Soy la sommelier. Si me necesitas, grita".

"Definitivamente te necesitaré. ¿Estás ocupada ahora mismo?"

"¡No, no!" Intervino Michel. "¡No está ocupada! Por favor, ¡Ven!"

Deanna la siguió alegremente justo cuando Stefan empezó a mostrarle a Daniella su mesa. Los ojos la siguieron mientras la joven y rubia mujer americana, bien vestida, seguía al anfitrión, al chef y a la sommelier hasta una mesa elevada y selecta situada en la parte trasera del restaurante, con una gran ventana tintada que daba a la concurrida calle que había detrás del local.

Al pasar, Daniella notó que el olor a pan fresco llenaba el aire, junto con algunas cosas que no podía precisar, pero todo era delicioso.

"Bon. Hoy les he preparado una comida especial de cinco platos. Como aperitivo, tomaremos ostras crudas con una mignonette de jerez. Para su ensalada, he elegido una deliciosa ensalada de escarola con peras y queso azul. Una clásica sopa vichyssoise. Para su entrante, mi muy especial coq au vin".

Deanna puso cara de sorprendida aprobación e hizo una señal sutil de pulgar hacia arriba a Daniella, que miraba asombrada, empapándose de toda la experiencia.

"De postre, mi propia versión de la crème brulée. Espero que les guste. Dejaré a Deanna para que hable con usted sobre maridajes de vinos que seguramente ampliarán su experiencia gastronómica".

"Gracias. ¡Merci!" se las arregló Daniella.

"¡Ah! Bon apetite, moumoune". Michel logró una rápida sonrisa y se marchó, y ella no volvería a verle esa noche.

Daniella miró a Deanna con una sonrisa nerviosa.

"¡Vaya!" Ambas rieron.

"Es un viaje, ¿Verdad?" Deanna dobló sus rodillas cerca de Daniella, apoyándose en la gran mesa redonda de ésta. Deanna miró directamente a los ojos de Daniella, de una forma que resultaría íntima para un desconocido.

"Daniella, primero quiero decirte que soy una mera guía. Si hay un determinado tipo de vino que desea beber para cada plato, por supuesto que te los serviré. O, si hay un cierto tipo de vino que desea utilizar para toda su experiencia eso también es su elección". Deanna hizo una pausa.

"No, no, quiero probar lo que tú sugieras; ¡Eres la experta!" Daniella no pudo ocultar su emoción.

"Estupendo, veamos si podemos sacarle el máximo partido a esta experiencia".

Deanna se puso en pie mientras un camarero traía ostras crudas bañadas en mignonette de jerez.

"Estas deberían maridar bien con este Chablis". Deanna hizo una especie de reverencia hacia Daniella para presentarle la botella de vino con ambas manos, un paño blanco y limpio separando la mano que sostenía el hombro, el cuello y la tapa. "De Joseph Drouhin; como puede ver, tiene un color brillante con toques verdes. Notará un aroma cítrico e incluso algunas sensaciones saladas. Es bastante equilibrado y excesivamente extravagante en mi opinión. Drouhin practica la viticultura ecológica desde los años 80 en el valle de Vauvillien, en el este de Francia".

Daniella estaba asombrada. Conocía la profesión de sommelier, pero nunca había conocido una. Nunca había oído hablar a uno, nunca había conocido los profundos conocimientos que poseían en todo lo relacionado con el vino. Sólo quería escuchar a Deanna hablar de estas cosas durante toda la velada. Mientras ella cenaba, por supuesto.

Daniella siguió todas las sugerencias de maridaje de Deanna, a lo largo de todos sus platos. El siguiente fue la ensalada de escarola con peras y queso azul. Ella tomó el Sauvignon blanc del Loira. Después, una clásica sopa Vichyssoise maridada con Pouilly-Fuisse chardonnay. Su plato principal fue Coq au vin con Chateauneuf-du-Pape.

Daniella se estaba enamorando: ¡De la comida, del vino y de Deanna! Parecía como si sólo existiera para servirle. Y ese amor se profundizaba con cada botella que abría cuidadosamente con su cortador y su sacacorchos. Cada copa de vino en la que metía la nariz. Deanna era una auténtica profesional. Pero era más que eso. Tenía una relación con el vino. Y era como si Daniella hubiera sido invitada a un trío esa noche. Y ella lo estaba disfrutando.

"Por último, la clásica crème brulée". El camarero acercó una llama al plato que tenía delante Daniella. Daniella sacó su iPhone e hizo otra foto. Sabía cómo se veía, y no le importaba. Esto era algo que no quería olvidar nunca. Además, ¡Quería enseñárselo a Amos!

"Vale, Deanna. Sorpréndeme", dijo Daniella sonriendo, ya sin intentar contener su excitación infantil.

Deanna sonrió.

"Sauternes. Un Burdeos, con uvas de la región", continuó Deanna.

Daniella escuchó atentamente, y continuó cenando y bebiendo con un subidón que nunca antes había experimentado.

26

AL OÍR UN DÉBIL tintineo, Daniella buscó su teléfono mientras paseaba por la calle. Después de vivir una experiencia gastronómica como nunca se había encontrado -incluso habiendo crecido acomodada como ella-, estaba en las nubes. En primer lugar, el ambiente. La brusca inmersión en la lengua francesa. Luego, la comida. Comida tradicional francesa, con un excelente maridaje de vinos. Deanna. Después, la degustación de algunos de los platos de inspiración peruana de Michel, seguida de más sugerencias increíblemente precisas de Deanna. Era un milagro que pudiera siquiera andar o pensar con claridad después de comer y beber tanto. Michel le advirtió que viniera con hambre. Por suerte, lo había hecho.

El sol se estaba poniendo en el Viejo Toronto para cuando ella llegó a pie a Queen's Park. Se detuvo cerca de un banco del que acababa de levantarse una pareja mayor y miró el mensaje de texto que había recibido de un número no guardado en su teléfono.

404-555-5513 16 de abril de 2015 8:50 p.m. Hola, soy Dawn. Supongo que eres la nueva mujer. No quiero faltarte al respeto pero Amos y yo vamos a volver a estar juntos. Sólo quería ser yo quien te lo dijera porque sé que él no quiere hacerte daño.

Mi Teléfono

¿Quién demonios es?

404-555-5513

Ya te lo dije. Y mira, no tenemos que ser enemigas. Amos y yo nunca terminamos. Simplemente me alejé. Has cuidado tan bien de él, y odio que haya tenido que ser así.

Mi Teléfono

?

Daniella estaba muy confusa; quizá estaba borracha y no se había dado cuenta hasta ahora. Pero una cosa sabía: no iba a seguir enviando mensajes de texto a esa persona fantasma que decía haberse llevado a su hombre. Ese hombre, Amos, era suyo. Pero aun así, sintió una hinchazón en las tripas, una hinchazón que la llevó a una preocupación irracional. Sabía lo de Dawn; Amos la había mencionado antes. Ni en un millón de años creería que podría simplemente abalanzarse sobre ella y arrebatárselo. No después de todo lo que habían pasado. Todo lo que habían compartido. Todo lo que ella le había dado. Por no hablar del tiempo que llevaba esperando a que él le propusiera matrimonio. ¡Era lo lógico! ¡Las cosas estaban muy bien entre ellos! Así que necesitaba hablar con él, llegar al fondo del asunto. ¿Qué estaba pasando exactamente? ¿Por qué estaba mintiendo sobre esto?

¿Cómo coño había conseguido mi número?

Inmediatamente llamó a Amos. No contestó. Diez minutos, veinte llamadas, cinco mensajes de texto y once mensajes de voz después, Daniella estaba sola en la oscuridad, llorando en un banco de Queens Park.

27

"¡Zorra, dime dónde está! Envíame una foto, ¡Me aseguraré de que odie con su alma cómo ha ido esto!"

"Louis".

"¡No! ¿Y a qué coño se refiere con que 'lo has cuidado tan bien', como si hubieras estado cuidando de su trasero durante los últimos tres años y pico? ¿En qué te convierte eso?"

"Louis", repitió Daniella tranquilamente en su teléfono.

"¡No! ¡No! ¿Y por qué coño ignora tus llamadas? ¿Qué clase de mierda es esa?"

"¡Puta mierda!" Clarissa repicó desde el fondo.

"¡Louis!" Los demás en la clase de negocios desviaron en breve su atención hacia Daniella. Ella levantó la mano en señal de disculpa. "Dios mío, no puedo creer que se lo hayas dicho", dijo Daniella en voz baja, sacudiendo la cabeza.

El vuelo UA8110 despegó del aeropuerto internacional Pearson de Toronto a las 9 a.m. Daniella se tomó la noche para dormir cualquier resto de vino que aún pudiera tener en su organismo y para ver si aquellos mensajes de texto seguían en su teléfono cuando estuviera sobria. Lo estaban. Reservó el primer vuelo que pudo encontrar de vuelta, se dirigió a Pearson en medio de un tráfico agotador y a duras penas consiguió embarcar. Varias llamadas más sin respuesta y mensajes a Amos.

"Le estoy contando a todo el mundo esta mierda. Estoy a punto de ir a esa peluquería de mierda suya y contarle a todo el mundo las vibras de micropene que está soltando por aquí".

Daniella pudo oír cómo Louis y Clarissa se burlaban y chocaban los cinco.

"Ponme en el altavoz, por favor".

"Ya estás en altavoz". Louis cooperó.

"¿Están disfrutando de esto?" preguntó Daniella con firmeza, aunque había un atisbo de ira en su voz.

El silencio fue todo lo que volvió a la línea al reconocer el tono de Daniella.

"Siento que estoy pasando por un infierno en este momento, y en el espíritu de venganza y Blu Cantrell ustedes dos realmente están disfrutando de esto". La ira dominó a la firmeza en este punto.

"Nena, lo siento. Sólo estoy enfadada y ya que no estás aquí para manejar esto-"

"¿Crees que apresurarme y volverme loca sería mi solución si estuviera allí?" Dijo Daniella, todavía enfadada.

"No", respondieron tanto Louis como Clarissa como niños de escuela a los que regañan.

"Miren", suspiró Daniella, "les agradezco que me cubran las espaldas y me apoyen de la única manera que saben. De verdad que sí. Pero sólo quiero volver a casa y llegar al fondo de esto. Por favor, no hagan nada estúpido. Se los ruego".

" Aún."

"¿Perdón?"

" Aún. No haremos nada estúpido, todavía", respondió Louis con seguridad. "No tenemos su versión de la historia y lo permitiré. Tú sigue adelante... persigue a tu hombre-" Louis enfatizó la palabra y utilizó comillas al aire que sólo Clarissa podía ver, "por medio continente sólo para obtener una simple respuesta. Y cuando lo hagas, ¿podemos hacer algo estúpido entonces?".

"Louis", se rio Daniella, "Te quiero".

"Yo también te quiero, nos vemos en el aeropuerto. Y por respeto a ti y a tu correcto y estirado trasero, no haremos nada. Pero yo, por mi parte, nunca dejaré que nadie te falte al respeto. Aparte de mí".

"Lo sé, cariño. Gracias".

"¡Han despedido a Louis!" Clarissa gritó desde el fondo.

"¿Qué?" Preguntó Daniella.

"Zorra-"

Louis desconectó la llamada. Daniella puso los ojos en blanco, se sentó y suspiró mientras miraba por la ventana. Mirando hacia abajo, la tierra era sólo cuadrículas de colores desde aquella altitud. Su mejor amiga estaba en paro. Su hombre, obviamente, había perdido la cabeza. Aunque intentó no reflejar la actitud de su mejor amiga, no pudo negar su lógica y su razonamiento. ¿Por qué Amos la había estado ignorando? Esto sólo añadía validez a lo que decían los mensajes de texto. Entonces, ¿por qué se molestaba en volar de vuelta para enfrentarse a él? ¿Si él no tenía huevos para decirle nada?

¡Quizá estaba herido! ¡Quizá le habían robado el teléfono! ¡O hackeado! Podía haber pasado algo en la tienda. Había habido dos tiroteos cerca de allí desde que estaban juntos. Aunque, sería más que conveniente que algo trágico como eso ocurriera en la época en que una mujer de su pasado dice estar de vuelta en escena. Daniella ni siquiera se planteó aceptar que eso fuera cierto. Era demasiado buena con él como para que la tratara así sin más. Tenía que haber una explicación lógica. Volaba a casa para recibir esa explicación.

28

"¡HOLA, MAMÁ!"

"Cariño, ¿Cómo estás?" La sonrisa de Evelyn se oía en su voz.

"Estoy bien, mamá. ¿Y tú?" se las arregló Daniella mientras estaba fuera esperando a Louis. Él nunca la recogía a tiempo del aeropuerto.

"Estoy bien, ¿Dónde estás? Hace mucho ruido". Evelyn alzó la voz pensando que el bullicio de fondo merecía el aumento de volumen.

"Te oigo bien mamá, pero estoy en Hartsfield esperando a Louis".

"Jesús, ese loco nunca te recoge a tiempo, ¿Verdad?". Evelyn se rio.

"No, no lo hace", contestó Daniella sonando molesta.

"Mira, cariño, ¿Puedes venir hoy a casa? Tu padre y yo queremos verte".

"¿Qué pasa, mamá? ¿Necesitan algo? ¿Ha pasado algo?" preguntó Daniella, preocupada.

"¡Hola, Vainilla!" llamó Louis por la ventanilla del acompañante de su Chevrolet Cruze color carbón de 2014.

"¡No! No cariño, sólo nos gustaría hablar contigo. Hoy si es posible. Hace meses que no te vemos".

"Tengo que ir a un sitio ahora mismo, mamá. Pero llegaré lo antes posible, ¿De acuerdo?" Daniella, sin prestar mucha atención a la conversación telefónica ya que estaba haciendo todo lo posible por meter sus maletas en el abarrotado maletero de Louis, le dio un rápido abrazo y volvió a su búsqueda. "¿Todo bien, mamá?"

"Bien de acuerdo. Ven en cuanto puedas. Te quiero".

"Yo también te quiero, mamá". Daniella sintió que debía preguntar de nuevo. "¿Estás segura de que todo está bien?"

"Ve a hacer lo que tengas que hacer. Tu padre y yo estaremos bien. Saluda a ese chico de mi parte".

"Mamá dice 'Hola', Louis".

"¡Hola, mamá!" Louis gritó dentro del coche mientras se alejaba de la acera.

"Te veré pronto, mamá". Daniella terminó la llamada.

"¿Adónde vamos primero, jefa?"

"Ya sabes adónde. Y hablando de 'jefa'".

"Daniella-"

"Cállate. Vas a venir a trabajar para mí. No te lo estoy pidiendo. Puedes trabajar en Trefo todo el tiempo que necesites o quieras. Pero no vas a estar desempleado. No mientras yo sea la dueña del negocio".

Louis miró a su mejor amiga y sonrió.

"Clarissa y tú pueden compartir el auto", dijo Daniella mirando por la ventana.

"Oh, diablos, no. ¡No!" Las dos se rieron. Louis puso la mano en la pierna de Daniella. "Gracias, Vainilla".

"Cállate, he dicho", respondió Daniella, ahogada.

Louis miró y vio que el rímel de Daniella corría por su mejilla.

"¡Dios mío, cariño! ¡No! ¡No, no, no! Por favor, ¡No hagas eso!" suplicó Louis.

"Estoy bien", dijo Daniella, moqueando y limpiándose la cara con toallitas desmaquillantes que acababa de sacar de su bolso L.V. Monogram. "Estoy bien".

Louis agarró con rabia el volante con las dos manos murmurando para sí mismo.

"Más vale que esté muerto o en un maldito coma".

29

DANIELLA ENTRÓ LENTAMENTE CON su Audi en la entrada de la gran finca de sus padres. Puso el coche en el aparcamiento y rápidamente tomó su teléfono del regazo para comprobar si había algún mensaje. Antes de tomarlo supo que no había ninguno. Las notificaciones habrían sonado por el sistema de audio del coche, y además ella habría sentido la vibración del teléfono. Sólo tenía que verlo por sí misma. Lo único que le devolvió la mirada fue el fondo de su teléfono: una foto de Amos, sonriéndole. Una foto que les había hecho en su cena de segundo aniversario en Atlas, en Buckhead. Apagó la pantalla de su teléfono y se sentó en silencio durante un rato. No podía soportar ver la foto. La foto como telón de fondo del hecho de que su hombre la estaba evitando. Ignorándola. ¿Era siquiera su hombre?

Antes de pasar por su casa a tomar su coche, Louis llevó a Daniella directamente del aeropuerto a la tienda. Magic afirmó que no había pasado por allí en los últimos dos días, pero dijo que había llamado.

Así que está vivo.

También hizo que Louis la llevara a su apartamento. Entró con su llave y miró a su alrededor. Ni rastro de él. Ni rastro de una mujer. Ni rastro de nada fuera de lo normal.

¿De verdad otra mujer le había estado dando calor en su ausencia?

"¡Mamá!" gritó Daniella mientras sacaba la llave de la gran puerta francesa de entrada a la mansión. "¡Mamá! ¿Papá?"

No hubo respuesta. Eska, que se había quedado con sus padres mientras ella estaba fuera del país, bajó corriendo las escaleras para saludarla. Se arrodilló para erizar el pelaje de su familiar más pequeño y darle un achuchón antes de soltarlo para que siguiera con sus asuntos, fueran los que fueran.

Atravesó el vestíbulo hasta el comedor informal, luego el segundo salón, la cocina y después el salón formal. Cuando regresó al pasillo principal, vio que la puerta corredera trasera estaba abierta. Se acercó al cristal y vio a sus padres sentados bajo el techo de su cocina con patio de piedra. Estaban sentados uno junto al otro en una mesa de comedor exterior de abedul con doce asientos. Dos copas de cristal Waterford vacías estaban sentadas junto a una botella casi vacía de Le Fonti Vin Santo.

"¿Dejaron algo para mí?" Daniella asomó por fin la cabeza por la puerta y saludó a sus padres.

"¡Azalea!" Jameson saltó de su asiento y se reunió con su hija a medio camino para abrazarla.

Evelyn sonrió, se acercó al estante de copas de vino de abedul a juego y sacó otra copa para su hija. Tras verter el resto del vino en la copa, se la alzó a Daniella, que se había acercado de la mano de su padre.

"Gracias, mamá". Daniella no perdió el tiempo y bebió un sorbo sentada. "Joder, qué bueno está". Daniella miró el vaso como si fuera a responder.

"¿Debería tomar otra botella?" preguntó Jameson alegremente.

"Puede que lo necesites", dijo Daniella antes de terminar el resto de su bebida.

"Jesús, cariño, ¿Te pasa algo?" preguntó Evelyn, extendiendo la mano hacia su marido para coger la de Daniella. "Normalmente nunca... te tomas el alcohol así", se rio Evelyn.

"Lo siento, es que sabe muy bien, lo siento. O quizá sea porque ayer tomé mucho vino bueno; le estoy cogiendo gusto".

"Vi las fotos que publicaste ayer en Facebook; ¡Todo lo que comiste allí parecía tan elegante!". dijo Evelyn.

"Mamá, llevas un jersey de cuatro mil dólares. Esa comida es como McDonald's para ti".

Evelyn jadeó.

"¿Esa cosa costó cuatro mil dólares, Lyn?". preguntó Jameson con una risa altanera.

"Daniella", Evelyn ignoró la pregunta y se levantó para coger otra botella de vin santo. La dejó en el suelo con bastante fuerza para ser un recipiente de cristal. "Te hemos hecho venir porque tu padre tiene algo que le gustaría contarte".

Jameson dejó de reír inmediatamente.

"¿Sí, padre?" preguntó Daniella, sonriendo mientras intentaba abrir la nueva botella.

Evelyn enarcó las cejas después de que Jameson le lanzara una mirada furiosa.

"Azalea, en realidad no es para tanto. En realidad, no pensaba montar un escándalo por ello, me encuentro bien. Tu madre era la que-"

"A tu padre le han diagnosticado demencia, cariño. Y sin duda es grave".

Jameson bajó los hombros y apartó la mirada de su hija mientras Evelyn hablaba.

"Está intentando restarle importancia porque cree que todavía eres una niña pequeña y no puedes manejar las malas noticias".

"Evelyn", dijo Jameson con severidad, pero con calma mientras miraba a su mujer.

"Papá". Daniella se olvidó de la botella y tiró de su padre hacia ella por el hombro. ¿Es verdad? ¿Desde cuándo lo sabes?" dijo Daniella, alterada, a punto de llorar de nuevo.

Jameson miró de nuevo a su mujer, con el aire de autoridad de hace un momento perdido de nuevo.

"¿Lo ves?" Jameson se puso de pie, "¡Ésta es la razón por la que no quería decírselo!" Dijo mirando a su mujer. "¡Es por esto que no quería decírselo!", dijo Jameson, casi suplicando a Daniella que ahora lloraba desconsoladamente.

"¿Desde cuándo sabes esto? ¿Qué está pasando?" Las palabras de Daniella eran casi ininteligibles.

Jameson tomó a su hija en un abrazo.

"Bueno, la primera vez que fuimos a ver al doctor Sams fue hace un año y-"

"¡Hace un año!" gritó Daniella, separándose de su padre. "¿Hace un año?" Miró a su madre, que asentía. "¿Tú también lo sabías?"

"Sí", susurró Evelyn inmediatamente.

Y como si volviera a tener trece años, Daniella subió enfadada a su habitación, pero esta vez con lágrimas y lamentos acompañando los pesados pasos.

Jameson estaba de pie con las manos en las caderas sacudiendo la cabeza.

"Hiciste lo correcto, cariño".

"¿Sí?" Volvió a sentarse a la mesa, tomando la botella. "¿Cuánto tardaré en olvidar esto?"

30

18 DE ABRIL DE 2015 05:37 a.m.

Mi teléfono

¡Cariño!

Mi Teléfono

¡¡¡Cariño!!!

Mi Teléfono

Amos, realmente no entiendo lo que está pasando, ¡He estado llamándote y enviándote mensajes de texto durante tres días! Necesito saber que estás bien

Mi Teléfono

¡DÓNDE ESTÁS!

18 de abril de 2015 12:23 p.m.

Amos

Hola

Mi Teléfono

Gracias a Dios ¡Cariño!

Amos

Lo siento, no me he puesto en contacto contigo. Han pasado muchas cosas.

Mi Teléfono

¿Podrías por favor llamarme para que podamos hablar? ¿Dónde estás?

Amos

Preferiría que no, Daniella.

Mi Teléfono

¿Daniella? ¿Prefieres no hacerlo? ¿Preferirías no, qué? ¿Llamarme y hablar conmigo? ¿Qué demonios está pasando?

Amos

Bueno, sé que Dawn ya te lo ha dicho.

Mi teléfono

¿¡PERDÓN!?

Mi Teléfono

¿Esto es REAL? ¡¿Le diste a una mujer mi número para que rompiera conmigo por un mensaje de texto?! ¡Ni siquiera sé lo que está pasando ahora mismo! ¿Qué fueron los últimos 3 años para ti? ¿Nosotros? ¡Todo lo que teníamos! ¿Estás tirando eso por la borda? ¡Tirándome por la borda porque un ex volvió!

Amos

Realmente no sé qué decir. Nunca hubo nada malo contigo. Eres perfecta. Es sólo que sigo enamorada de ella. Lo siento mucho.

Mi teléfono

¿Hablas en serio ahora mismo? ¡Amos! ¡Literalmente tenemos planes de ir a Jamaica para nuestro aniversario! ¡Acabamos de hablar de esto! No me lo puedo creer. ¡Estoy tan confundida! Por favor, llámame.

Amos

Sí, lo sé, lo siento. Estoy dispuesto a devolvértelo. ¿Cuánto costó todo?

Mi teléfono

¿LO DICES EN SERIO? ¿CUÁNTO COSTÓ? ¡AMOS! ¿POR QUÉ HACES ESTO? POR FAVOR, ¡LLÁMAME! POR FAVOR.

Amos

Lo siento.

Daniella apagó la pantalla de su teléfono y lo dejó boca abajo sobre la cama de su infancia, donde se tumbó, intentando rápidamente secarse los ojos con las manos y las mangas de la camisa. Después estuvo sentada en silencio durante varios minutos hasta que llamaron suavemente a la puerta de su habitación.

"¡Sí, entra!", gritó.

"Hola, Azalea". Jameson entró con una taza de cacao caliente. "Ha estado aquí toda la tarde. Ha bajado hasta los cincuenta ahí fuera con esta lluvia. Me imaginé que querrías beber algo caliente. Toma". Jameson se sentó junto a su hija de ojos llorosos en su vieja cama. Le puso la mano en el hombro.

"Gracias, papá", consiguió decir Daniella tumbada, de espaldas a él. La cabeza descansaba sobre sus manos y una almohada.

"Háblame".

Daniella casi se había olvidado del estado de su padre. No sabía mucho sobre la demencia, pero sabía que no auguraba nada bueno para la persona en la que habitaba la afección. Aquí estaba ella, quejándose, llorando y agonizando por un hombre que la había estado utilizando durante años, cuando su padre, un hombre que la había cuidado durante toda su vida estaba posiblemente acercándose a su final.

Estaba cabreada. Estaba más que herida. Dolida. Confundida. Y un millón de cosas más que ni siquiera podía empezar a sentir. Tomó una decisión en ese momento: o se ocupaba de ello más tarde, o no se ocupaba en absoluto. Ella amaba a su padre. Y aquí estaba él -aunque en completa ignorancia de su difícil situación- consolándola, mientras atravesaba su propia lucha. Una lucha que ponía en peligro su vida. Ella debería estar consolándole a él.

Que le jodan a Amos.

Parte II

Michel

31

"ESTOY ADICTA A ESTE programa".

"Ni de lejos tanto como Dani. Es de lo único que habla", replicó Louis a su compañero de piso.

"¡Es un buen programa!" se defendió Daniella, sentada en el suelo frente a su mejor amiga comiendo una barrita de nutri-grano de arándanos. Con el pelo recogido en un moño desordenado, iba descalza con unos grandes pantalones de chándal grises y una camiseta de tirantes blanca. "Al menos no estuve metida en el trasero de los Royals durante los últimos meses."

"Uh-oh. ¡Será mejor que no hables mal de Meghan y Harry!"

"¡Ooh!" Dijo Daniella sarcásticamente.

"¡Escucha, sólo me alegré de verla admitida en la familia real! ¡Eso es todo! ¡Es una linda historia de amor!" se defendió Louis.

"Boo, basta. Estabas abucheando viendo la boda".

"¿Y quién dice que realmente la aceptan? Cada vez que la mencionan, tienen que centrarse en que es birracial y divorciada", argumentó Daniella.

"Cierto".

"Ahora, volvamos a mi programa". Daniella tomó el mando a distancia del ROKU.

"Todo lo que este programa me ha enseñado hasta ahora es que nunca quiero visitar Colombia", añadió Louis.

"De cualquier manera, ¡Parece que te di un regalo de cumpleaños que no se acaba, prima!" dijo Clarissa, sentada en un sillón reclinable junto al sofá donde estaba Louis.

"¿Qué regalo? No le regalaste NARCOS, Rissa", dijo Louis.

"Dios mío, cállate".

"No, tonta. La contraseña de Netflix de ustedes", se rio Daniella, mientras navegaba por los programas.

"Zorra, ¿No puedes pagar tu propio Netflix?" preguntó Louis después de suspirar.

"Yo pago los sueldos de los dos", dijo Daniella descaradamente mientras masticaba el último bocado de su barrita de cereales nutritivos. "Lo menos que pueden hacer es dejarme ver su mierda".

Louis y Clarissa se miraron con idéntica expresión de acuerdo.

"Me parece justo. Bueno, definitivamente nos sentimos honrados de que te unas a nosotros en la Mansión Lindridge Martin". Clarissa y Daniella rieron. "Disfruta, zorra", terminó Louis, de la única manera que podía

32

"Muy bien, papi. Tengo tus pastillas ordenadas aquí. Por ahora, sólo tomas el Aricept y el Risperdal. Hablé con el doctor Sams y estoy haciendo todo lo posible para que tomes la menor cantidad de medicación posible."

"Gracias a Dios". Jameson estaba cerca de la isla de la cocina en pijama, secando a mano un puñado de platos.

"¡Vale! Así que, por ahora, sólo usaremos el organizador de pastillas de lunes a domingo. Pero ambos son medicamentos nocturnos. Quiero que los tomes antes de irte a la cama, ¿Entiendes?"

"Sí-" Jameson descorchó una botella de vino: "Señora".

"Además, papá, necesito que vigiles tu consumo de alcohol. Sólo puedes permitirte unas veinte unidades de alcohol a la semana", le dijo Daniella con severidad sin levantar la vista de lo que estaba haciendo.

"Vale, sí, pero ¿Qué es-?"

"Una unidad depende de lo que bebas y de cuánto. En tu caso, tienes que mantenerlo en diez vasos de vino o veinte chupitos de whisky".

"¿Una semana?"

"¡Sí! ¡Papá, una semana!"

Eska ladró mientras se sentaba bajo la mesa en la que trabajaba Daniella.

"Bebe menos alcohol", dijo Daniella, levantando por fin la vista. "Te pondrás mejor".

Jameson suspiró mientras Evelyn entraba por la cocina sonriendo.

"Me llevaré esto". Evelyn le quitó la botella de vino a su marido y siguió caminando fuera de la zona de la cocina con la misma rapidez con la que había aparecido.

"Oh, por el amor de Dios ¿Es todo esto realmente necesario?" Jameson estaba ahora de pie con las manos en los bolsillos inferiores del pijama.

"Todo depende, papá. ¿Te apetecería seguir viviendo?"

"Eso es un poco extremo, ¿No crees?"

"¿Cuántos cerebros tienes, papá?". Daniella se levantó.

"Azalea".

"Tienes un solo cerebro, papá. Desgraciadamente está en declive. Quizá podamos ayudar a ralentizar ese declive para que puedas disfrutar de tu vida el mayor tiempo posible. ¡Para que podamos disfrutar de ti el mayor tiempo posible! Y sería estupendo que pareciera que te importa tanto como a mí".

Daniella se había puesto nerviosa. Jameson podía ver cómo su pecho subía y bajaba con su respiración agitada.

"¿Desde cuándo eres tan dura?" Jameson se acercó a su hija sonriendo.

"¡Papi, esto es serio!"

"Lo sé". Cuando llegó hasta Daniella, la abrazó.

"Tómatelo en serio, por favor", la voz apagada de Daniella salió del pecho de su padre.

"Sí, señora. Me lo tomaré en serio. Tienes razón. Es serio, lo siento".

Evelyn la observaba, sentada en el banco del piano en la oscuridad de la habitación contigua, sorbiendo directamente de la botella.

33

"¡QUIERO VOLVER!"

"¿Y hacer qué exactamente? ¿Impedir personalmente que el huracán llegue a Atlanta?"

"No sé Louis, ¿Estar allí? ¿Y si le pasa algo a la tienda? ¿O a ti?"

"¡Eso es muy dulce, Vainilla, pero tu presencia aquí no evitará que pase nada de eso!"

"De verdad."

"Dios, ¿Me tienes en el altavoz? ¡Hola Clarissa!"

"¡Hola, boo! ¡Quédate en Canadá!" gritó Clarissa mientras Louis sostenía el teléfono en el aire. "¡Fue un movimiento estúpido intentar reservar un vuelo en medio de un huracán, jefa!"

"¡Ustedes dos asegúrense de quedarse adentro!"

"No tenemos muchas opciones, pero de acuerdo cariño". Louis cubrió el teléfono con la mano. "Es adorable cuando está así".

"Adorable."

"¡Los oigo a los dos! ¡No me disculparé por estar preocupada por ustedes!"

"Cariño, la tienda está cerrada como todas las noches. Y está dentro de un maldito centro comercial. Si de alguna manera es destruida por el Sr. Huracán Michael entonces todo el centro comercial se arruinará también... y estoy seguro de que tu seguro se hará cargo de todo si eso sucede. Rissa y yo estamos encerradas en el apartamento haciendo la colada y esperando que aún nos pagues para mañana. Tu perro callejero está a salvo en casa de tus padres. Estamos bien".

"¡Además, un huracán nunca ha llegado tan lejos!"

"Genial, Rissa. ¡Ahora nos acabas de traer mala suerte! ¡Cállate! No te soporto. Vainilla, ¿Qué estás haciendo de todos modos?" Louis levantó la mano en el aire y luego la dejó caer, dándose una palmada en el muslo. "¿No hay algo que podrías estar haciendo ahí arriba, alguien con qué salir? ¿Cualquier cosa?"

"¡Vale! ¿Tienes algún pene ahí arriba? ¿Cómo son los canadienses?" Clarissa intervino de nuevo.

"Dios, eres tan desagradable. Mira, lo último que tengo en mente es un hombre. Canadiense o no". Daniella sonaba molesta. "Para responder a tu pregunta, cariño, estoy en un lugar llamado El Cura de la Hamburguesa".

"Dios, eso suena espeluznante".

"Honestamente soy un poco adicta a este lugar. Sus hamburguesas son lo máximo", exclamó Daniella soñadoramente.

"Vas a volver gorda. A mí me gusta. ¡Come, nena! ¡Come un poco de poutine mientras estás en ello! Estaremos bien. Te quiero!" Louis hizo sonidos de besos en el teléfono.

"Yo también te quiero. Por favor, ten cuidado y mantenme informada".

"¡Yo también te quiero!" Clarissa gritó: "¡Ve a buscar un poco de pene!"

34

"Tus amigos suenan muy divertidos", dijo Deanna, con las manos en los sensores de frecuencia cardiaca de su bicicleta estática.

"Una es mi prima", empezó Daniella con la respiración entrecortada. "Si no lo fuera, no seríamos amigas, te lo prometo".

Deanna se rio. Ella y Daniella se habían convertido en compañeras de entrenamiento desde el primer viaje de vuelta de Daniella tras la gran inauguración de Trefo. Daniella pasaba la mayor parte del tiempo en Toronto. Cada vez que no estaba allí, o explorando diferentes lugares para una mayor expansión, estaba en la mansión del condado de Cobb, manteniéndose al tanto de los cuidados de su padre.

El AirBnB que alquiló Daniella era un apartamento entero de dos plantas en Discovery District. Contaba con muebles y electrodomésticos a juego de primera calidad, bañeras de hidromasaje interiores y exteriores y, por supuesto, su propio gimnasio privado, completo con equipos modernos de cardio y musculación. Deanna pasaba allí la mayor parte de los días de la semana haciendo ejercicio con Daniella siempre que ambas estaban en la ciudad.

"En cualquier caso, me alegro de que estés aquí. No he podido conocer a nadie que valga la pena aquí y eso es decir mucho en una ciudad de este tamaño."

"Oh, para."

"¡Hablo en serio! ¡Lo he buscado! Casi diez millones de personas en el área metropolitana de Toronto, innumerables razas, más de once etnias principales ¡Y no encuentro ni un amigo!"

"Pasas la mayor parte del tiempo en el trabajo, Deanna. No te castigues por eso".

"Sí". pensó Deanna mientras seguía petando. "Vale, antes de conocerte, me uní a una comunidad online llamada InterNations".

"Creo que he oído hablar de eso". Daniella miró a su nueva amiga. "Es que no he querido ser sociable."

"Es bastante genial. Vayas donde vayas, hay un grupo allí. Tienen eventos. Encuentros informales aquí y allá. Sin embargo, nunca he ido. Es un poco desconcertante".

"¿Te considerarías I.N.F.P.?" preguntó Daniella.

"Mucho en la 'I'". Ambas rieron. "Es curioso, no recuerdo haber sido así en casa. Pero en realidad no es una comparación justa porque crecí allí, y conocía a todos los de mi círculo, y a los de los círculos de mis amigos y demás".

"Por supuesto. No es lo mismo estar lejos de casa, en un país diferente".

"¿Y a ti? ¿Cómo te va aquí arriba?"

"Realmente no tengo tiempo para hacer vida social. Esto es todo para mí, creo. Tú". Ambas rieron de nuevo.

Deanna tomó su botella de agua Essentia y dio un largo trago.

"Las dos deberíamos intentar ser más sociables. Juntas, quiero decir. ¿Quizá sea más fácil con una amiga?" sugirió Deanna. "¡No tiene sentido que las dos estemos consumidas por el trabajo y el ejercicio hasta el punto de no divertirnos!"

"No puedo discutirlo".

"¡Y tú, una nena joven y guapa, con un cuerpo estupendo! ¡Deberías estar por ahí disfrutando! Y aunque soy una madre de mediana edad de adultos-"

"Basta, eres igual de buen partido, si no más", interrumpió Daniella.

"¡Pues vamos a coger un poco!" Deanna hizo una pausa tras observar la expresión facial de su amiga. Como si de repente no estuviera del todo presente. "Perdona, ¿Tienes un chico en casa?"

Daniella sonrió después de un momento. Pensando que habían pasado más de dos años desde que perdió al que sentía que era el amor de su vida; ¿Por qué no había seguido adelante con algo o con alguien más? Como si no echara de menos ser deseada, ser tocada. Tenía muchas ofertas. Muchas oportunidades. Y tampoco eran cualquiera; eran educados, hombres de negocios, empresarios, etcétera. Ella no había dado a ninguno de ellos la oportunidad de acercarse demasiado.

Pulsó stop en su cinta de correr y redujo la velocidad gradualmente hasta detenerse. "¡Hagámoslo! Hagamos algo. Cualquier cosa."

35

"No necesitaba que me trajeras el formulario". Louis miró el formulario DS-11 de solicitud de pasaporte.

"Podrías haberme engañado".

"No es difícil de hacer".

"Mira, cariño, después de que tú y mi prima se burlaran de mí por no tener pasaporte, ¡Salí y conseguí uno esa misma semana!".

"Enhorabuena. Y todavía no lo has usado", contestó Louis sin levantar la vista de su solicitud vacía.

"Esa no es la cuestión", le espetó Clarissa a su compañero de piso mientras distribuía el dinero en la caja registradora del puesto de batidos. "Yo tengo uno, ahora te toca a ti. ¡Hagámoslo, pongámonos a viajar!" Clarissa levantó las manos en el aire mientras chasqueaba los dedos.

"Vale, no vuelvas a hacer eso por favor. Iré a rellenar esto".

"Tendrá que esperar hasta el almuerzo, señorita Thang". Clarissa cerró suavemente el cajón de la registradora. "Abrimos en siete minutos. Y con tu forma de leer, sé que tardarás más de una hora en terminarlo". Clarissa empezó a caminar hacia la entrada de la tienda.

"¿En serio, zorra? DE ACUERDO". Louis buscó bajo el mostrador del puesto de batidos su mochila azul marino lisa de No Boundaries para guardar sus papeles.

"Dios mío. Louis", dijo Clarissa en voz baja tras un grito ahogado.

"No estoy hablando contigo, déjame en paz", dijo Louis con muy poca emoción.

"¡Louis, maldita sea, trae tu trasero aquí ahora mismo!" repitió Clarissa con lo que sólo se podía describir como un susurro-grito. "Quiero cortar en pedacitos a este hijo de puta, lo juro por DIOS", dijo Clarissa.

A Louis le llamó la atención. Aunque su capacidad de lectura acababa de ser insultada, no podía resistirse a lo que Clarissa estuviera presenciando. O mejor aún a quién. Quizá él también quería cortar a quien fuera.

Se levantó y se acercó a Clarissa, que estaba de pie, enfadada, con el dedo sobre el botón de la puerta de seguridad. Mientras se levantaba lentamente, Louis se dio cuenta de a qué venía tanta angustia.

"Este pedazo de mierda", dijo finalmente Louis, sin estar ni de lejos tan callado como Clarissa.

"¿Vale? Cumberland. Greenbriar. North Lake-"

"West End".

"¡Maldito West End! ¡Exacto!" Clarissa seguía susurrando. "¿A todos los centros comerciales a los que podría haber llevado su debilucho trasero tuvo que traerla aquí?"

Las dos se miraron.

"¿No?"

"¿No?" Louis parecía sorprendido. "¡Tú eres la que habla de cortar al hijo de puta, yo apoyo totalmente hacer una escena con él y su pequeña zorra aspirante a Meagan Good ahora mismo!" exclamó, ya no igualando el tono callado de Clarissa.

"Mi prima me dejó a cargo de la tienda mientras ella no estaba. No puedo hacerle eso. No puedo hacer que nos despidan".

Louis miró a Clarissa como si no supiera quién era mientras ella continuaba.

"Lo sé, lo sé. Pero mira esto. ¿Qué vas a conseguir? Sé que Daniella se enfadaría mucho con nosotros si... hiciéramos lo que los dos queremos hacer ahora mismo".

"Tienes razó, yo-"

"Oh, diablos, no." Clarissa tomó el brazo de Louis. "¿Eso que lleva en el dedo es un puto anillo?"

"Zorra..."

Clarissa volvió a llevar a su compañero de cuarto dentro de la tienda con una mano y la otra sobre su boca. Vio cómo respiraba profundamente y lo abiertos que tenía los ojos. Ella sabía que una escena estaba a punto de desarrollarse.

"¡Louis, no!" dijo Clarissa, básicamente abrazando a Louis para mantenerlo sujeto. "Te lo ruego. Por favor, para".

"¡No! ¿Sabes lo mucho que ella quería esto de él? Todo lo que hizo por su desvalido trasero, ¿Y ahora se casa con ella?"

"¡Louis esa es su elección! Y además, ¿No están siempre diciendo como ustedes siempre tienen éxito y dejan a una nena negra por una de nosotros?"

Louis miró fijamente a Clarissa.

"¡Aquí tienes! ¡Ascendió escalones y dejó a una nena blanca por una negra! El mundo vuelve a tener sentido!" dijo Clarissa, sin aliento por intentar sujetar a un hombre adulto.

"Te equivocas en eso".

"Cariño, es que no quiero decepcionar a Daniella. Ella nos dejó esta tienda. Y sabes que es lo único que le importa más que ese imbécil de ahí fuera y su maldito perro callejero. No podemos hacer un escándalo aquí."

"No puedo creer que seas tú. Tú siendo la cabeza fría. ¿Quién eres?"

Ambos se rieron.

"Tengo que llamar a Daniella". Louis sacó su teléfono.

"¿Qué demonios estás haciendo?"

"¡Ella necesita saberlo!"

"¿Por qué?" Clarissa se acercó, empujando el teléfono y la mano de Louis hacia su lado. "Ese imbécil... esos dos imbéciles ya le han causado suficiente dolor a Daniella. ¿Por qué tenemos que ser nosotros los que abramos de nuevo la herida? Ella ya tiene bastante de qué preocuparse. Su negocio, su padre moribundo, ¡Ella misma! Para. Por favor, te lo ruego".

Louis se quedó pensativo.

"Hola, ¿Ya abrieron?" Un hombre con un polo de tenis blanco y pantalones caqui asomó la cabeza por debajo de la puerta de seguridad medio abierta.

"Vale. Además, tenemos que ir a trabajar".

36

LA ÉPOCA NAVIDEÑA EN Georgia rara vez significaba nieve. Este año, como el anterior, significaba cincuenta grados bajo cero y cielos parcialmente nublados. En la parte del condado de Cobb que corresponde a los Cartwright, el aire era tan fresco que se podía oler el musgo de los robles de su mansión.

Varios coches se alineaban en el camino de entrada. Coches que normalmente nunca estaban allí. Entre ellos había dos Range Rover distintos: uno pertenecía a los padres de Clarissa, que vivían en Tennessee, y el otro a Clarissa. El suyo, por supuesto, era un Discovery SE, el modelo más barato disponible, con un humilde precio de sólo 59.500 dólares, mientras que sus padres conducían el First Edition, por supuesto con todos los juguetes. Ventajas que besar el anillo Cartwright ya no les proporcionaba en estos días. El pobre Chevy Cruze de Louis parecía tan fuera de lugar al lado de los Range Rover, el Audi de Daniella y, por supuesto, los vehículos de los propios Cartwright: un Bentley Mulsanne de 2017 apenas conducido y un Shelby GT500 Super-Snake de 1967 totalmente restaurado y prístino.

Normalmente, los Cartwright utilizaban el Bentley como principal medio de transporte. Pero si Jameson quería pasear o, más bien, presumir, quitaba la funda personalizada del coche y sacaba su juguete del garaje, aunque solo fuera para dejarlo reposar en la entrada y permitir que lo admiraran los invitados.

"¿Qué ha hecho que papá invite a toda esta gente a la cena de Navidad? La mayoría no le caen bien". Daniella estaba de pie junto a su madre en el vestíbulo de la casa después de dar la bienvenida a los últimos invitados, la familia Sams: Donovan, Carly, su mujer, y por supuesto Dillian, David y Carrie-Anne, sus tres hijos de un solo dígito de edad.

"Bueno", Evelyn Cartwright tomó un sorbo de su tercer sour de manzana y arce. "Estoy bastante segura de que sabes el motivo, cariño". Evelyn se tragó el resto de la bebida de un trago.

"Jesús, mamá. Tranquilízate. En primer lugar, papá está muy bien".

"No me digas que me lo tome con calma. Llevo todo el año esperando tener un motivo para abrir esa botella de Brandy Hirosaki de treinta años".

"Me sorprende que hayas esperado", replicó Daniella antes de que su expresión se tornara en una profunda reflexión.

Evelyn lanzó una mirada a Daniella, tomó su vaso de piedras vacío y se marchó sin decir nada.

"Mamá..." Eska se acercó a Daniella, desviando su atención. "Hola, cariño".

Tomó en brazos a su amiga de cuatro patas y la abrazó mientras caminaba por el vestíbulo principal hacia el comedor formal. La habitación tenía la sensación de dinero viejo y demasiado tiempo en las manos. Aparte de los adornos y los postres perfectamente colocados, había una enorme mesa Sheraton Revival de madera dura y mohagany que abrasaba a veinte personas sentadas en el centro de la sala.

Normalmente sólo tenía platos y cubiertos a juego nunca usados, servilletas decorativas y flores en el centro. Hoy, era todo eso más platos calientes de punta a punta. Como platos principales, había dos pavos, dos jamones, una pierna, un solomillo y tres patos. Estaban colocados estratégicamente en la mesa para que uno no tuviera que desplazarse o pedir a los demás que le pasaran los platos desde demasiado lejos. Tenían dos cacerolas grandes de relleno y varios platillos llenos de salsa gravy y salsa de arándanos frescos enteros, dos cacerolas grandes de macarrones con queso al horno y tres cacerolas de cazuela de boniatos, dos cacerolas de judías verdes repletas de trozos de tocino y dos platos de gres llenos de boniatos.

Las bebidas estaban en una mesa cercana a la de los niños. La mesa de los niños también estaba totalmente adornada. Como siempre hacían en las reuniones familiares, la desordenaban sin supervisión.

"¿Necesitas ayuda con algo, papá?" le dijo Daniella a su padre después de dejar a Eska en el suelo.

"Parece que no soy la única que se levanta". Ambos sonrieron al ver a Eska alejarse, seguramente en busca de Louis. "No, Azalea. Entre Louis, Xochitlally y Lupita está todo bastante listo."

"Sigues sin poder decir bien el nombre de esa mujer". Daniella se rio, en referencia a las ahora amigas de sus padres.

"Ya casi no las veo. De todos modos, nunca quise contratarlas. Fue idea de tu madre. Puedo cuidar de mí misma. Soy el mejor cocinero de esta familia".

"No hay discusión", respondió Daniella.

"Hola tío Jameson, ¿Podemos poner este espectáculo en marcha o qué?" Una Clarissa medio ebria entró en el comedor desde el patio trasero donde estaban la mayoría de los otros invitados, cerca del calor de la chimenea exterior de piedra victoriana.

"Hola, estoy listo cuando tú lo estés. Azalea, ¿Te importaría? Tu preciosa prima tiene apetito".

"Claro, papá".

"Te quiero, cariño".

37

"¿Estos asientos son de tu agrado, Daniella?" preguntó Michel desde sus asientos en el suelo del teatro del Centro Four Seasons para las Artes Escénicas.

"Oh, vamos, Michel. Sabes que estos asientos son perfectos", dijo Daniella sonriendo. Sentada junto a Michel exactamente en el centro de la platea.

Michel se desabrochó el botón superior de su chaqueta de esmoquin azul real Brunello Cucinelli y se puso cómodo.

"Nunca se sabe. Algunas personas prefieren sentarse en el entresuelo durante una ópera. Algunos dicen que es una mejor vista, también es más fácil ver los subtítulos-"

"Prefiero no leer e intentar disfrutar de la ópera al mismo tiempo", intervino Daniella.

"¿Ah?"

"Además, nunca había estado en una ópera, así que tendría que decir que, hasta ahora, estos son mis asientos favoritos". Daniella se rio entre dientes.

"¿Nunca has ido a una ópera?" dijo Michel tras un jadeo sincero y dramático. "¡Esto es inaceptable!" Parecía ofendido.

Daniella rio un poco más, encantada de que su falta de experiencia operística le molestara tanto. Puso su mano sobre la de él, que estaba apoyada en el reposabrazos que había entre ellos.

"Bueno, ahora me la has presentado, y te estoy muy agradecida". Michel sonrió, y se calmó mientras ella continuaba: "Estoy segura de que esta interpretación de-"

"La Boheme", asistió Michel.

"La Boheme, gracias- será increíble."

"Estoy seguro de que también lo será. Es su último espectáculo de 2018". Michel hizo una pausa, "Quiero decir, claro, es el último día del año, por supuesto". Ambos soltaron una risita. "Quiero decir que espero que sea el primero de muchos". Michel sonrió. "Para nosotros".

Daniella le devolvió la sonrisa.

La música clásica que oía desde que los dos hicieron su entrada en el teatro fue in crescendo hasta detenerse. Había varios sonidos sibilantes y sutiles por todo el teatro. La gran visualización del programa de mano en las pantallas superiores se desvaneció en negro y Daniella se topó con una excitación que nunca esperó que se produjera aquella noche. No sólo por la experiencia, sino por el hecho de que Michel no había apartado sus ojos gris-verdosos de ella desde que habían dejado de hablar hacía unos momentos.

Esos ojos subían y bajaban por su vestido negro de terciopelo Tom Ford de cuello barco, no de forma espeluznante en absoluto, pero sí definitivamente lujuriosa, por no decir otra cosa. A ella no le importaba, en absoluto. Por fin se armó de valor para mirarle, justo cuando él y todo el público empezaban a aplaudir al director de orquesta que se acercaba.

"Estás exquisita". Fueron las últimas palabras que pronunció durante toda la ópera, y la sonrisa no pudo borrarse de su rostro.

38

"Suena maravilloso, señor".

"Daniella, querida. Después de todos estos años, ¿Cuántas veces tengo que decírtelo?"

"Lo siento."

"¡Deja de disculparte también!"

"Tienes razón... Brock."

"¡Cielos, puedo oír lo intranquila que estás por teléfono!"

"¡Soy del Sur! Algunos de nosotros todavía estamos..." Daniella se detuvo.

"¿Te enseñaron a respetar a tus mayores?"

"Ahora puedo oír la inquietud en tu voz". Ambos compartieron una carcajada.

"Bueno, parece que nos entendemos. Ha pasado tiempo desde la última vez que hablamos de esto. ¿Estás preparada para intentarlo de nuevo?"

"¡Lo estoy! El análisis del mercado minorista en México está fuera de serie ahora mismo. Así que tengo unas cuantas ciudades que quiero examinar personalmente. Tengo algunas reuniones preparadas".

"Bueno, está bien. Obviamente tenías razón sobre Toronto. Un segundo, Daniella. Marsh, por favor, pon a Marco en la línea". Brock habló con su azafata y su asistente.

"¿Estás en tu avión ahora mismo?" dijo Daniella en un tono familiar.

"Tendrás el tuyo propio muy pronto, estoy seguro".

Daniella había visto a su socio comprar él mismo el avión Bombardier Global 7500, en Toronto, el mes anterior. El avión acababa de recibir la certificación de tipo y se había puesto a disposición del público. Brock Elliot consiguió el suyo antes que Niki Lauda, Oprah Winfrey y Warren Buffet. La aeronave, valorada en setenta millones de dólares, era el avión de negocios de mayor alcance y tamaño del mundo. Estaba muy cotizado y a Daniella le ofrecieron dar una vuelta en él, pero se sintió como una cobaya probando un avión totalmente nuevo.

"Esperaré a ver cómo te va esta experiencia, Brock", bromeó Daniella.

"Me ha ido muy bien durante el mes que lo he tenido. Eres libre de utilizarlo cuando quieras. Llévatelo a México si quieres".

"No puedes hablar en serio". Daniella rechazó el gesto.

"¡Claro que lo digo en serio! Sinceramente, no lo uso lo suficiente. Estoy seguro de que a mis pilotos y a la tripulación de vuelo les encantaría tener algo que hacer".

Daniella se quedó sin habla. Se había criado en una familia acomodada, por supuesto, pero sus padres nunca vieron la necesidad de tener jets privados. Su padre decía que sólo la conservación, el almacenamiento, el mantenimiento y la tripulación los llevarían a la bancarrota, y mucho menos el coste del propio avión. Volar en primera clase o alquilar un avión siempre le pareció mejor, y a Daniella también.

"¿Dónde piensa buscar? Haré que Franchesco elabore unos planes de vuelo".

"Señor-. Sr.- ¡Brock! ¡No sé qué decir!" dijo Daniella, consiguiendo hablar, aunque nerviosa.

"¡Sólo di los nombres de las ciudades que piensas visitar en México!" Brock se rio. "Si te hace sentir mejor, puedes llamarlo una inversión de negocios. Ya que, esencialmente, lo que sea que estés haciendo allí podría traerme algo de dinero a mí también".

Ambos rieron.

"Ya he visitado Ciudad de México. Después, estaba pensando en Guadalajara, Querétaro y Puebla".

"¡Vaya! ¡Ya has aprendido español! ¡Pronuncias todo tan bien! Seguro que sueno como una estúpida gringa cada vez que voy de visita".

Daniella casi se ahoga de la risa.

"Intentaré regurgitar eso a mí piloto y navegante. Me pondré en contacto contigo. Daniella, cuídate linda", dijo Brock frívolamente.

"Tú también, Brock". Daniella tocó con el dedo su auricular y sonrió.

39

"¡DIOS MÍO, DEANNA, PODRÍAMOS haber venido andando!" dijo Daniella saliendo del UBER, asegurándose de no volver a engancharse la pernera de su traje pantalón de tres piezas de gasa, color gris topo, de Mori Lee, como hizo al entrar.

"Google dice que eran cuarenta minutos andando; no estaba dispuesta", dijo Deanna siguiendo a su amiga fuera del coche.

"¡Buenas noches, señoritas!"

"¡Tú también, Ajantha!" respondió Daniella a su chófer antes de que Deanna cerrara la puerta.

"¡Jesucristo, esa sí que era parlanchina!", dijo Deanna mientras empezaba a caminar hacia un callejón.

"Antes te quejabas de no conocer a nadie aquí, ¡Ahora recientes las conversaciones amistosas!". bromeó Daniella.

"Ja, ja".

"¿Qué es este lugar? ¿Ping?" Daniella leyó el cartel antes de entrar.

"¡Feliz cumpleaños, Vainilla!"

"¡Oh, Dios mío!" gritó Daniella cuando oyó una voz familiar, y un nombre familiar que sólo una persona le dice.

"¡Hola prima, feliz cumpleaños!"

"¡Chicos!" gritó Daniella, ya derramando lágrimas.

"Dios mío. Para, zorra". Louis se acercó para abrazar a su amiga. Clarissa se unió también. "Más vale que entres aquí, mi pequeña agente secreta."

Deanna se unió al abrazo grupal.

"¿Tú también? Espera".

Deanna devolvió un choca esos cinco de Louis tras el abrazo. Luego otro de Clarissa mientras un camarero se acercaba al grupo con una bandeja que contenía dos botellas de Armand de Brignac Ace of Spades Rose, y cuatro copas de champán de diez onzas.

"¡Cómo!" preguntó Daniella mientras agarraba la mano de Louis.

"Nena no te preocupes por eso. Sólo cállate y bebe".

"Lo siento, esto es todo lo que podíamos permitirnos después de esos billetes de avión tan caros. ¿Quién te dijo que nacieras en verano?" Dijo Louis.

"¡Basta! ¡Esto es perfecto! ¡Los quiero!"

Los cuatro rieron y bebieron la primera de muchas copas de champán mientras Deanna les indicaba la mesa de ping-pong.

"¿Así que es un bar, donde se juega al ping-pong y se bebe?".

Las tres miraron a Daniella sin comprender mientras Clarissa servía más rose.

"¡Por qué no había oído hablar de este sitio antes! Podría haber venido todas las semanas". exclamó Daniella alegremente.

Después de treinta minutos, una cuarta botella de Rose, tres pedidos compartidos de patatas fritas y una hamburguesa SPIN, el maquillaje, el pelo y el atuendo de Daniella estaban arruinados. A ella no le importaba. Estaba más que eufórica por ver a su nueva amiga, y a su sistema de apoyo de casa allí, todos en un mismo lugar. ¡En Toronto! Tampoco la habían sorprendido nunca por su cumpleaños de esa manera. Estaba contenta. Estaba borracha.

"¡Dios mío, Deanna, estás sobria como un pájaro!" le espetó Daniella a su nueva amiga.

"¿Por qué la gente dice eso? ¿Por qué un pájaro?" preguntó Clarissa, medio ebria también.

"Soy sommelier, me va esta vida, ¿Qué puedo decir?".

"¿Somalí? Eres blanca, cariño", dijo Louis, tampoco en su estado más sobrio.

"¡Somalí!" Daniella se rio tan fuerte que se le escaparon los gases, incluso por encima de la música lo oyeron sus amigos y su primo.

"¡No!" gritó Clarissa mientras todas reían.

"Tenemos que irnos", dijo Deanna después de que recuperaran parte de su compostura.

"Creo que tiene razón", replicó Clarissa. "Aunque mi plan era echar un polvo con ella esta noche... no estoy segura de que esté dispuesta a ello". Todos se rieron.

"¿Crees que un pequeño pedo ahuyentaría a un chico de una nena como Daniella?". preguntó Deanna entre risas.

"No creo que un pedo ahuyentara a un chico ni siquiera de mí", dijo Louis. Las nenas y Louis rieron un poco más.

"La última vez que tuve sexo fue con Amos", dijo Daniella en voz baja.

"Que se joda", dijo Louis tras una dolorosa pausa.

"¡Que se joda!" Deanna y Clarissa dijeron juntas.

"Me pregunto qué estará haciendo ahora mismo". Daniella se levantó, poniéndose la chaqueta.

"Probablemente olfateando detrás de su estúpida esposa en alguna parte", dijo Clarissa dando el último sorbo a su champán.

Louis se quedó helado.

"¿Su qué?" Daniella pareció recuperar la sobriedad al instante.

Clarissa no se dio cuenta de lo que había dicho hasta entonces.

"Nada, Vainilla, vámonos". Louis intentó tirar de Daniella hacia la salida.

"Prima, lo siento. Estoy borracha. Y sabes que soy estúpida. Vámonos". Clarissa se puso en pie.

"¿Está casado?" Una lágrima cayó de cada uno de sus ojos hasta su camisa. Como si ambas se hubieran perdido por completo su rostro. "¿Y ustedes lo sabían?"

Deanna consiguió acorralar a todas hacia la salida. Daniella se concentró en su teléfono todo el tiempo.

"Dany, por favor dime que no estás llamando por él", pidió Clarissa. "¡Lo siento mucho, no quería hacerte sentir mal! ¡Como lo estás ahora!"

"Estoy bien", dijo Daniella, en un tono monótono.

"¿Entonces qué estás haciendo?"

"¡UBER para Daniella!" Llamó un conductor desde un Ford Fusion rojo.

"¡Daniella!" Louis gritó mientras Daniella abría la puerta trasera del UBER.

"¡Estoy bien! Gracias, chicos, por una buena noche. Nos vemos mañana".

40

La entrada al palacete Alvear fue decepcionante. El edificio de condominios de Thornhill constaba de seis plantas por debajo del ático. El ático, al que ella se dirigía consumía los dos últimos pisos, que estaban completamente cubiertos de ventanas.

Michel se sorprendió al recibir el mensaje de Daniella exigiendo su dirección. También le sorprendió el hermoso desastre que había al otro lado de su entrada: descalza, con una mancha evidente en la parte superior de su traje pantalón. Su pelo estaba despeinado. Lo más sorprendente fue el acercamiento no verbal. La forma en que tiró de él hacia ella y lo encerró en un beso y un abrazo enérgico que él no estaba seguro de haber recibido nunca hasta ese mismo momento. Justo dentro de las puertas francesas de marfil había una escalera en espiral junto a un piano de cola de bebé.

Daniella no se molestó en buscar una cama, un sofá o protección. Empujó a Michel hacia abajo, sobre los peldaños de la escalera, todavía con los pantalones cortos y una camiseta que llevaba cuando abrió la puerta. Sus tacones habían caído al suelo desde el momento en que entró en el apartamento. Desprendiéndose de la parte inferior de su traje pantalón, una pierna tras otra apoyó su cuerpo sobre el regazo de Michel, frente a él. Michel, de nuevo aún conmocionado, pero inevitablemente consciente de adónde iba esto vio cómo Daniella le bajaba la cremallera de los pantalones cortos y metía la mano en su interior.

Antes de darse cuenta, jadeó, mientras Daniella le miraba y sonreía. Michel sintió un calor como nunca antes había sentido. Un anhelo, una urgencia e incluso un sofoco a niveles que nunca había experimentado.

Daniella atrajo la cara de Michel hacia sus pechos mientras lo cabalgaba rítmicamente. Él no podía hacer mucho más que aguantar. La tomó por la cintura, por primera vez desde que comenzó el encuentro mostrando algo más que obediencia. La acercó más a su regazo con cada movimiento que ella daba, haciendo que cada vez se aferrara más a su cabeza. Podía sentir su aliento en su pelo. Podía sentir cada vez más su calor por todas partes. La mitad inferior de Daniella se movía ahora a la altura de las caderas, empujando hacia atrás a Michel, haciéndole clavar la parte baja de la espalda en la siguiente contrahuella de la escalera metálica. Michel no podía concentrarse en el dolor de esta postura cuando rivalizaba con el placer de su sorprendida invitada.

"Espera, espera. Yo..."

Daniella acalló la precaución de Michel y aumentó el ritmo y la intensidad de su rítmico vaivén. Daniella sintió que Michel se hinchaba dentro de ella, y gritó justo antes de que lo sintiera desbordarse tal y como ella esperaba.

Daniella sonrió de nuevo, ralentizó su movimiento pero no se detuvo, mientras todo el cuerpo de Michel se sacudía ligeramente y sufría espasmos incontrolables con cada lenta y deliberada inclinación, embestida y balanceo de su cuerpo. La miró a los ojos, como si estuviera indefenso y estupefacto, completamente inconsciente de quién era realmente aquella mujer.

Feliz cumpleaños para mí.

41

DANIELLA SENTÍA QUE NO estaba en casa. Se sentía fuera de lugar y desconocida. Teniendo en cuenta que estaba en la puerta de su propia casa, era una sensación extraña, por no decir otra cosa.

Dejó a Eska en el suelo tras el corto trayecto desde la casa de sus padres y cerró la puerta del garaje y la puerta superior con sólo pulsar un botón cuadrado de la pared interior. Eska caminó de habitación en habitación con un sniffari como hacía habitualmente. Daniella entró en su cocina y se rio suavemente al ver su estantería de vino vacía, sabiendo que Louis era el único culpable. Antes de darse la vuelta, se dio cuenta de que el vino nunca volvería a ser el mismo gracias a Deanna.

Se dio cuenta de repente, tras mirar su diván blanco Divani Casa, de la razón por la que no se había molestado en venir mucho por aquí en los últimos dos años. El sofá donde ella y Amos se sentaban, dormían, veían películas, reían, hablaban, hacían planes, hacían el amor... toda la casa estaba puramente saturada de recuerdos de él. Por primera vez desde que recibió aquellos mensajes, por fin sintió que lo había superado, aunque nunca llegó a decirle lo que sentía. Se lo había arrebatado todo: la relación, el amor, el hombre. Unos pocos mensajes de texto pusieron fin a años de inversión. Tardó otro tanto en asimilar el hecho de que se había acabado y de que nunca tendría una explicación real. Sólo había una puerta abierta que conducía a un espacio donde estaban las cosas, en el que ella ya no podía entrar. Hubo muchos momentos a lo largo de esos dos años en los que Daniella tuvo ataques de búsqueda de venganza. Pensó en cualquier cosa, desde enviarle fotos desnuda hasta presentarse en su peluquería, o ¡Hasta quemar su peluquería! Rápidamente se encogió de hombros ante todos esos pensamientos, pero a veces los tenía. El dolor parecía aparecer en los momentos más extraños, y de las formas más extrañas.

Aunque seguía adelante y había terminado de llorar, su casa seguía sintiéndose vacía, y la mayor parte del tiempo no la utilizaba, tanto si la evitaba como si no. Seguía sintiendo que su vida tenía su base en Atlanta, pero ¿Con qué frecuencia estaba allí? Y cuando estaba, ¿Con quién estaba? Con su padre enfermo. No quería pasar mucho tiempo lejos de él. Y La Mansión también seguía siendo su hogar. Su padre se aseguraba de que ella lo supiera cada vez que podía.

Pronto pasaría tanto tiempo en México como en Canadá si las cosas iban bien.

Qué desperdicio.

"¿Qué pasa, prima? ¿Todo bien con el tío J?" contestó Clarissa.

"Hola, Clarissa. Sí, ¡Todo va bien! ¿Cómo estás?" cantó Daniella, alegremente.

"Oh, Dios mío... has tenido algo, ¿Verdad?" gritó Clarissa al auricular. Daniella tuvo que apartarlo de su oreja, "cuéntamelo todo. ¡Louis!" gritó Clarissa a su compañero de piso.

"No te he llamado por eso, Clarissa".

"¡Dios mío! No lo estás negando!"

Daniella intentó ocultar su risa mientras escuchaba a su prima y a su amiga más querida corear "Dani tiene un pene" una y otra vez a través del teléfono.

"¡Chicos, paren! ¡De verdad, los llamé por una razón!"

"¿Quién era?"

"¿Era blanco?"

"¿Era un taxista?"

"¿Era uno de tus empleados?"

"Oh Dios, qué caliente. ¡Sí! Dinos que era uno de tus empleados, ¡Por favor!"

"¡Chicos, por favor! ¡Sólo llamaba para decirles que quiero que se muden a mi casa!"

Se hizo el silencio en la línea telefónica.

"¿Hola?"

"Zorra, ¿Cuándo quieres que nos mudemos?" Louis rompió el silencio.

"¿De acuerdo?" añadió Clarissa. "Nena, tomaré un U-Haul y entregaré estas llaves de mierda ahora mismo", dijo Clarissa con franqueza.

"¿Cuándo termina? ¿Tu contrato de alquiler?" preguntó Daniella seriamente.

"Lo estamos haciendo mes a mes ahora, en realidad. Se vencía hace un tiempo, pero decidimos pagar la cuota extra por mes a mes en lugar de firmar otro contrato de arrendamiento porque no estaba segura de cuánto tiempo iba a durar este 'Romance hogareño' nuestro."

"Zorra, por favor", dijo Louis. "Pero de todos modos, voy a hacer las maletas. Te quiero, Daniella!"

"¡Te quiero, prima!"

"Los quiero chicos. Entonces, ¿Supongo que eso es un 'sí' para los dos? ¿No tienen ninguna pregunta o preocupación o algo? ¿Vamos a hacer un plan? ¿Hola? ¡Hola!"

42

"Entonces, ¿Qué significa esto exactamente? Creía que les estaba yendo bien. ¿No es normal a su edad cierta alteración del movimiento?"

"Sí y no, Señorita Cartwright".

"Por favor, doctor. Llámeme Daniella. Mi madre es la Sra. Cartwright".

"Me parece justo". El Dr. Sams se reclinó en su silla de madera del despacho. "Daniella, toma asiento".

Daniella se sentó de mala gana en un sillón frente al Dr. Sams desde el otro lado de su escritorio.

"Como ya sabe, su padre tiene problemas con sus... Lo que nos gusta llamar: "ADL's" o actividades de la vida diaria. Quizá en otras circunstancias, si su padre estuviera, digamos, simplemente envejeciendo y no tuviera ninguna enfermedad o dolencia importante, su movilidad limitada o la disminución de sus funciones posiblemente se considerarían sólo efectos secundarios naturales del envejecimiento. Pero con su padre padeciendo demencia, y posiblemente LBD, el cambio repentino es motivo de cierta preocupación añadida, por desgracia." El Dr. Sams tomó aire mientras Daniella asimilaba la información.

Naturalmente, parecía preocupada. Hizo lo posible por no parecer disgustada aunque era evidente que lo estaba.

"Continúe", respondió Daniella después de aclararse la garganta.

"Muy bien, así que básicamente su padre ha pasado a la fase tardía de la demencia".

"¿Tardía?" Daniella apretó los puños y arrugó la frente. La palabra no le sentaba bien en ese momento.

"Sí, lo siento. Es la tercera etapa principal y final de la demencia. Estoy seguro de que es consciente de la incontinencia, el aumento de la pérdida de memoria y la mayor necesidad de asistencia. Por cierto, ¿Me han dicho que han contratado ayuda en la casa con su padre? ¿Preparación de comida, baño, limpieza general, etcétera?"

"Sí, Xo y Pita han sido de gran ayuda".

"Y tú. Tu padre y tu madre dicen que has estado trabajando con ellos incansablemente cuando estás en la ciudad. Eso es estupendo".

El Dr. Sams sonrió a Daniella. No era mucho mayor que ella. Sin embargo, conocía demasiado bien este tipo de situaciones. Tuvo que dar malas noticias como ésta a varias personas en su ejercicio como médico, y cosas peores. Aunque no había muchas situaciones peores que ésta.

"Digo esto para decir que realmente no creo en los plazos. Como médico, estoy entrenado para decirle a alguien cuánto tiempo es probable que le quede. Pero... he visto escenarios en los que, con los cuidados y la determinación adecuados, la gente ha vivido mucho más de lo esperado con estas y otras enfermedades."

Daniella finalmente empezó a llorar.

"Oye, podemos terminar esto más tarde, por qué no..."

"¡No!" gritó Daniella, interrumpiendo bruscamente al médico. "No", repitió, esta vez con su voz normal. " Rápidamente se secó las lágrimas de la cara y endureció el rostro. "Lo siento, por favor, continúe. Estoy bien".

"¿Está segura?"

"Estoy segura. Por favor, continúe", dijo Daniella, recuperando la compostura.

"De acuerdo". El Dr. Sams sonrió.

"¿Por qué...?"

"Te pareces mucho a él, Daniella. A tu padre. Ustedes dos se parecen mucho".

Daniella sonrió satisfecha y apartó la mirada.

"Tu padre en este momento tiene una esperanza de vida desde tan sólo cuatro meses hasta tanto como seis años. Si lo mantenemos alejado de cualquier infección, enfermedad y seguimos haciendo lo que han estado haciendo se podría llegar al extremo más lejano de ese espectro y posiblemente más tiempo. Con la disminución de la ingesta de alcohol, la dieta, etcétera, podría vivir ese tiempo. Posiblemente más tiempo. Pero por favor, sea consciente de lo frágil que es su estado. Cualquier problema o complicación con su salud a lo largo del camino será más grave que una versión de él sin la demencia. ¿De acuerdo?"

"Entendido". Daniella resopló, sentándose erguida, como si tomara las palabras del Dr. Sams como una llamada personal a la acción.

"¡Bien!"

"Bien". Daniella se puso de pie, enderezándose la camisa y limpiándose la cara por última vez. "Eh, doctor. Gracias por hablar conmigo a solas. Mi madre puede ser un poco exagerada y papá..."

"Lo sé. Lo sé."

43

"SÓLO CREO QUE HA estado diferente desde el pequeño encuentro de ustedes". Deanna dejó de hablar para dar un mordisco a su pizza.

"El pequeño encuentro", dijo Daniella, tapándose la boca mientras masticaba.

"¡Nena, estoy tan contenta de que me hayas convencido!" dijo Deanna, ahora hablando mientras masticaba.

"Es increíble, ¿Vale?" Daniella dio otro mordisco.

La pareja siguió caminando por la calle Front justo después de salir de Pizza Nova, con la Torre CN a su derecha. El mes de agosto en Toronto tenía un tiempo suave; no llovía mucho y aún no había hecho frío. Las nenas se reunían a menudo para beber, comer, pasear o hacer ambas cosas si no estaban dentro del apartamento de Daniella haciendo ejercicio.

Daniella se había encariñado bastante con cierta parte de la ciudad. No sólo vivía allí, en el Viejo Toronto, sino que también se había propuesto recrearse y comer fuera al menos dos veces al día, familiarizándose con el entorno y encontrando nuevos favoritos.

"Todavía no puedes convencerme de que esto no es queso", dijo Deanna masticando.

"Es queso", dijo rotundamente Daniella.

"¡Sabes lo que quiero decir! Queso de verdad".

"Es literalmente de verdad, Deanna", se rio Daniella.

"¡Sabes lo que quiero decir! ¡De leche! ¡De vaca!" Deanna arrancó un trozo de pizza con los dedos. "¡Mira lo pegajosa y elástica que es! Esto no puede estar hecho de... ¿De qué?"

"Anacardos".

"¡Anacardos! ¡Dame un maldito respiro, Daniella! ¡Los anacardos no hacen esto!"

"¿Por qué nos mentirían sobre su queso de nueces?" bromeó Daniella.

"Los anacardos son en realidad semillas". Deanna frunció los labios sarcásticamente.

"¡Oh, perdón!"

"En serio", Deanna miró a su amiga mientras continuaban su paseo a bocados. "Realmente es inesperado".

Las dos habían pasado ya la Torre CN y estaban cruzando hacia la Avenida de la Universidad. El tráfico de la noche era denso, el olor de los tubos de escape les llegaba a veces a la nariz mientras se aferraban a la acera, terminando su pizza.

"¿Seguimos hablando del queso de anacardos?"

"Cariño, tú eres el queso de anacardos". Ambas rieron. "Si fuiste allí e hiciste lo que dijiste que hiciste... es realmente increíble. Igual que los anacardos que se convierten en este increíble queso mejor que el normal".

"Será mejor que no le digas eso a Michel".

"Oh, lo sé; me despediría si supiera que estoy comiendo una pizza vegana". Las dos volvieron a reírse.

Daniella encontró un cubo de basura público con una boca apenas lo bastante grande para que cupiera su caja mediana vacía de Pizza Nova. La metió dentro y se quitó las migas de las manos con un movimiento de palmas y volvió al paso de su amiga.

"No sé qué me pasó, sinceramente". Daniella pensó un momento mientras continuaban su paso casual. "Tienes razón, fue algo fuera de lo normal en mí. Irresponsable incluso".

"Oye, eso no es lo que estoy diciendo en absoluto. Tienes todo-"

"Ni siquiera usamos protección".

"Yo tampoco lo hago nunca", murmuró Deanna en voz baja mientras apartaba la mirada.

"¡Qué!" Daniella se rio.

"Nada, sigue con lo que estabas diciendo".

"¡Deanna!" Daniella le dio un codazo a su amiga en el hombro.

"Me he sentido tan estúpida y tonta. ¡Apenas lo conozco! Me hice la prueba de embarazo dos, cuatro y seis semanas después".

"Maldita sea".

"Lo sé. Mientras tanto, él probablemente se pasea por ahí sin importarle nada. Probablemente ni siquiera piensa en ello."

"No, como he dicho. Ha sido diferente".

"¿En serio?"

"Sí. Y te juro, Daniella que si intentas que camine todo el camino de vuelta a tu casa, no lo haré, ¡Me subiré a un UBER ahora mismo!"

"¡Aww, vamos! Nos lo estamos pasando tan bien."

Daniella consiguió que su amiga diera el largo paseo de treinta minutos de vuelta, como de costumbre.

44

"¡Dios mío, Michel eso fue absolutamente maravilloso!"

"Me alegro de que te gustara. Y esto fue un poco más justo".

"¿Qué quieres decir?" Daniella entró en su UBER, a una manzana de la Compañía Canadiense de Ópera. Michel la ayudó con el faldón de su vestido.

"Esta ópera se cantaba en un idioma que ninguno de los dos conocía", terminó Michel cuando ambos estuvieron en el coche.

"La Boheme era italiana, ¿No?". Daniella entrecerró un poco los ojos.

"Si, signora. E Corretto", respondió Michel en italiano.

"Eso suena a español".

"Le aseguro que es italiano".

"Espera, ¿También hablas italiano?" preguntó Daniella, sorprendida.

"Lo hablo".

"¿Me estás tomando el pelo?" Daniella apoyó la cabeza en el hombro de Michel mientras hacía pucheros. "Esto no es justo. Apenas hablo inglés".

"¡Tonterías!" Michel se rio. "Y pronto, tú también estarás aprendiendo español".

"No me digas que tú también sabes español", dijo rotundamente Daniella.

Hubo una larga pausa en la conversación.

"¿Y bien?" preguntó Daniella, levantando por fin la cabeza para mirar a Michel a los ojos. "¿Lo sabes?"

"¡Me dijiste que no te lo dijera!"

"¡Hablas cuatro idiomas!" Daniella cada vez más fuerte.

"Cálmate, Daniella", dijo Michel sonriendo incómodo, mirando al conductor.

"¡Lo siento!" Daniella aún emocionada, "Hablas cuatro idiomas, ¡Es increíble!"

"En realidad cinco", dijo Michel a regañadientes. "También hablo alemán".

Daniella bajó los hombros.

"También hago mis pinitos en turco, pero nunca afirmaría que conozco el idioma", continuó Michel con indiferencia. "No suelo hablarlo mucho. Uno de mis proveedores de postres es turco".

"Dios mío, eres un políglota".

"¿Un qué?" Michel parecía ligeramente ofendido.

"Una políglota". Daniella se rio entre dientes. "Alguien que habla o conoce muchos idiomas".

"Ah, vale. Bueno, ¡Supongo que yo lo soy!" La expresión de Michel se volvió orgullosa.

El conductor del UBER continuó hacia el norte, el tráfico era denso debido a las obras en la zona del Viejo Toronto.

"Entonces, ¿Qué piensas de Rusalka?" preguntó Michel.

"Ya te lo dije, me encantó". Daniella sonrió. "La música era incluso mejor en esta que en la anterior".

"No, no la obra, el duende. Su personaje".

"Oh". Daniella suspiró después de inspirar profundamente. "Siento que hace quedar mal a todas las mujeres. Sinceramente".

Michel se rio para sus adentros.

"¿Cómo es eso?"

"En primer lugar, ella puso la vida de un hombre en peligro simplemente porque lo quería. Y si él no la quería, moría".

"Sí."

"El príncipe podría haber vivido una vida normal, una larga vida, si ella no hubiera interferido en el... orden sobrenatural de las cosas".

"¿No le parece romántico?"

"¡No! De ninguna manera. Si amas a alguien, debes querer que sea feliz. No que muera sin ti".

Michel volvió a reírse.

"¿Crees que eso es romántico?" preguntó Daniella, sinceramente.

"Creo que es una historia interesante.

45

"ERES LO MEJOR QUE he tenido nunca, Daniella". Michel miró profundamente a los ojos de Daniella, con una franqueza que indicaba rendición.

Ella no sabía cómo tomárselo. No sabía si él estaba siendo sincero, o si era algo que había dicho a otras mujeres para hacerlas sentir bien.

Él ya me ha hecho sentir bien.

¿Por qué iba a necesitar halagarme ahora? Nadie se lo había dicho nunca. Amos seguramente nunca lo había hecho. Y obviamente ella no era lo mejor para él. Si no, no la habría dejado tan fácilmente.

Daniella sonrió a Michel y lo besó suavemente, con la mano detrás de su cabeza. No sabía qué decir, así que pensó que sería lo mejor.

Una vez más, en su ático, pero esta vez al menos en la cama, los dos yacían desnudos besándose bajo las mantas de satén de la cama King oriental de Michel. Algo en ella, algo que había hecho la hacía especial para él. ¿Era en serio? ¿Lo estaba pensando demasiado? ¿Tenía que repetir el sentimiento? ¿Era el mejor? Definitivamente le encantaba lo que hacían. Pero también habían pasado dos años entre amantes. Si fuera posible que uno pasara tanto tiempo sin agua, ¡beber de la taza del váter parecería como beber de un glaciar que se derrite!

¿Por qué se obsesionaba con este sentimiento? ¿Por qué no podía creérselo?

Daniella siguió pensando mientras la cabeza de Michel desaparecía bajo las sábanas. Daniella jadeó cuando Michel empezó a hurgar de cabeza entre sus muslos. Nunca le había gustado esto. Amos la complacía oralmente a veces, pero nunca era con mucho fervor, nunca con tanta intensidad sensual. Nunca fue algo que ella pensara que iba a desear con avidez. Sin embargo, aunque Michel acababa de empezar, ella sabía que desearía este encuentro una y otra vez.

Mientras jugaba con sus orejas y su pelo, Daniella pensaba cada vez más en lo que ella y Michel eran... si es que eran algo. ¿Puede hacer todo esto y desear todo esto con alguien con quien no está técnicamente? ¿Alguien con quien no tiene, ve o quiere un futuro? ¿Qué sentía él por ella? ¿Era sólo sexo? Sentía que no era como su prima, capaz y dispuesta a hacer estas cosas con cualquiera que le atrajera lo suficiente. Ella necesitaba compromiso. Necesitaba estabilidad. Aunque, ella pensaba que tenía todo eso con Amos.

Se había entregado a él de todas las formas en que una mujer puede entregarse a un hombre. Su tiempo, su dinero, su esfuerzo, su corazón y su cuerpo. ¿La trataría Michel de forma diferente? ¿Lo quería Michel todo? ¿O sólo aquello con lo que actualmente se deleitaba con tanta avidez?

Daniella, incapaz de soportarlo más, tiró de Michel hacia ella de nuevo, y continuó dando, y tomando, mientras tomaba nota mental de tomar más anticonceptivos de emergencia por la mañana.

46

"¿Disfraces a juego? Estás loca".

"¡Deanna! ¡Vamos! Será divertido".

"Cariño, tus amigas ya piensan que soy rara; ¡No voy a aparecer con un disfraz a juego contigo! Ni siquiera me he disfrazado nunca para Halloween", dijo Deanna, de nuevo sentada en la bicicleta.

"¡Ya te lo he dicho! Clarissa es mi prima".

"Ya sabes lo que quiero decir. ¿No puedo ponerme unas orejas de conejo y ya está? No me gustan estas cosas".

"¡Bien! Bien". Daniella llegó a la fase de enfriamiento de su carrera, señalada por un pitido y una ralentización automática de la cinta de la cinta. "Supongo que apareceré contigo, con cara de tonta, toda engalanada con un disfraz genial mientras mi chaperona luce un traje pantalón".

"¡Chaperona!" jadeó Deanna. "¿Tienes algún problema con mi forma de vestir?" preguntó Deanna juguetonamente.

Daniella sonrió sarcásticamente.

"De acuerdo, Missy. ¿De qué iríamos vestidas?" preguntó Deanna.

"No lo sé. De lo que quieras".

"Esa es la cuestión, no sabía que quería hacer esto", dijo Deanna con franqueza.

"¿Cuál es tu película favorita?

"Grease", contestó Deanna rápidamente.

"Bueno, eso no funcionará. Seguro que tendríamos que explicar esos trajes toda la noche". Las dos se rieron. "Vale, ¿Cuál es tu serie favorita?"

"Um... Desde que terminó la séptima temporada este verano, me he estado dando muchos atracones de Orange is the New Black, yo-"

"¡Perfecto!" Dijo Daniella con los ojos muy abiertos. "¡Iremos a comprar monos de prisión naranjas, cadenas y zapatillas blancas y nos trenzaremos el pelo! Puedes ir como tu personaje favorito de la serie!"

"Entonces, ¿Puedo ser Pennsatucky?" preguntó Deanna soñadoramente.

"¡Um, sí! Sea quien sea, ¡Puedes ser eso!" Daniella aplaudió emocionada. "Entonces, ¿Elegirás un personaje para mí?"

"¡O puedes ver la serie tú misma y elegir a alguien! Supongo que nunca la has visto".

"No, no la he visto". Daniella sonaba avergonzada. "Sé que es popular, sólo que no me parecía algo en lo que pudiera meterme. ¿Una serie que trata solo sobre mujeres criminales? No me parece atractivo en absoluto".

"Dios mío, mírala y elige un personaje. O no lo hagas, ¡Y podemos ir las dos como nosotras mismas siendo que yo no quería hacerlo para empezar!" Dijo Deanna finalmente levantándose de su bicicleta, limpiándola.

"No-no-no, sólo déjame entrar en el Netflix de mi prima, ¡Porque esta nena está a punto de vestirse de naranja el próximo fin de semana!"

47

"¿Todavía lo tomas solo, Harvey?" preguntó Jameson, mientras se servía un vaso de Johnnie Walker: Masters of Flavour blended Scotch.

"Por supuesto. Eh, ¿Deberías estar bebiendo?" preguntó Harvey. Asomándose por la esquina.

"Jesús, ¿También te han pillado a ti?" Jameson terminó de servir a su amigo y abogado de la familia, Harvey Paulson un vaso de whisky.

"Sabes que tu mujer me da mucho miedo".

"Bueno", empezó Jameson tras una risita, "yo también lo tendría si ella me golpeara en la cabeza con un plato de cristal".

"Lo hizo, James. Te golpeó en la cabeza la misma noche que me golpeó a mí". Ambos rieron. "Por eso le tengo tanto miedo. Enfadarse y golpear a un completo extraño es una cosa, pero ¿También intentar matar a tu prometido?"

"Basta ya, no intentaba matarte".

Los dos se miraron fijamente mientras tomaban tragos de sus respectivos vasos. Jameson dejó el suyo y luego tomó un sorbo de agua de otro vaso.

"Vale, estaba intentando matarnos a los dos". Los dos volvieron a reírse. "Siéntate, Harvey". Jameson señaló hacia el comedor.

"No te preocupes si lo hago".

Harvey tomó una pluma estilográfica del bolsillo de su chaqueta y sacó algunos papeles de su maletín de cuero, los puso sobre la enorme mesa del comedor. Se quitó la chaqueta de su traje gris a rayas de cachemira de Kiton y la colocó sobre el respaldo de su asiento.

"¿Está aquí, por cierto? ¿Evelyn?" preguntó Harvey una vez sentado, todavía situándose.

"No, puedes estar tranquilo". Ambos rieron entre dientes. "Está de compras con unas amigas".

"Estupendo".

"Harv, esta mujer se ha comprado un jersey". Jameson bebió otro trago de whisky. Luego, otra vez el agua. "De cuatro mil dólares".

"Estás bromeando."

"No bromeo".

"¿Sólo un jersey? ¿No era un conjunto entero?"

"Sólo un jersey."

"Seguro que era un jersey bonito, James."

"Era un jersey, Harv. Podría haber sido de Target y nunca habría notado la diferencia".

Los dos volvieron a reír. Luego, un breve silencio.

"¿Me estás dando largas?"

"¿Qué?" Jameson terminó su whisky más rápido de lo que había planeado. "¿Dando largas a qué?"

"La razón por la que estoy aquí".

"¡No! Sólo... Yo... ¡Ha sido una compra interesante! ¿Qué harías si tu mujer comprara un jersey de cuatro mil dólares?"

"La mataría", empezó Harvey, sin pasión. "Pero eso es diferente. Mi mujer es una influencer de veinticuatro años que conocí en Ukrainiandate.com. Tu mujer lleva contigo desde la universidad y ha construido este imperio contigo".

"Buen punto. De todas formas, ¿Cómo está Ivanna?"

"Vete a la mierda, Jameson". Los dos volvieron a reír. "Se llama Alina. Y me está poniendo de los malditos nervios. ¿Ya has terminado de dar rodeos?" preguntó Harvey, con una sonrisa cómplice.

"De acuerdo, de acuerdo. Es una pena, se suponía que no debía irme antes que tú".

"Bueno, puede que no. Tal y como es esta nena en el dormitorio, puede que estire la pata cualquier día de estos".

"Ves, ahora quiero que te vayas". Los dos volvieron a reír.

"¡Tranquilo! Tranquilo, viejo amigo!" dijo Harvey en reacción a la risa de su amigo que se convirtió en una fuerte tos.

"Lo siento", dijo Jameson sobre otra serie de toses.

"No, no seas tonto. ¿Estás bien?" Harvey estaba ahora al lado de su amigo, acariciándole suavemente la espalda.

"No, estoy bien, estoy bien. Me equivoqué de pipa, supongo". bromeó Jameson.

"De acuerdo", dijo Harvey, volviendo a su asiento. "Como iba diciendo, realmente ha sido un viaje divertido".

"En efecto, lo ha sido, viejo amigo".

"Nunca hubiera pensado que estaría haciendo esto contigo hace tantos años en Mercer".

"No, cosas como ésta eran lo último en lo que pensábamos", respondió Jameson solemnemente.

"Tienes razón".

"Muy bien, Harv. Empecemos".

"De acuerdo, jefe". Harvey empezó a escribir.

Última Voluntad y Testamento:

48

"DEFINITIVAMENTE SOY PIPER. Sí", dijo Daniella en sus cápsulas de aire. Estaba sentada en un sofá moderno bajo y blanco en el apartamento de Michel, vestida sólo con una camiseta de tirantes y un par de bóxers de Michel. "¿Te imaginas? ¿Yo? ¿En prisión? Dios mío, sería igual que ella. Teniendo ataques de pánico, haciendo enojar a la gente porque nunca digo lo que vale. Estaría cagada de miedo". Daniella hizo una pausa para escuchar. "Sí, tienes razón. Me las arreglaría, igual que ella. Hasta ahora. Sin spoilers, ¡Por favor!"

Daniella había llegado a la mitad de la primera temporada de Orange is the New Black, su tarea asignada por su amiga para su misión de disfraces de Halloween.

"¡No puedo creer que haya siete temporadas de esto! Me alegro mucho de que me hicieras verla. No es nada de lo que pensé que sería", continuó Daniella, mientras obviamente su amiga le tomaba el pelo. "¡Claro que sí!" dijo Daniella emocionada.

"¡Daniella, por favor!" Michel salió corriendo de su estudio, sujetando su teléfono móvil a la espalda. "¡Baja el volumen, estoy en una llamada!"

"¿Por qué me gritas?" Daniella se dio la vuelta, aún sentada, confundida ante aquel tono autoritario.

"¡Estás parloteando tan alto que apenas puedo oír!" Michel gritó aún más fuerte, gesticulando con frustración.

"Cálmate y deja de gritarme, por favor", insistió Daniella, con severidad, pero sin levantar la voz.

"¡Si bajaras la voz, no te estaría gritando!". Michel continuó con la misma inflexión.

"No, te llamaré más tarde", dijo Daniella en voz baja antes de levantarse y colgar la llamada con Deanna.

"¿Qué estás haciendo?" dijo Michel, utilizando por fin una voz normal para hablar.

Daniella estaba recogiendo rápidamente la ropa con la que había llegado. Se quitó los bóxers y se vistió. Tomó su bolso y su abrigo de camino a la puerta principal. Daniella decidió que sus acciones eran respuesta suficiente, y no iba a contestar verbalmente a Michel después de la falta de respeto que acababa de mostrar.

"Daniella, ¿A dónde vas?" Michel siguió a Daniella mientras salía por la puerta y caminaba hacia los ascensores. "¿Tu te fous de moi?"

"¡Suéltame!" gritó Daniella en respuesta a Michel que la tomaba firmemente del brazo.

"¡Para!"

Daniella apartó bruscamente el brazo de Michel, y éste la volvió a tomar de inmediato, esta vez haciéndola girar para que quedara frente a él.

"¡Desole! Lo siento, Daniella".

"No me importa, suéltame".

Michel dirigió su rostro hacia Daniella, plantándole un beso firme en los labios. Daniella se apartó, confusa. Nunca había visto a nadie hacer esto en la vida real, sólo en las películas. Siempre le molestaba. Era estúpido.

Michel la besó de nuevo, y al recordar todas aquellas veces que había visto películas con los besos furiosos y lo insípido que parecía todo, se dio cuenta de que llevaba varios momentos besándolo, y que había vuelto a entrar con él en el ático con la puerta cerrada tras ellos.

No sabía si era su cuerpo, o su acento, su cara, o incluso su cocina o tal vez todo ello lo que le hacía irresistible, pero acabó de nuevo en la cama, haciendo más ruido con él del que había iniciado este episodio en primer lugar.

49

"Dios mío, realmente espero que limpien mi casa después de esto".

"¡Jesús, Chapman, cálmate!" gritó Louis, vestida de Mujer Maravilla.

"En serio necesitamos Diversión, Daniella, estamos de Chill esta noche. No Mommy Vibes, slash CEO Daniella", remachó Clarissa.

"Vale, Harley Quinn, es que... ¡Esto es mucho más gente de lo que me dijiste al principio!". continuó Daniella.

"Vainilla, lo tenemos. No tendrás que mover ni un dedo. Para mañana al mediodía, ni siquiera podrás decir que tuvimos una fiesta esta noche".

"¿Lo prometes?" Daniella hizo un puchero.

"Zorra, basta".

"¡Oye!"

"¡Eh!" replicó Deanna. "¡Vengo con chupitos!"

"Ustedes dos son un lío", dijo Clarissa, cogiendo un vaso de chupito de Deanna. "Daniella, ¿Qué sabes siquiera de ese programa? No parece algo que tú verías".

"La nena estaba loca por NARCOS, ¿Por qué no le iba a gustar O.I.T.N.B.?" añadió Deanna.

"¡Siempre hay que preocuparse por las guapas, dulces e inocentes! Ellas son las verdaderas locas".

Daniella jadeó.

"¿Estás segura de que quieres arriesgarte? ¿Recuerdas lo que pasó en Toronto?" le preguntó Louis a Clarissa. "Boca floja-"

"¡Louis no empieces conmigo!"

"Dios, me encanta cuando se pelean", le dijo Deanna a su amiga a juego.

"A mí también. Siempre lo he hecho. Bienvenidos a mi mundo!"

Las cuatro tomaron sus chupitos y empezaron a bailar con su casa llena de invitados, mientras Havana de Camila Cabello sonaba a todo volumen por los altavoces de la casa de Daniella.

Ella no los había elegido, Amos sí. Mientras se balanceaba al ritmo de la música, se acordó de él encorvado sobre los subwoofers, con los cables enrollados alrededor del cuello. Dijo que le gustaba el hecho de poder hacer algo por ella por una vez. Era mucho más sonido y volumen del que ella quería o necesitaba. Ni siquiera entendía lo que significaba sonido envolvente 7.1. No sabía por qué necesitaba tantos altavoces. Cuando Amos estaba por allí, jugando a su XBOX ONE con su amigo Demetric, ella se sentía como si estuviera en un estadio. ¡Sólo que más alto!

Intentó salir de sus pensamientos mientras veía a Clarissa mover el trasero delante de ella como siempre hacía.

Dios, ojalá pudiera moverme así.

Daniella no quería estar pensando en Amos. Sabía que él no pensaba en ella. Seguía sin entender cómo pudo hacerle lo que le hizo. Daniella hizo todo lo posible por divertirse. La hizo sonreír ver que Louis y Clarissa estaban bien. La hizo feliz ver que Deanna disfrutaba de su tiempo con su grupo de gente. Después de todo, ahora formaba parte de su grupo de gente. No se alegró especialmente de ver a gente bailando en su sofá. Pero decidió dejarlo pasar y tomar otro trago.

"¡Vaya, me encanta esta canción!" exclamó Daniella cuando sonó Despacito de Luis Fonsi.

Louis, Clarissa, Deanna y Daniella gritaron, chillaron y vociferaron tan alto como pudieron. Daniella dejó de pensar en Amos y se divirtió, haciendo todo lo posible por recitar la letra en español de esta canción que, sinceramente, sólo había escuchado una vez antes.

50

"LA FIESTA DE ACCIÓN de Gracias de su país es hoy, ¿Verdad?" preguntó Michel a Daniella, antes de sorber una cuchara llena de bisque de tomate y albahaca.

"Sí, es hoy". Daniella probó su sopa de cebolla francesa.

"¿No querías celebrarlo con ellos?". Michel parecía preocupado.

"He estado mucho allí últimamente. También estaré allí por Navidad, y necesitaba ocuparme de algo en Trefo".

"¿Supongo que las cosas van bien?"

"Sí, pero realmente necesito contratar a alguien para que dirija las cosas. Como estoy planeando expandirme a México y tal vez abrir otro local en Atlanta, no puedo seguir cuidando este local como lo hago". Daniella hizo una pausa. "Creo que la única razón por la que no he contratado a ningún directivo es porque me gusta estar aquí arriba, pasando tiempo contigo".

Michel sonrió.

"¿Te gustaría que te llevara a casa?"

"Me encantaría". Daniella sonrió cuando Michel tomó su mano y la besó suavemente. "Pero termina tu sopa. Sé que te gusta mucho".

"Aquí siempre se las arreglan para añadir la cantidad justa de nata". Michel tomó su última cucharada de sopa. "¿Tienen Hothouse en Estados Unidos? Su buffet es increíble".

"No que yo sepa, nunca he oído hablar de ello. Aunque estoy seguro de que sería un éxito".

"Por supuesto".

"Es increíble verte así".

"¿Así cómo?"

"Bueno, eres un chef muy popular y consumado con su propio restaurante. Me imaginé que sería difícil impresionarte a ti y a tu..." Daniella gesticuló mientras buscaba la palabra adecuada. "¿Paladar?"

"¡Ah!" Michel se rio entre dientes. "Bueno, cariño, si está bueno, está bueno. No tiene por qué ser algo lujoso, o de lujo, o hecho por alguien especial o de renombre mundial".

"Eso me gusta, Daniella sonrió".

"Pediré la cuenta y un UBER". Michel levantó la mano para indicar al camarero.

"No te preocupes cariño, yo pediré el UBER", contestó Daniella rápidamente mientras sacaba su teléfono.

Michel le guiñó un ojo a Daniella.

¿Acabo de llamarle "cariño"?

Esa noche, en el apartamento de Daniella, el sexo fue duro. Más duro de lo que ella había experimentado nunca. La habían manoseado de una forma de la que no sabía que Michel era capaz. Después de que él se hubiera marchado, se miró en su espejo de cuerpo entero, inspeccionando su propio cuerpo.

Se fijó en las marcas de su cuello, garganta y trasero. Nunca se había corrido tan fuerte. Su garganta estaba llena de marcas. Tampoco se había marcado ni magullado nunca antes por el sexo. No estaba segura de si lo amaba o lo odiaba. Esta marca particular de sexo, Daniella sentía, aunque poco práctica, definitivamente no estaba fuera de la mesa.

51

EL AEROPUERTO INTERNACIONAL BENITO Juárez estaba en obras. Aunque Daniella había estudiado algunas nociones básicas de español, eso no la preparó para la falta de inglés que vería y oiría al llegar a la capital del país.

Estaba decidida a no ser la estadounidense ignorante, aunque la determinación se desvaneció rápidamente mientras caminaba sin rumbo fijo, mirando los carteles que no podía entender. Por suerte para ella, el paquete internacional que compró para su teléfono cuando abrió Trefo Toronto también incluía llamadas, mensajes de texto y datos ilimitados en México, y pudo utilizar Google translate.

Después de enterarse de que la palabra **SALA** significaba "vestíbulo", seguía realmente confusa. Por supuesto, ella sólo se dirigía a la aduana, así que no había demasiada confusión detrás de eso. Después de todo, la señalización direccional existente tenía traducciones al inglés debajo. Además, el pictograma que mostraba a una persona con sombrero y la representación de una libreta de pasaportes era un indicio inequívoco, independientemente del idioma que uno hablara.

Ella había rellenado su formulario de aduanas en el avión; la mayoría de la gente no lo había hecho, así que se cruzó con varios pasajeros de camino a la cola del control de pasaportes para ciudadanos no mexicanos.

"¡Adelante!", exigió una joven con traje azul mientras hacía un gesto hacia un agente de control de pasaportes, sentado dentro de una caja de plexiglás. *"Cinco".*

"Vale, cinco. Entendido."

"¡Hola!" dijo Daniella exuberantemente, sonando tan americana como era humanamente posible.

"Hola, buenos días. Pasaporte," dijo el agente masculino, inexpresivo. Algo que Daniella se había acostumbrado a esperar de los aeropuertos de Canadá y EE.UU. Estos agentes decían lo mismo todo el día, día tras día. Lo más probable es que no pudieran estar más aburridos. "Gracias, eh, ¿Cuánto tiempo va a visitar México?". El agente hablaba con un fuerte acento pero parecía ansioso por hablar inglés.

"Um, cuatro días," dijo Daniella, sonriendo, sintiéndose realizada.

"Ah, ¿Hablas español?" El agente respondió con una ceja levantada, hablando rápidamente en su lengua materna.

"*¡Oh! Um, un poco.* Todavía estoy aprendiendo", consiguió decir Daniella mientras hacía una mueca de dolor.

"*Ah, un poquito, vale, vale.* Bueno, sigue practicando". El agente tomó su sello y marcó fuertemente en verde la primera página vacía del pasaporte de Daniella. "Mejorarás. Disfruta de tu estancia". Sonrió.

"*Gracias, señor. Adiós*".

"*Hasta luego*", respondió el agente sin mirarle a los ojos.

Daniella pasó por la zona de aduanas, entregó su formulario a otro agente y luego la condujeron a una zona donde había obras. Había muros altos y provisionales por todas partes, pero ella se dirigió a la recogida de equipajes, donde el caos era total: largas colas, grandes aglomeraciones y bullicio en todas direcciones. Buscó el carrusel que indicaba Toronto por encima de ellos. Una vez que lo encontró, se acercó e inmediatamente vio su maleta.

"*Disculpe*" Daniella intentó abrirse paso educadamente a través de la gran multitud que se agolpaba hasta su maleta. "*Disculpe,*" repitió.

Después de llegar por fin a su bolso, se dirigió al exterior, a una gran calle en forma de U. Estaba inundada de gente que se le acercaba para ofrecerle servicio de taxis, limusinas y coches de alquiler. No tenía ni idea de si los taxistas aceptaban tarjetas de crédito y no veía la necesidad de una limusina. Por lo que había leído antes de llegar, alquilar un coche no era algo que quisiera hacer. No le gustaba conducir en ningún sitio que no fuera Georgia.

Decidió sacar su teléfono y comprobar si funcionaba Uber. Tecleó el nombre de su hotel al ver que el mapa digital de la aplicación estaba repleto de conductores de Uber.

Alejandro está a 13 minutos.

Daniella encontró un lugar para esperar a su Uber, lejos de las puertas correderas de cristal de la salida del aeropuerto. Intentaba por todos los medios evitar rechazar todas las ruidosas solicitudes.

Como siempre, Daniella comprobó la matrícula, la marca, el modelo y el color del coche antes de entrar. Lo hacía incluso en Atlanta, después de haber oído hablar en su país de algunos desafortunados incidentes con conductores de vehículos compartidos. Todo coincidía. Un Honda City 2019 rojo. Matrícula D19-AB1.

"¡Buenas tardes! ¿Dany-ayja?" preguntó Alejandro, a través de la ventanilla del lado del pasajero.

"¿Sí, Alejandro?" respondió Daniella.

Alejandro asintió y salió del coche rápidamente, rodeando el vehículo para recoger las maletas de Daniella. Llevaba unos vaqueros azules de corte bootcut, unas zapatillas Adidas azules de corte bajo y una camiseta holgada con un bolsillo en el pecho izquierdo. Tomó su mochila y su pequeña maleta y las colocó en el maletero antes de abrir la puerta trasera del lado del pasajero para Daniella.

"Gracias, señor" Daniella sonrió mientras subía.

"¡Bien, Listo!", anunció Alejandro tras volver a sentarse en el asiento del conductor y ponerse el cinturón de seguridad.

"Listo. Listo, entendido."

"Vale. Vas a..." La voz de Alejandro se entrecortó mientras pulsaba el botón de iniciar viaje en su aplicación Uber Driver. "St. Regis Ciudad de México. *Muy Bueno*!" dijo Alejandro, mirando de nuevo a Daniella.

"Sí, señor," contestó Daniella, entendiendo sobre todo que su conductor sabía al menos a qué hotel iba.

"¡Muy bien, jefa! Vamos," bromeó Alejandro.

Daniella sonrió, aún perdida en la traducción.

52

"¿Quieres otra copa de vino?" preguntó Michel, levantándose de la cama sin llevar nada más que un reloj Tag Heuer Calibre E4 en la muñeca izquierda.

"No", gimió Daniella, mirando soñadoramente a su amante. "Las cinco copas que nos tomamos antes fueron más que suficientes para mí".

Michel sonrió y salió del dormitorio. Los ojos de Daniella rodaron hasta la nuca cuando él desapareció de su vista. Le encantaba hacer el amor con este hombre. No tenía suficiente. Cada vez que se acostaban juntos, era como si él estuviera sobre ella y dentro de ella a la vez. Le costaba describírselo a sí misma; sólo sentía que cada vez era más alucinante. Él era tan apasionado. Era como si la necesitara.

Pero por muy buenas que fueran sus experiencias coitales, ella seguía sin poder sacudirse la pregunta:

¿Qué somos?

Daniella no se disculparía por querer ser algo con alguien a quien se entregaba constantemente. Dando y recibiendo. No podía quedarse sólo con la pregunta. Tenía que enfrentarse a él. No sabía cuándo lo haría, ni cuándo era el momento adecuado, pero tenía que hacerlo. ¿Quizás a través de un mensaje de texto, o un correo electrónico? Sería incómodo tener esta conversación en persona, le parecía.

"¿Qué somos?" soltó Daniella, en cuanto Michel volvió a entrar en la habitación con un vaso de tinto.

"¿Disculpa?" preguntó Michel, confuso, aún desnudo, de pie, orgulloso y desvergonzado frente a su amante, sorbiendo su vino.

"¿Qué. Somos. ¿Nosotros?" Daniella gesticuló. "Estamos teniendo todo este sexo maravilloso, saliendo en citas y pasando la mayor parte de nuestro tiempo libre juntos, ¿Qué somos?"

"¡Ah! Sí, estoy familiarizado con esa necesidad de las mujeres occidentales de poner nombres, títulos y etiquetas a todo. Lo comprendo".

"No creo que sean sólo las mujeres occidentales".

"Créeme, sólo te pasa a ti. En Europa no tenemos estos problemas", dijo Michel, orgulloso de su generalización.

"Eso no puede ser cierto. Pero incluso si lo es, no soy de Europa, y me gustaría una respuesta", dijo Daniella, severamente, mientras se sentaba, cubriéndose ahora con las sábanas de la enorme cama.

"Bueno", empezó Michel antes de terminar su vino. "¿Qué sugieres que seamos?" preguntó Michel, dejando su copa sobre la mesilla de cristal.

"Si seguimos así, con el sexo sin protección y, el sexo oral, y el tiempo que pasamos juntos, pensaría que deberíamos considerar estar juntos. Monógamos, exclusivos, como quieras llamarlo".

"¿Te preocupa quedarte embarazada? Porque ya me he sometido al procedimiento. ¿Cómo se llama? ¿La vasectomía?" Michel pronunció las palabras, con un acento marcado, sin saber que era básicamente lo mismo en inglés.

"Vasectomía, sí, lo entiendo. No... no sólo me preocupa el embarazo, hay otras razones por las que el sexo y además sin protección debe ser sólo... ¡Con una persona!"

"Sí, por supuesto, Daniella, lo entiendo". Michel puso su mano sobre la de ella. "Es sólo que no me esperaba esto. No sé si estoy preparado para hacer lo que tú esperas. Me gusta cómo son las cosas ahora contigo".

"Pues a mí no". Daniella empezó a buscar su ropa.

Jesús, ¿Dónde demonios están mis bragas?

"Daniella, por favor. ¿Otra vez esto?" afirmó Michel enfadado.

"¡No estoy aquí para ser tu amiga con derechos, Michel! ¡Hay muchas otras mujeres o prostitutas aquí para eso! ¡No estoy para eso! ¡Ahí están!" Daniella encontró todas sus prendas y comenzó a vestirse.

Daniella consiguió ponerse sus leggings Balenciaga, su sujetador deportivo y sus zapatos antes de llegar a la puerta principal. Buscó en los bolsillos de su chaqueta de nailon a juego su teléfono para llamar a un Uber.

"Michel, para", dijo Daniella sobre un suspiro cuando sintió que él volvía a tomarla del brazo por detrás, como antes. "Esta vez no. No puedo hacer esto".

Él la giró, de nuevo como antes, pero ella esquivó su beso y sacudió los brazos para zafarse de su firme agarre. Volvió a balancearla, pero esta vez con más fuerza.

Ella nunca había sido golpeada antes. Por nadie. Definitivamente, no un hombre. Estaba completamente conmocionada. Se llevó la mano a la mejilla derecha, donde sólo unos segundos antes, Michel le había propinado la bofetada más rápida, aunque físicamente ineficaz, con la palma de la mano. No sentía ningún dolor físico; simplemente estaba sorprendida de que él la hubiera golpeado. Estaba más que sorprendida. Y Michel parecía que sólo esperaba una respuesta; ni arrepentido, ni malicioso, sólo esperando, posiblemente pensativo. Era como si no hubiera pensado bien la acción y estuviera literalmente esperando a ver qué ocurría a continuación.

Y al igual que nunca había sido golpeada por un hombre, nunca había golpeado a un hombre. Hasta ese preciso momento. Su expresión facial y los movimientos de sus brazos proyectaban cada parte de lo que pretendía hacer, y Michel ni se inmutó. Tomó su golpe, y se quedó allí, mirando a su amante. Posiblemente ex amante.

El momento fue largo, pero ambos esperaban a ver qué hacer a continuación. Ninguno de los dos lo sabía. El ascensor había llegado y se había ido. Y poco después, los dos estaban de nuevo, detrás de la puerta cerrada, en la enorme cama de Michel, haciendo lo que a Daniella le encantaba hacer con él, pero se prometió a sí misma que no lo volvería a hacer, sin alguna aclaración.

Después, ella se sentó en su cama mientras él se adormecía lentamente, con la cabeza sobre su estómago. Odiaba lo mucho que le gustaba que él estuviera siempre así sobre ella. Lo odiaba porque no podía llamarlo suyo. No había lugar, ni pertenencia. Ninguna posesión. Cero responsabilidades.

"Daniella, lo siento".

Dios mío ese acento.

"Estaba borracho", continuó Michel. "Todavía estoy borracho, de hecho". Los dos se rieron. "Eso es inaceptable, y lo siento".

"Sí..." Daniella fue cortada por el timbre de su teléfono. "¿Mamá?" Daniella contestó perezosamente.

"Dani, es tu padre".

53

Encontrar un vuelo en Navidad era siempre una tarea ardua. Encontrar un vuelo para el 23 de diciembre era casi imposible. Originalmente había programado su vuelo para el día de Navidad. A poca gente se le ocurre esperar hasta el día de Navidad para coger su vuelo.

No era muy frecuente que Michel diera rienda suelta a su McLaren 720s azul Polaris 2019, pero un Uber no era suficiente. Daniella necesitaba estar en YYZ al instante, y no había forma más rápida de llegar que ésta.

"Sí, el vuelo más rápido a Atlanta, Georgia".

"Sí, señora. Parece que sólo nos quedan asientos de clase business para el de las 2:45. Pero están embarcando ahora, no estoy segura de que le sea posible llegar. ¿Puedo sugerirle nuestro vuelo de las 9 p.m.?"

"Ahora mismo sólo es la 1:45".

"Sí señora, pero los agentes de la puerta cierran las puertas del puente con 20 minutos de antelación".

"Reserve el vuelo, lo conseguiremos", le ordenó Michel a su amante, mientras accionaba el cambio izquierdo para bajar a quinta marcha mientras la pareja aceleraba hacia el oeste por la autopista 401 a más del doble del límite de velocidad.

"Me lo llevo", proclamó Daniella con valentía.

"Señora debo recordarle que este billete no es reembolsable-"

"Bien, bien, por favor, hágalo", respondió ella de la misma manera. Lanzó una mirada al velocímetro digital. No sabía si su mente le estaba jugando una mala pasada o ¡realmente marcaba trescientos cinco! Era consciente de que se trataba de kilómetros por hora, ¡Pero seguía pareciéndole muy rápido! En cualquier otro momento, le pediría al conductor que se preocupara más por su vida, pero en ese momento, apreciaba la velocidad alucinante.

"Sí, señora. Un billete de ida de Toronto-Pearson a Atlanta Hartsfield, hoy a las 14:45, en clase bussines le costará un total de 2291 dólares canadienses con ochenta centavos. ¿Podría empezar por su nombre y apellidos seguidos de su fecha de nacimiento, señora?".

Daniella dio toda la información necesaria, incluido el número de su tarjeta de crédito, la fecha de caducidad y el código de seguridad de tres dígitos. El agente de Air Canada envió por correo electrónico a Daniella sus tarjetas de embarque para que las tuviera preparadas. Daniella era miembro de TSA PreCheck desde su primer encuentro con Brock Elliott. Odiaba hacer cola. Y en este caso, era imperativo que ella no perdiera tiempo en largas colas.

"Gracias, Michel".

"Vete, vete. Ve a tu vuelo y con tu padre", Michel apremió a Daniella, en la acera de la sección de salidas de Air Canada.

Daniella besó a Michel en la mejilla, se dio la vuelta y caminó enérgicamente hacia el aeropuerto. Con sólo su bolso y su teléfono móvil y la misma ropa deportiva Balenciaga que llevaba puesta todo el día, Daniella se abrió paso hasta pasar el control previo de la TSA y llegar rápidamente a su puerta de embarque, con diez minutos de sobra.

Daniella se sentó en el asiento 1D del avión Bombardier RJ900, un asiento de ventanilla. Estaba deseando que el avión despegara y completara su vuelo de dos horas y dieciséis minutos. Las comprobaciones previas al vuelo, las instrucciones de seguridad y el rodaje le parecieron eternos. Una vez en el aire, empezó a orar.

"Dios, no sé qué es la neumonía por aspiración ni qué se puede hacer para tratarla, pero por favor... por favor, no dejes que mi padre muera. No antes de que llegue."

Daniella dejó que las lágrimas cayeran por su rostro mientras veía pasar las nubes. Las ligeras turbulencias, el servicio de comida y bebida y el niño revoltoso sentado en

2D que seguía pateando su asiento no la molestaban. Sólo necesitaba llegar hasta su padre.

Nunca debería haber salido.

54

"No, lo trasladaron a Wellstar Kennestone", habló Daniella por el móvil con Louis. "No, cariño, todavía está en Marietta. Ponlo en tu GPS". Daniella escuchó. "Vale, yo también te quiero. Nos vemos".

"Señora, lo siento, me estoy quedando con poca gasolina, ¿Le importa si paro a repostar?" Mark, el conductor del Uber miró a Daniella por el retrovisor.

Daniella miró hacia fuera. Se dio cuenta de que se acercaban al cruce de la IH-285 y la IH-75N. Miró su aplicación Uber. Vio que sólo quedaban quince minutos y doce millas.

"Señor, ¿No le quedan doce millas de gasolina?" Mark miró sus indicadores. "Porque esto es una emergencia y realmente no tengo tiempo para una parada en boxes".

"Sí señora, podemos hacerlo. Lo siento".

Daniella se avergonzó de su comportamiento. Nunca había sido grosera con los conductores, con la gente que le preparaba o servía la comida, ni con nadie en realidad.

Pero la incapacidad de Mark para mantener su vehículo con gasolina cuando su trabajo era conducir realmente no era su problema. Pero aun así se sentía mal, aunque sólo intentaba llegar a su padre enfermo a toda prisa.

"Lo siento, señor", dijo Daniella antes de cerrar la puerta. Se dio la vuelta y caminó rápidamente hacia la entrada principal del hospital antes de que Mark tuviera la oportunidad de contestar.

Daniella miró su teléfono para comprobar el número de habitación que su madre le había enviado por mensaje de texto cuando llegó. Había recibido varios mensajes en mayúsculas de su madre expresando lo enfadada que estaba porque habían acabado en Wellstar en lugar de en el Hospital Universitario Emory.

P16

"¡Dani!" Evelyn se levantó inmediatamente y corrió hacia su hija.

"Mamá, ¿Cómo está?" Daniella miró a su padre mientras seguía abrazada a su madre.

"Ahora está descansando, le han puesto una especie de antibiótico. Tiene una infección".

"¿Qué tipo de infección? ¿De qué?" dijo Daniella, después de que ella y su madre se soltaran, estaba sentada junto a la cama de su padre, llorando, mirándolo de arriba abajo, confundida por el tubo del respirador, que salía de su boca, y todos los demás aparatos electrónicos conectados al brazo de su padre. Su cabeza estaba inclinada hacia un lado. Ella quería enderezarlo, pero no sabía si podía tocarlo, o moverlo. Así que se limitó a tomarle la mano y a llorar más.

La habitación era bastante estándar por lo que ella recordaba. La última vez que vio una fue cuando estaba en el instituto visitando a una amiga que se había roto una pierna en un accidente de carrera a campo traviesa. Una gran cama de hospital. Unas cuantas sillas. Una mesa con bandeja rodante. Un lavabo y un organizador. Además, había un cuarto de baño con una puerta con cerradura. Por último, había todo tipo de enchufes desconocidos en la pared con diferentes colores y etiquetas.

Daniella estuvo sentada con su padre todo el día. Aprendiendo lo que podía de las enfermeras y los médicos sobre por qué su padre estaba hospitalizado. Hasta ahora, todo lo que ella entendía era que tenía neumonía por aspiración. Nadie sabía cuál era la causa. Xochitlally y Lupita no sabían de qué podía ser, pero llamaron al 911 cuando tuvo un ataque de tos que duró varios minutos. Las dos asistentes permanecían en silencio cerca de la ventana, más bien parecía que era su padre quien yacía allí.

Nadie parecía tener respuestas. ¿Cuándo podría irse a casa? ¿Cuándo mejoraría? ¿Se pondría mejor? Hablando con los médicos y llamando al Dr. Sams, que se había marchado antes de que Daniella llegara, se enteró de que esta enfermedad normalmente podía tratarse, con los cuidados adecuados y antibióticos, pero con su padre en la fase final de la demencia, era diferente. Su padre hasta ahora no había respondido al tratamiento y seguía luchando con fiebre y bajos niveles de oxígeno.

Etapa final.

La frase aún la enfurecía y simplemente no la entendía. Nada de ello.

A la mañana siguiente, Daniella se despertó con un fuerte pitido en el monitor y la mano de su padre sobre la suya. Tenía el brazo sobre él junto con la cabeza y el cuello. Supuso que debía de haberse quedado dormida mientras se aferraba a él. Pero su mano. Su mano no estaba allí. Tuvo que mover la mano. Su madre seguía durmiendo y no había nadie más.

"¿Papi?" Daniella levantó la cabeza para mirar la cara de su padre, que apenas era visible debido a la boquilla y los tubos del respirador. "¡Papi!"

"¿Qué?" Evelyn se despertó, tratando inmediatamente de evaluar la situación. "¿Está despierto? ¿Qué es ese ruido?"

"¡No! ¡No lo sé! ¡Pero mira!" Daniella señaló con su mano izquierda a la otra. "¡Su mano no estaba así cuando me dormí!".

Evelyn suspiró.

"¡Qué! ¡Eso significa que se despertó!"

"Puede ser. Iré a llamar a alguien". Evelyn salió rápidamente de la habitación en dirección a la enfermería.

"¿Todo bien aquí?

"Creo que mi padre puede haberse despertado durante la noche", dijo Daniella, aún con la mano bajo la de su padre. No quería moverla.

El monitor seguía pitando. Tres tonos entrecortados seguidos de una breve pausa, y luego otra vez.

"¿Qué tenemos?" Entró un médico, uno que Daniella aún no había visto.

"La saturación de oxígeno está cayendo". Llegó la enfermera.

"Bien, trae a Evans y trae un carro de paradas". La enfermera salió corriendo. "Señoras, ¿Pueden despejar la zona?"

Tres enfermeras volvieron a la habitación, una con un carro lleno de objetos que Daniella no pudo distinguir. Daniella seguía de pie al lado de su padre, con su mano bajo la de él.

"¡Señora!"

"Enfermera, por favor, sáquelas de aquí, voy a desconectar al paciente de este respirador y comenzaré a descomprimirlo manualmente..."

"Llévenlos a la sala de espera, ahora", dijo la enfermera más nueva a una de las otras.

"¡Señora! Necesito que venga conmigo".

Daniella estaba siendo apartada; su mano finalmente se deslizó de debajo de la de su padre. La habitación quedó en silencio, mientras su padre inconsciente, con la cabeza ladeada y el rostro inexpresivo y sin vida, se alejaba cada vez más de su vista. Sacaron a su madre y a ella de la habitación y cerraron la puerta. Daniella sabía que ésa era la última vez que vería a su padre con vida.

55

MICHEL

Daniella, lo siento mucho. ¿Qué puedo hacer por ti?

Mi teléfono

Nada, sólo quería que supieras que estaré aquí un tiempo.

Michel

Por supuesto. Avísame si hay algo que pueda hacer en Trefo. ¿Tiene los detalles del funeral?

Mi teléfono

30 de diciembre 907 Church Street Ext NW, Marietta, GA 30060

Michel

El lunes, Daniella, de nuevo mi más sentido pésame.

"Feliz Navidad, chiquilla", dijo Evelyn tras abrir la puerta y entrar en la habitación de la infancia de Daniella con un vaso de ponche de huevo tradicional Southern Comfort.

"Oh, mierda", dijo Louis en voz baja mientras se tumbaba a los pies de la cama de Daniella, con la mano en el tobillo izquierdo de su mejor amiga.

"¡Hola, tía! Veo que hoy empiezas un poco temprano". dijo Clarissa, de pie junto a la ventana, guardándose el teléfono en el bolsillo trasero de unos vaqueros azules ajustados.

"Oh, cállate pequeña zorra".

Clarissa se rio entre dientes.

"¿Por qué estás aquí siquiera? Lárgate". retumbó Evelyn.

"¡Mamá!" Daniella dejó el teléfono de golpe sobre la cama. Clarissa empezó a caminar hacia la puerta sacudiendo la cabeza. "Clarissa es de la familia. No se va a ir a ninguna parte". Clarissa dejó de caminar.

Louis no se movió. No quería ser el siguiente en ser atacado. A lo largo de los años de ser el mejor amigo de Daniella, sabía que Evelyn lanzaba algún que otro golpe a sus elecciones personales de vida. Se quedó tan quieto como pudo, sin hacer contacto visual con nadie.

"Ahora saca tu borracha existencia de mi habitación. No estoy de humor para tu mierda. No eres la única que perdió a alguien ayer", dijo Daniella con una calma inquietante.

Nadie dijo una palabra por un momento, mientras Daniella miraba intensamente a los ojos de su madre. Daniella hablaba de una forma a la que ninguna de ellas estaba acostumbrada; pero todas conocían su gravedad. Evelyn bebió otro trago de su ponche de huevo y salió de la habitación, cerrando la puerta suavemente.

"¿Por qué no quiere comer?" Louis se aclaró la garganta y dijo mientras señalaba a Eska en cuanto se cerró la puerta.

"No lo sé". Daniella acarició rápidamente la mano de Louis mientras se quitaba el tobillo y se levantaba de la cama. "Puse esta comida aquí anoche". Daniella tomó a su perrita en brazos, como si fuera su propia hija y la acurrucó. "¡La ha estado mirando toda la mañana!"

"Quizá esté triste por lo del tío J", intervino Clarissa, de pie junto a la ventana de nuevo.

"Sí, tal vez".

"Gracias por defenderme, prima."

"Oh por favor... ha estado así desde que se enteró que papá estaba enfermo. Mamá no puede manejar esta mierda muy bien."

"Y va directo a la bebida."

"Y va directo a la bebida", Daniella repitió en voz baja el comentario de su mejor amiga.

"Me alegro de que hayamos evitado toda la homofobia esta vez", dijo Louis, sentándose por fin.

"Estoy segura de que la jefa también habría acabado con esa mierda", dijo Clarissa con una sonrisa inocente.

"Chicos, tengo que prepararlo todo para el funeral". Daniella volvió a dejar a Eska en el suelo. Inmediatamente se tumbó de nuevo junto a su cuenco. Daniella olfateó y le revolvió el pelo antes de continuar. "¿Están listos para el cierre de invierno?

"Jefa, nosotros nos encargamos. No te preocupes por Trefo ATL".

"Sí, lo tenemos controlado. Clarissa es en realidad una jefa bastante estricta. Ella dirige un barco apretado. La has enseñado bien".

"Gracias chicos".

Los tres se abrazaron.

"¿Estarás allí el lunes?"

"Zorra", dijo Louis.

"Te ayudaremos en todo lo que necesites desde ahora hasta entonces. No vas a hacer esto sola. He delegado la mayoría de las tareas de cierre en Harold, mi ayudante de dirección. Louis y yo estaremos aquí para hacer lo que haga falta".

Daniella dio un paso atrás, mirando a su prima como si fuera una extraña".

"¿Delegaste en tu ayudante de dirección?" Las tres rieron con lágrimas en los ojos. "¿Quién eres?"

jadeó Clarissa.

Ahora reían y lloraban, todas juntas.

"¡Lo siento, esto es una retahíla de declaraciones que nunca pensé que oiría salir de tu boca!"

"¡Esta zorra dijo 'delegar'!" Louis añadió entre otro abrazo de grupo.

"¡Chicos, actúan como si sólo fuera una nena tonta o algo así!" gritó Clarissa, todavía abrazándose.

"¡No! ¡De ninguna manera! No pensamos eso en absoluto!" Dijo Daniella antes de que todos continuaran con sus abrazos, sus bromas, sus risas y sus lágrimas.

56

"Y AHORA, ESCUCHAREMOS LOS comentarios de la hija de Jameson, su pequeña Azalea, Daniella". El pastor Chad sonrió y bajó del pequeño podio cerca del gran ramillete floral que casi rodeaba el ataúd de caoba hecho a medida de Jameson.

Daniella se decidió por el pastor Chad, de la iglesia presbiteriana de Eastminster, la que frecuentaba su padre. Y Mayes Ward Dobbins llevaba años siendo una funeraria destacada en la zona. Clarissa la ayudó a encontrarlos y a hacer todos los preparativos. Aunque sabía que esto se avecinaba, no planeó mucho este acontecimiento. No estaba contenta con ello. No era como una fiesta de Halloween. No le apetecía lo más mínimo.

Esto, por supuesto, estaba completamente fuera de su carácter. Siempre la habían educado para estar preparada. Y en su mayor parte, lo estaba. Pero seguía aferrándose a las palabras del Dr. Sams. Que con los cuidados adecuados podría vivir durante años. Pero ella sabía que ese rango empezaba a los cuatro meses. Él cumplió seis, así que sintió que debía estar agradecida. Pero ella hubiera preferido tener los años. Años más de la sonrisa de su padre. Años más de la guía. El amor que sólo él podía dar.

"Buenos días", dijo Daniella, mirando a la multitud de tamaño moderado sentada en sillas plegables de madera blanca que estaban inclinadas, divididas por un pasillo de ujieres todos mirando hacia ella. Y a su padre. Y nueve mil dólares en rosas blancas.

"Mi padre era un hombre amable. Un buen marido". Daniella miró a su madre. "Un buen hombre de negocios, un buen jefe". Las cabezas asintieron. "Un gran líder para nuestra extensa familia, un hombre benévolo". Daniella bajó la mirada. "Y sobre todo, para mí, un padre perfecto". Daniella hizo una pausa. "No le voy a contar a nadie aquí cosas que no supieran de él. Si realmente conocían a mi padre, saben que era la sal de la tierra. Más hombres deberían ser como él". Daniella se enjugó los ojos. "Pero no lo son".

Daniella carraspeó varias veces antes de continuar.

"Lo siento". Daniella sonrió incómoda. "Nunca imaginé este momento. Aunque sabía..." La voz de Daniella se desvaneció en un gemido cuando finalmente permitió que las lágrimas cayeran de sus ojos. "Aunque sabía que este día llegaría. No quería reconocerlo del todo porque eso era lo que él era para mí". Daniella hizo una pausa. "La esperanza. Él era la esperanza, para mí. Esperaba poder conocer algún día a alguien como él. Esperaba que aún estuviera aquí para ser su amiga. Esperaba que estuviera aquí para conocer a su primer nieto".

Evelyn empezó a derramar lágrimas. A sollozar, más bien. Al igual que la mayoría de los presentes cercanos a la familia.

"Te quiero, papá. Tu pequeña Azalea te quiere. ¡Y te echo de menos! Ya te echo de menos!"

Daniella intentó recomponerse mientras miraba a la multitud mientras los ujieres repartían pañuelos. Vio a Louis y Clarissa de pie en la parte de atrás, cogidos de la mano, con las caras mojadas por las lágrimas y el maquillaje de Clarissa completamente estropeado. Su madre se inclinó sobre Harvey, que se incorporó con fuerza rodeándola con el brazo. Junto a él estaba sentada una joven alta y hermosa a la que no reconoció. El doctor Sams y su esposa estaban sentados en la fila de al lado con la mirada rutinaria de tristeza y simpatía. Y al fondo estaba sentado Michel. Al principio, Daniella no podía creer lo que veían sus ojos.

¿Él había venido?

Hacía días que no pensaba en él y nunca hubiera creído que le importara tanto como para presentarse en el funeral de su padre. Sentía que ella no significaba nada para él. En ese momento, significaba todo que él apareciera así por ella. Sin que se lo pidiera. Sin anunciar su llegada. Simplemente estando presente para apoyarla en un momento de pérdida de esta manera.

"Te echaré de menos", dijo Daniella finalmente, una vez más.

El pastor Chad le tendió la mano, la condujo de nuevo a su silla junto a Evelyn y continuó el servicio.

57

"Gracias. Lupita, ¿verdad?" preguntó Harvey después de entregar su peacoat de cachemira Ralph Lauren a la más baja de las dos empleadas de ayuda a domicilio.

"Sí señor, Lupita. ¿Te acuerdas, del funeral del mes pasado?" Lupita sonrió, tímidamente.

"¡Por supuesto! Con una mujer tan hermosa como usted, sería difícil no hacerlo", contestó Harvey, descaradamente.

"Oh, señor". Lupita bajó la cabeza y condujo a Harvey al comedor. "Las dos señoras Cartwrights le esperan aquí. ¿Le apetece una copa?"

"Oh no, ya te has preocupado bastante, Lupita. Estaré bien".

"Oh, no es ninguna molestia".

"Por Dios, Harv, deja de coquetear. Es su maldito trabajo", intervino Evelyn sentada en la cabecera de la mesa, más alejada de Harvey. "Lupita, trae la cafetera y algunas tazas y ponlas aquí en la mesa. Gracias".

"Sí, Sra. Cartwright". Lupita salió rápidamente.

"Sra. Cartwright. Siempre es un placer verla", dijo Harvey secamente.

"Estoy segura."

"Sra. Cartwright-"

"Daniella, por favor, Sr. Paulson, tome asiento".

"Muchas gracias. E insisto, ya eres una mujer adulta, directora ejecutiva de una Compañía internacional y una amiga. Llámame Harvey". Harvey esbozó su encantadora sonrisa.

Tanto Lupita como Xochitlally regresaron con una cafetera llena, manteles individuales, tres tazas y crema y azúcar. Empezaron a servir y distribuir todo lo anterior a los tres sentados. Cuando terminaron, se quedaron en silencio en la cocina al alcance de sus oídos.

"Bien, no estoy segura de que lo sepan pero estas cosas normalmente las archiva y distribuye electrónicamente el albacea pero Jameson se empeñó en que viniera aquí a la mansión y se las leyera a todos. Y voy a empezar, sé que Daniella tiene que coger un avión de vuelta a Toronto".

"Está bien, tómate tu tiempo", le susurró Daniella a Harvey respetuosamente.

Louis miró a Daniella con extrañeza, mientras estaba de pie cerca, en la barra que daba a la zona de la cocina.

"Yo, Jameson Royce Cartwright estando en pleno uso de mis facultades mentales hago, publico y declaro que ésta es mi última voluntad y testamento. Revocando todos los testamentos y documentos testamentarios anteriores.

Mi parte controladora de Cartwright Supply Industries Sociedad de Responsabilidad Limitada se la dejo a mi esposa Evelyn Cartwright. Así como las casas de vacaciones en Panamá City, Florida y San José, Costa Rica.

Mi propiedad en 5001 Burnt Hickory rd. En Marrieta, Georgia se la dejo a mi hija, Daniella Cartwright. Así como mis activos restantes en la suma de trescientos cincuenta y ocho millones de dólares americanos para ser transferidos inmediatamente a una cuenta o cuentas de su elección.

A mis dos ayudantes, Xochitlally Morelo Díaz y Lupita Rodríguez Lugo les dejo cien mil dólares americanos a cada una."

Xochitlally se desmayó, Lupita se arrodilló para ayudarla. Daniella se levantó, pero Lupita le hizo señas para que se fuera. Evelyn sonrió.

"¿Se pondrá bien?"

"Yo la cuidaré; se pondrá bien. Es una desmayada. Por favor, señor, continúe", dijo Lupita, luciendo una expresión de incredulidad mientras abanicaba a su compañera de trabajo, apenas consciente.

"Y por último, mi Shelby GT500 Super-Snake de 1967 se lo dejo a Louis Theodore Johnson". Harvey se aclaró la garganta. "Sólo lo leeré cómo lo escribió, por cierto: ese pastel de frutas necesita un coche de un hombre de verdad. Cuida de mi pequeña Azalea".

"¡Dios mío!" Louis se rio. "¡Me preguntaba por qué me habíais llamado! Oh Dios mío."

Todos rieron, todos menos Harvey, quién lloró. Se limitó a asentir en señal de aprobación, bebiendo finalmente su café.

58

"Mierda. Cada vez es peor", susurró Daniella en voz alta para sí misma antes de poner su teléfono en una pequeña bandeja y colocarlo en la cinta transportadora junto con su abrigo Valentino Garavani de lana color camel y su bolso Hermes neutro. Había volado a Atlanta meses antes sin equipaje, y pensó que no necesitaba llevarse ninguno de vuelta. Tenía suficiente ropa y accesorios tanto en Toronto como en Marietta.

ATENCIÓN. CON EFECTO INMEDIATO, EL USO DE MASCARILLAS ES OBLIGATORIO EN TODO MOMENTO MIENTRAS SE ENCUENTRE EN EL AEROPUERTO INTERNACIONAL DE ATLANTA-HARTSFIELD. POR FAVOR, MANTENGA LA DISTANCIA SOCIAL Y LÁVESE O DESINFÉCTESE LAS MANOS CON FRECUENCIA. GRACIAS POR SU COOPERACIÓN.

¿Dios, es en serio?

"¿Quería una caja entera señora?"

"En realidad no, sólo necesito una. ¿Pero tienen algo más que estas cosas con aspecto de mascarilla quirúrgica?"

"Lo siento señora, esto es todo lo que tenemos". Respondió la dependienta del pequeño Z Market de su terminal.

"Dios. Esto es una locura, ¿Verdad?" comentó Daniella mientras introducía su tarjeta en el lector.

"Lo sé, ¿Verdad? Primero los blancos intentan derrocar la capital y ahora esto". Daniella se quedó mirando al hombre mientras él seguía, preguntándose si se había dado cuenta o le importaba que ella fuera una clienta, y blanca. Aunque no estaba del todo equivocado. El suceso del seis de enero fue, cuando menos, embarazoso. "Este país se está yendo al carajo. ¿Quiere su recibo?".

Daniella revisó sus correos electrónicos mientras esperaba su vuelo. Había correos electrónicos de los departamentos de seguridad del centro comercial Yorkdale, del centro comercial Lenox, de Salud Pública de Ontario y del Departamento de Salud Pública de Georgia.

Cada día parecía haber novedades sobre este brote de COVID-19 del que ella había estado oyendo hablar. Querían cerrar los centros comerciales durante las próximas dos semanas mientras sus respectivos gobiernos se ocupaban de la crisis de frente.

Daniella empezó a tomar notas sobre lo que debía hacerse con sus tiendas y sus empleados y las entregas, o la falta de ellas. Envió un mensaje de texto a Clarissa, otro a su propia subdirectora, Mila, en Toronto, y finalmente un correo electrónico a Brock Elliott, en busca de más orientación.

Daniella embarcó primero en su vuelo. Ahora miembro de todos los programas de preembarque en los que podía encontrarse, sentada en el asiento 1A, apagó su teléfono, no por ningún protocolo de vuelo, sino porque quería un descanso. Recibió su vaso de vino blanco después de ponerse el cinturón de seguridad y miró por la ventanilla.

Pensó en su negocio. Pensó en sus empleados y en su futuro. No estaba en absoluto preocupada por sí misma, además de lo bien que habían ido los negocios, acababa de recibir algo más de 350 millones de dólares. Nunca volvería a preocuparse por el dinero. Pero echaba de menos a su padre. Y con gusto cambiaría el tener potencialmente problemas financieros por poder volver a mirarle a los ojos. Y hablar con él.

Un hombre afroamericano, vestido con unos vaqueros planchados y una camiseta negra con una pequeña cadena dorada se sentó junto a ella en el asiento 1B. Llevaba el pelo recién cortado; le hizo pensar en Amos. Se preguntó cómo le iría a su negocio con todos los cierres de brotes de COVID-19 que se estaban produciendo. Se preguntó por qué le importaría siquiera. A otra persona le encantaría ver fracasar su negocio. Que estuviera arruinado y en la calle. Suplicando ayuda.

Daniella se preguntó si se sentía así o si sólo era un pensamiento hipotético. Sin embargo, todos eran pensamientos suyos. Los apartó de su mente. Ella no quería consentir malos pensamientos. La echó como si fuera basura y se casó enseguida con su ex novia. Y esa ex novia se benefició del negocio que Daniella le ayudó a hacer crecer. Desde las maquinillas de primera calidad que le compró hasta el préstamo empresarial que le ayudó a obtener y pagar, pasando por el vestuario que tan desesperadamente necesitaba y que ella le compró. Volvió y se llevó una versión mejorada de él. Daniella le hizo un hombre mejor, y ella vino y le reclamó. Y él se fue, sin pensárselo dos veces. Y le dio la única cosa que ella quería a cambio. Su apellido.

Antes de que se diera cuenta, Daniella estaba pidiendo otra copa, sin preguntarse en absoluto por qué no le devolvió la sonrisa inocente que el hombre de 1B le lanzó.

59

"Bien, en primer lugar, quiero dar las gracias a todos por haber venido. Sé que todos están ansiosos por saber qué pasa y qué va a pasar y quería dirigirme a todos ustedes en persona".

Los tres socios y los dos subdirectores de Daniella estaban a su alrededor en el centro de Trefo Toronto, dentro del centro comercial cerrado de Yorkdale.

"Esas dos semanas de marzo se convirtieron en todo el mes, y tal y como se ve ahora, en abril y también el mes que viene. Países enteros han cerrado, la gente incluso tiene problemas para tomar vuelos a sus lugares de origen. Yo incluida". Daniella rio entre dientes. "Por suerte para todos aquí, Trefo sigue siendo una pequeña empresa, y nos va bastante bien. Y su gerente y director general no pretende seguir lucrándose en estos tiempos difíciles. Sólo quiero asegurarme de que están bien, para que cuando esto termine, puedan volver a hacer lo que hacen: ¡Seguir haciendo de Trefo una de las mejores tiendas integrales para una vida sana!

"¡Whoohoo!" exclamó Mila. Nadie más compartió su emoción. "Lo siento".

"¡No! ¡Whoohooo!" Daniella imitó juguetonamente a su entusiasta ayudante de dirección. "¡Aprecio el espíritu!" Daniella comenzó a girarse lentamente, como para hacer contacto visual con todos sus empleados mientras continuaba. "Bien chicos, llegados a este punto tienen que tomar una decisión. Pueden quedarse con sus salarios actuales pero voy a necesitar que vuelvan a trabajar".

"¿Cómo? El centro comercial sigue cerrado. Incluso tienen toque de queda en mi barrio".

"Buena pregunta, Ajantha. Tengo a varias personas trabajando en nuestra página web para hacer los pedidos en línea mucho más ágiles. Facilitando que la gente pueda comprar no sólo con tarjetas de crédito y débito, sino también con transferencias electrónicas, WISE y PayPal. Además, no sólo vendemos desde nuestro sitio web, sino también en Amazon.ca y Kalogeny. Lo que necesitaría de todos, independientemente de su posición actual, es que participaran en la realización de pedidos. Funcionaremos así hasta que se abran las puertas del centro comercial. Esto no puede durar para siempre, ¿Verdad?".

Sus empleados murmuraron un poco, algunos simplemente asintieron.

"Y por supuesto, siempre pueden renunciar e ir a la asistencia del gobierno, o probar suerte en otro lugar. He oído que la asistencia gubernamental en Canadá será bastante robusta comparada con la de Estados Unidos".

"Sorprendente", comentó uno de los socios, haciendo reír a los demás. Excepto Mila.

"¿Vale? Así que, suban uno por uno ahora mismo y háganme saber lo que les gustaría hacer, y podremos seguir adelante. Todas cobran por hoy, como dije en el chat de WhatsApp. Los que se queden, trabajarán alrededor de cualquier restricción que impongan lo mejor que se pueda, como los toques de queda y el transporte. ¿DE ACUERDO? Así que, ¡Manos a la obra!"

"Yo me quedo. Sin duda", dijo Mila, en tono vivaz.

"Lo mismo. No voy a ir a la asistencia del gobierno cuando tengo un trabajo perfectamente bueno y una gran jefa."

"Lo mismo digo".

Todos estuvieron de acuerdo en quedarse en el sitio. Con un vistazo a su teléfono, vio que Clarissa no estaba teniendo la misma suerte.

60

"Tienes que dejar de hacerme crème brulée", le dijo Daniella a un Michel sin camiseta que en ese momento estaba limpiando la encimera de su enorme isla de cocina. Daniella sólo llevaba una camiseta grande de Michel. Llevaba el pelo recogido en un moño desordenado.

"Es imposible. Lo disfrutas más que ninguno de mis clientes", respondió Michel acercándose a Daniella, "y me encanta cómo gimes cuando te lo comes. Es nada menos que excitante". Sonrió.

"Lo mismo digo del plato y del hombre que lo prepara. Pero me vas a hacer engordar". exclamó Daniella mirando su siempre plana sección media.

"Tonterías. Tu cuerpo es increíble. Y haces demasiado ejercicio para que un poco de crème brulée arruine tu figura. De hecho, te haré más". Michel cogió su soplete culinario MesserMeister Cheflamme y caramelizó otro ramekin de porcelana lleno de crème brulée para su amante.

"¡Michel, Dios mío!" exclamó Daniella pero no se negó.

"Ahora que sólo hacemos pedidos para llevar al restaurante y nuestro horario es limitado", suspiró Michel. "Tengo mucho más tiempo libre-"

"Para engordarme", afirmó Daniella descaradamente mientras masticaba.

"Para alimentarte y pasar tiempo contigo". Michel besó a Daniella en la mejilla mientras masticaba.

"Sí, entiendo lo del tiempo libre. Toda mi tienda es sólo una zona de envasado aquí en Toronto".

"¿Y en Atlanta? ¿Va todo bien allí?" Michel rodeó el mostrador para situarse junto a Daniella.

"En abril, todos renunciaron menos un empleado. El resto aprovechó la oportunidad para sentarse en el paro durante un futuro imprevisible. Durante los últimos meses, sólo han sido mi prima, mi mejor amigo y otro empleado".

"Americanos", se burló Michel.

"Sí... americanos". Daniella sonrió. "¿Recuerdas que soy americana, verdad Michel?" dijo Daniella con franqueza.

"Eres diferente". Michel sonrió.

"Mhmm." Daniella tragó su bocado del postre caliente y preparado por un experto, luego lamió su tenedor y lo dejó al lado de su ramekin medio vacío. "Oye, en serio... con todo el caos de los últimos meses nunca tuve la oportunidad de darte las gracias".

"¿Por qué, mon cheri?"

"Por aparecer", dijo Daniella con la cabeza gacha.

"No fue nada para mí estar a tu lado durante este tiempo". Michel cambió de peso e hizo contacto visual con su Daniella. "Espero que no confundas que no me gusten las etiquetas con una falta de preocupación por ti. Me preocupo por ti. Mucho, Daniella."

Michel levantó a Daniella, le quitó la camisa que llevaba puesta y los dos dejaron la crème brulée restante sobre la encimera.

61

"Bueno, me alegro de que te lo estés pasando bien en Puerto Rico, mamá. Pero espero que no pienses que necesitas quedarte allí. O en cualquier otro sitio que no sea tu casa. Sigue siendo tu casa, mamá".

Daniella puso los ojos en blanco al escuchar la respuesta de su madre. "¡Mamá! ¿De verdad vamos a volver a discutir por lo que nos dejó papá? ¡Realmente no importa! ¡Eres rica! Tienes casas, ¡Eres dueña de todo el negocio! Mientras tú lloras sobre quién tiene qué, ¡Yo sólo quiero recuperar a mi papá!"

Daniella estaba de pie detrás de una gran ventana cerrada que daba a Toronto en pleno verano desde el apartamento de Michel. Llevaba vaqueros y una camiseta, luciendo una coleta de un largo día de preparar pedidos para ser enviados desde Trefo. "Sí mamá", suspiró Daniella, "sé que no va a volver. No soy una niña. Sólo digo que el hecho de que se haya ido no es motivo para que discutamos. No me importan todas esas cosas". Daniella jadeó. "Vale, mamá. Tengo que irme, ¿Algo más?" Daniella esperó a que su madre terminara de hablar. "¿Aletargada? ¿Aletargada cómo? ¿Por qué me lo dices ahora?". Daniella empezó a llorar al instante. "Llamaré a Xo para que lleve a Eska al veterinario. No tengo ni idea de por qué has esperado un día entero para decirme esto". Daniella volvió a esperar. "Te fuiste ayer, ¡Me lo podías haber dicho antes de tu vuelo!" Daniella se mordió el labio y sacudió la cabeza. "Eres increíble, mamá". Daniella se volvió para ver a Michel cerrar la puerta principal con un portazo. "Adiós".

Michel dejó caer su chaqueta de Dunkerque en la escalera y se acercó a Daniella.

"Hola", dijo Daniella sin volverse hacia él, intentando secarse los ojos después de guardarse el teléfono en el bolsillo trasero.

Michel no dijo nada, pero tiró violentamente de la camiseta que llevaba Daniella por encima de la cabeza y empezó a besarle el cuello y la espalda.

"Eh, Michel, ahora no, acabo de discutir con mamá...".

Michel hizo girar a Daniella y la besó en los labios perdiéndoselos en su mayor parte, acercándola a él por la cintura. Daniella se apartó, limpiándose la saliva impregnada de alcohol de los labios y la barbilla, pero Michel persistió, empujando su cuerpo en topless contra el cristal.

"¡Ay, Michel! Para! ¡Ahora no!" Daniella empujó con las palmas de las manos el pecho de Michel, haciéndole retroceder un palmo.

"¡Todo mi restaurante se ha visto obligado a cerrar hoy!" gritó Michel antes de increpar fuertemente el rostro de Daniella con el puño cerrado en dirección hacia abajo. "¡No puedes estar ahí para mí, cuando te necesito!" Michel empujó a Daniella al suelo. Pateó su estómago y sus piernas en feroz repetición.

Daniella se acurrucó. Cubriéndose la cara con los brazos, mientras las andanadas continuaban hacia su sección media. Consideró la posibilidad de cubrirse el estómago, pero mantuvo la cara tapada por miedo a que la siguiente bota alta de cuero de Canada Goose fuera a su cara en su lugar.

Supuso que podría superar la primera vez, porque le devolvió la bofetada y, sinceramente, no le dolió. Se habían reconciliado desde entonces. Él había aparecido en el funeral de su padre. Las cosas habían ido bien en su mayor parte. Pero esto era diferente. Esto dolía. Mucho. Aún no había dejado de patearla, ni de gritarle. Estaba enfadado. Con algo. No podía ser ella. ¿Sólo por rechazar el sexo? Eso no merece esto. Nada merece esto.

Comenzaron los insultos. Mientras Daniella lloraba de nuevo, ahora hecha un ovillo en el suelo, Michel empezó a pasearse y a gritar obscenidades obvias en francés. Ella no podía entender la mayoría de ellas pero sabía que eran obscenas. Cada pocos pasos, cada pocas palabras, él volvía a patearla de nuevo. Su estómago estaba rojo, sensible y dolorido. Le palpitaban el ojo y la mejilla izquierdos. No sabía qué hacer. Nunca pensó que sería víctima de un ataque así. Definitivamente no estaba preparada para ello. Sólo sabía que tenía que salir de allí lo antes posible. ¿Pero cuándo sería eso?

"Salope stupide. Putain de salope stupide!" Michel continuó y la pateó de nuevo. Luego, comenzó un movimiento de pisotón en el lado expuesto de su caja torácica.

Daniella gritó esta vez.

"¡Cállate!" dijo Michel mientras se arrodillaba para tomarla del pelo.

Le golpeó la cabeza contra el suelo una vez. Los ojos de Daniella rodaron hasta la nuca, pero no perdió el conocimiento.

"Me marcho. Cuando vuelva, será mejor que te hayas ido o que estes lista para coger". Michel le golpeó la cabeza contra el suelo una última vez, por si acaso. "¡Límpiate!" Michel se levantó para darse la vuelta, agachándose una vez más para tomar su camisa y tirársela por la cara.

Michel tomó su abrigo y se marchó, cerrando la puerta de la misma manera que cuando entró.

Daniella yacía en el suelo, sangrando, llorando, tosiendo, buscando desesperadamente su teléfono para pedir ayuda.

62

"Este ha sido un año de mierda, Vainilla", dijo Louis, abrazando a su querida amiga.

"Sí", dijo Clarissa. De pie al otro lado de Daniella, frotándole la parte baja de la espalda.

Daniella, Clarissa, Louis y Deanna estaban de pie junto a una pequeña parcela funeraria en los acres detrás de la mansión en el condado de Cobb. Xochitlally y Lupita estaban en el amplio porche a cientos de metros detrás de los cuatro, esperando con aperitivos y bebidas recién hechas.

Era un día fresco y soleado de mediados de otoño. Todo estaba ligeramente cubierto de polen verde amarillento del día anterior.

"¿Por qué siguen aquí?"

"¿Quiénes? ¿Xo, y Lupita?" preguntó Daniella a su prima.

"¡Sí!"

"Zorra", añadió Louis.

Deanna se limitó a sacudir la cabeza y suspirar.

"¿Qué? ¿Cien mil dólares no son como mil millones de dólares en México?".

"Son pesos, tonta", dijo Louis.

"¡Shh!" le instó Deanna.

"No me hagas callar, díselo a esta zorra", replicó Louis.

Deanna levantó las manos delante de ella como si la estuvieran asaltando a punta de pistola.

"Sin faltar al respeto, lo único que digo es que ahora son ricos en su país. ¿Por qué siguen aquí sirviéndote a ti y... bueno, a ti?"

"¿Clarissa?" Daniella se rio. "Dios, te quiero".

"¡Qué!"

"Tienes razón. No estamos mucho aquí, mamá y yo". Daniella miró a Lupita y a Xochitlally, casi con orgullo. Imagínate que tuvieras un trabajo bien pagado, que pudieras vivir en una casa bastante bonita..."

"¿Bastante bonita?" intervino Deanna.

"¡Shh!" Clarissa y Louis a la vez.

"Sí, bastante bonita. Y no has tenido nada que hacer en todo el día, salvo limpiar un poco el polvo. ¿Por qué volver a México y acabar gastando todo tu dinero, cuando puedes quedarte aquí en una situación decente y ganar más?" Daniella hizo una pausa. "Jesús, los americanos sí que son perezosos".

"¿Perdón?" preguntó Louis.

"Perdón".

"Suena como una mierda que diría Michel", Deanna se chupó los dientes.

"¡Diablos, no!"

"Ni siquiera menciones a ese hijo de puta", empezó Clarissa. "¡Será mejor que se alegre de haberse llevado sus vibras de micropene de vuelta a Francia!"

"Gracias". Clarissa y Louis se saludaron con la cabeza.

Hubo silencio durante un momento.

"Pobre Eska", dijo Louis.

Todos asintieron con sonidos emocionados.

"Voy a echar de menos pasearle", dijo Louis, abrazando a Daniella.

Daniella gimoteó.

"¿Por qué no pudo morir Michel en lugar de ella?" dijo Deanna.

"Lo sé, ¿Verdad?" dijo Clarissa.

"Y bien por ti, por dejarlo. Ese pedazo de mierda no te merece... ni a nadie que trabaje para él", añadió Louis, todavía abrazando a su mejor amiga.

"Odio que hayas hecho eso. Sé que amabas ese trabajo, y realmente te gustaba Toronto". Daniella, de alguna manera parecía aún más triste.

"Era hora de cambiar. Además, no podía seguir aceptando cheques de alguien así". Deanna arrugó la cara. "De ninguna manera. A veces hay que tomar un bando".

"Me gustaría aplastar el cuello de ese hijo de puta", afirmó Louis con firmeza.

"Además, me iban a despedir pronto. No hace falta un sommelier cuando no tienes restaurante ni clientes". Deanna se rio entre dientes.

"La intención es lo que cuenta. Un "Jodete" simbólico, a través de una dimisión sin sentido", dijo Daniella, arrodillándose para poner una flor en la pequeña tumba de Eska.

"Así es, amiga". Clarissa arrojó ligeramente una flor sobre la tumba de Eska. "Era una preciosidad".

Daniella se quedó mirando al suelo.

Dios, ¿Y ahora qué?

Parte III

Mac

63

DANIELLA MIRÓ EL SELLO verde de la página 19 de su pasaporte, en el que se leía "QUERETARO", antes de cerrarlo y suspirar. En sus últimos viajes a la ciudad que finalmente había elegido para abrir su nueva tienda, decidió que sólo reservaría Uber Black u organizaría viajes privados desde el aeropuerto.

Nunca se habría tropezado con Santiago de Querétaro de no haber sido por Xochitlally y Lupita. Ambas eran del estado de Querétaro. Una era de un pequeño pueblo llamado Bernal, la otra de la ciudad llamada más sencillamente Querétaro. Le dijeron a Daniella que era una ciudad en crecimiento, con mucho potencial, por no mencionar a muchos extranjeros expatriados. También había muchos lugareños con dinero para gastar; además, era uno de los lugares más seguros del país. Decían que era porque los jefes de los cárteles de la droga mantenían allí a sus familias. Así que, en cierto modo, era un terreno neutral para todo el drama. Daniella no se molestó en comprobarlo; de todos modos, no habría sabido a quién preguntar.

En cuanto a su alojamiento en la ciudad, sólo reservó Airbnb en Cumbres del Lago, una parte acomodada de la ciudad internacional e industrial en el lado norte. El aeropuerto estaba bastante al este de la ciudad. Pero las colinas y el terreno de esta parte de México hacían que el trayecto de cuarenta minutos fuera agradable y relajante en su mayor parte. De no haber sido por las excesivas velocidades, tal vez hubiera podido incluso echar una siestecita, algo que nunca hubiera hecho en sus primeros viajes a México, ya que estaba de los nervios por todos los rumores del peligro inminente que corría. Puede que fuera cierto, sin embargo este, ya su octavo viaje a la ciudad, estaba más allá de la preocupación.

En Cumbres del Lago, el adoquinado plano bordeaba las amplias calles. Casas cuidadosamente estructuradas y edificios con diseños modernos tachonaban la zona en neutro recién pintado. Mercedes, Tesla y Porsche pasaban zumbando lentamente. Los coches que no eran de lujo eran modelos más nuevos y estaban en buen estado, una regla tácita aquí. Si se trataba de algo distinto a estas cosas, parecía fuera de lugar. Daniella se sentía segura allí. Guardias uniformados, que muy probablemente no ejercían ningún poder, permanecían fuera de las tiendas, o justo dentro de los edificios de apartamentos. Todo ayudaba a que los precios se mantuvieran dónde estaban. Para gente como ella.

"¡Hasta luego, señorita!", gritó José Luis, el conductor enmascarado del Uber de Daniella desde el aeropuerto, antes de cerrar la puerta del conductor tras de sí.

"Hasta luego", le devolvió Daniella después de quitarse su sencilla mascarilla negra de Balenciaga COVID de forma suave y poco entusiasta. Simplemente normal.

Había mejorado con sus habilidades con el español a lo largo de los meses. Sin embargo, su actitud hacia las mascarillas no lo había hecho. En Estados Unidos, los mandatos de las máscaras casi habían desaparecido, sin embargo en México estaban muy vivos, así como la desinfección forzosa de las manos, y sorprendentemente del equipaje, al entrar en cualquier edificio. A ella le parecía completamente insípido que rociaran sus maletas con desinfectante, pero nunca dijo una palabra. Además, había unas alfombrillas llenas de líquido desinfectante para que la gente las pisara al entrar en ciertos establecimientos. Ella no le encontraba sentido a nada de eso. Esperaba que todas estas cosas desaparecieran en cuanto las rumoreadas vacunas estuvieran a disposición del público.

José Luis dejó las dos maletas Moschino de Daniella con ruedas en la entrada de la casa que Daniella alquilaba. Tuvo el buen sentido de entregarle a ella, su bolsa de deporte Moschino. Sinceramente, no parecía algo que debiera tocar el suelo.

Antes de acercarse a la entrada y al teclado de autoentrada de la lujosa casa de dos dormitorios, Daniella abrió la aplicación Uber y le dejó a José Luis una calificación de cinco estrellas y quinientos pesos de propina sólo por conducir tan bien, recoger sus maletas y por no hablarle durante el trayecto. Una característica que le gustó de pedir un Uber black fue que, al hacer la reserva, podía establecer su ajuste preferido del aire acondicionado, el nivel de conversación y notificar si llevaba maletas con las que necesitaba ayuda. Consiguió acertar en los tres puntos. Una propina desorbitada era lo que ella sentía.

Debería mudarme aquí.

Daniella echó un vistazo a la casa; su planta abierta y moderna y sus muebles realmente gritaban IKEA. Había madera y mármol por todas partes y una piscina en el patio trasero. Sabía que un lugar así costaría más del doble en Atlanta y tres o cuatro veces más en Toronto. Este lugar era justo lo que ella necesitaba.

Se sentó en la zona cubierta del patio trasero después de dejar sus maletas, enviando actualizaciones de su llegada a su madre, Clarissa, Louis y Deanna. Aunque su madre rara vez respondía, salvo para soltar algo sarcástico como "debe de ser agradable" o "ojalá tuviera una vida como la tuya", seguía manteniéndola al corriente. Durante todo este tiempo, no tenía ni idea de que su padre era el pegamento que mantenía unidas a su madre y a ella. No tenía ni idea de que a su madre realmente no le gustaba. O quizá era su forma de lidiar con el hecho de haber perdido a su marido.

Daniella había reducido su búsqueda a dos centros comerciales. Uno era el Centro de Antea Lifestyle Center en Juriquilla y el Centro Comercial Paseo Querétaro en La Purísima. Ambos estaban llenos de clientes adinerados y a la moda: gente que ganaba buen dinero según los estándares mexicanos y estadounidenses y que sólo frecuentaba lugares como éste porque quería gastar mucho. Estaba aquí para tomar una decisión y poder hacer una compra para el verano y abrir para el invierno. Sabía, por su último negocio en Toronto, que le llevaría algún tiempo. Además, añadió unos meses aprendiendo lo que había aprendido sobre lo lentas que pueden ir a veces las cosas en este nuevo país suyo. No tenía ninguna prisa. En este momento, ampliar Trefo era sólo un siguiente paso lógico, no una necesidad. La belleza del país y la idea de pasar más tiempo allí la impulsaban más de lo que podría hacerlo el dinero extra.

64

"¿Qué pasa, jefa?"

"Louis, cállate". Clarissa se abalanzó sobre un risueño Louis. "La jefa acaba de irse".

"Oh, ya lo sé. Ya la echo de menos".

"Yo también", dijo Clarissa, ayudando a su amiga y empleada a levantar la puerta de Trefo Atlanta.

"Realmente necesito-"

"Sé lo que vas a decir y ya estoy en ello. Estarán de camino mañana para arreglar la puerta de botón de elevación".

"¡Gracias! No me apunté para hacer trabajos manuales".

"Cállate. Deberías estar contento de seguir teniendo trabajo y de que esta mierda de COVID se esté acabando".

"Vale. Sigue siendo tan raro ver a la gente. Como... fuera, paseando".

"Lo sé. Oye, no te olvides de poner el cartel fuera".

"¿Cuánto tiempo tendremos que limitar la tienda a cinco clientes?"

"No se sabe. Daniella dijo que deberíamos estar agradecidas de no estar en México. Por toda la mierda estúpida que tienen que aguantar allí".

"¡Ojalá lo hicieran aquí arriba! No estoy tratando de atrapar a los COVID-Cooties de ninguno de estos bocones".

"¡Chico, cállate!" Gritó Clarissa esta vez dirigiéndose a su despacho.

"¡Espera! ¡Quién está hoy en la agenda!" Louis llamó a Clarissa después de colocar un cartel en el que se leía SOLO CINCO CLIENTES A LA VEZ. GRACIAS. delante de la tienda junto a dos puntales adosados.

Clarissa levantó el dedo índice y desapareció en la trastienda. Louis siguió con sus rutinas matutinas de comprobar las existencias, contar la caja registradora y asegurarse de que todo el equipo de batidos funcionaba correctamente.

Aunque seguían discutiendo y llevándose como los amigos que eran, habían desarrollado un ambiente de trabajo cohesionado durante las horas de apertura de la tienda. Clarissa consiguió dejar de flirtear con los clientes masculinos y Louis no desdeñaba a nadie. No en su cara.

Los meses de verano trajeron al interior a las masas que ya eran lo bastante valientes como para volver a salir al público, enmascaradas o no, debido al clima caluroso y húmedo. El negocio volvía a tomar impulso y Daniella estaba contenta, lo que significaba que Louis y Clarissa estaban contentos. Ella acababa de visitarles para comprobar la reapertura de la tienda y para darles un aumento a ambos. No sólo porque se merecían aumentos, sino porque Daniella podía permitírselo, ya que en realidad ni siquiera notaba los beneficios que obtenía de sus dos tiendas gracias al dinero que había heredado.

Ella había dividido los millones. Algunos fueron a Certificados de Depósito con las mejores tasas de rendimiento que pudo encontrar. Algunos fueron a sus cuentas corrientes y de ahorro, y el resto a invertir en Trefo QRO. Brock Elliot, que ya no era su inversor, sino más bien un igual, un confidente y asesor, le dijo por mensaje de texto lo orgulloso que estaba de ella y de su éxito. Había despegado en poco tiempo. Las posibilidades para su marca y otras marcas eran prácticamente infinitas con los márgenes de beneficio de la industria de la salud y el bienestar creciendo más que nunca. La gente de todo el mundo buscaba formas de ponerse en forma, mantenerse en forma y estar y mantenerse sana. Insinuó que ella podría unirse algún día al club de los multimillonarios. Sin el conocimiento de lo que su padre le dejó, lo más probable es que se uniera a ese club antes de lo que él imaginaba.

"¡Jason!" Clarissa volvió a salir de la oficina. "Es Jason hoy y mañana. Para las ocho. Fuera de eso, sólo somos tú y yo, pequeño".

Cuando Clarissa alcanzó a su amigo, se dio cuenta de que parecía pensativo.

"¿Qué? ¿Tienes algún problema con Jason?"

"¡No! Oh no niña. Jason está bien". Louis se inclinó hacia su amiga: "Jason está bien".

"Ugh, DIOS". Clarissa suspiró y empezó a darse la vuelta para alejarse.

"No, escucha. ¿Sabes que Vainilla dejó ir a uno de sus subdirectores y a uno de los asociados en Toronto?"

"Bueno, en realidad no querían estar allí, dijo Daniella".

"Cierto, pero no renunciaron. No estaban causando problemas; supongo que Vainilla quiere mantener bajo el número de empleados para aumentar los beneficios."

"Bueno, duh. Es una directora ejecutiva, lo más probable es que siempre busque formas de obtener más beneficios. A pesar de que la perrita ya es rica como el infierno".

"Sí, lo sé. Pero nos acaban de subir el sueldo".

"Sí. Lo hicieron".

"Podemos manejar este lugar nosotros mismos, honestamente. No necesitamos a nadie aquí para ayudar, al menos no a tiempo completo. Entre ustedes y yo, podemos asegurarnos de que este lugar funcione bien y aumentar las ganancias de la tienda, lo que a su vez podría aumentar nuestros salarios."

"Otra vez".

"¡Sí, otra vez!"

"¡Vale, zorra!" dijo Clarissa, como si fuera un cumplido, "¡Me gusta como piensas! Veo que conducir un coche deportivo de valor incalculable ahora te hace pensar un poco diferente", dijo Clarissa con una sonrisa.

"Nena, no sé qué tiene, pero ese coche me hace algo".

"Es un poco sexy". Clarissa hizo una pausa. "Vamos a comentárselo a Dani a ver qué opina. Estoy de acuerdo, realmente no necesitamos la ayuda. Tenerlo a él o a lo que sea por aquí sólo nos facilita a ti y a mí hacer pausas muy largas para comer e irnos temprano".

"Preferiría tener más dinero".

"Yo también preferiría tener más dinero".

Ambos se rieron cuando entró Jason, el estudiante universitario a tiempo parcial de 1,90 m que llevaba unos pantalones caqui arrugados, una camiseta de Trefo y una mochila, saludando con la mano de camino a la trastienda.

"Mm, mm". dijo Clarissa viéndole caminar junto a su amiga. "Podemos esperar hasta que salga".

"De acuerdo".

65

"Tomaré la hamburguesa". Daniella sonrió. "Y las alitas. Al estilo búfalo, con ranch".

"Muy bien, ¿Cómo quiere su hamburguesa?"

"Mediana, por favor".

"Muy bien. Le traeré su jarra de Guinness en cuanto haga su pedido".

"¡Gracias, Diego!"

El camarero, que hablaba un inglés impecable, se dio la vuelta y se fue rápidamente a poner el robusto pedido de Daniella.

"¿Estás esperando a alguien?", preguntó un hombre con un marcado acento irlandés desde la mesa vecina al aire libre del McArthy's Irish Pub, situado junto al Antea Lifestyle Center.

"¿Cómo dices?" Daniella apenas prestaba atención mientras esperaba su oportunidad de probar por primera vez esta icónica cerveza negra.

"¡Has pedido un montón de comida! Me preguntaba si estabas esperando a alguien o si era todo para ti".

"No era consciente de que estaba hablando tan alto; intentaré bajar el volumen", dijo Daniella intentando evitar la conversación.

"¡No! No, lo siento, estaba escuchando a escondidas. Entonces, supongo que soy yo quien debe pedir perdón". El hombre se puso de pie, llevaba pantalones cortos cargo hasta las rodillas, y una camisa de cuello desabrochado que no hacía juego y chanclas. "Hola, soy McCoy, la gente me llama Mac". Mac tendió la mano a Daniella.

"Hola, Mac. Encantada de conocerte, y no, no voy a quedar con nadie. Toda la comida que he pedido es para mí", dijo Daniella estrechando rápidamente la mano del hombre, apartando después la mirada.

"Vale, pues encantado de conocerte también. Perdona que te moleste. *¡Buen provecho!*" dijo Mac en español antes de volverse a sentar en su mesa.

Daniella esbozó una sonrisa falsa pero no dijo nada. Se preguntó en quién se había convertido. Antes era mucho más amistosa. Sin embargo, este tipo de interacción era lo que le parecía natural. No le servían las tonterías de los hombres. Desde Michel, nadie la había herido, maltratado o utilizado. Y todo acabó cuando dejó de permitirse relacionarse con ningún hombre. No había vuelto a dudar de sí misma desde Amos. El único hombre que había necesitado estaba muerto. Y sin siquiera saberlo, había renunciado a la idea de ser feliz con uno.

Pero seguía sin reconocer a esta mujer descortés, huraña e inaccesible. No es que este hombre le hubiera hecho nada. Aparte de llevar ese horrible atuendo.

¿En qué estaría pensando?

"Lo siento, olvidé pedirle su identificación para la Guinness." Diego volvió con la botella de agua, un vaso de hielo y una gran jarra de cerveza Guinness oscura y fría.

"¡Oh, por supuesto! Lo siento, aquí tiene". Daniella le entregó alegremente a Diego su carné de conducir de Georgia.

"¡Bien, aquí tiene y feliz cumpleaños, señorita Daniella!" exclamó Diego más alto de lo que le hubiera gustado a Daniella de haber sabido del reconocimiento con antelación.

"¡Vaya, gracias!" dijo Daniella en voz baja.

"¡Oh wow! Feliz cumpleaños, Daniella!" Mac se dio la vuelta. "¡Eso explica toda la comida! ¡Diego, trae a Lourdes!"

"¡Eh! ¡No hay problema!" respondió Diego a Mac, que obviamente era un cliente habitual.

Se acercó una joven mexicana bajita que llevaba los mismos pantalones negros y camisa negra que Diego.

"Es su cumpleaños," les dijo Mac a ambos haciendo un gesto con la cabeza hacia Daniella; él y los camareros empezaron a aplaudir.

"Oh no, no, eso no es necesario", dijo Daniella con severidad cuando se dio cuenta de lo que estaba pasando.

Los tres empezaron a cantar la canción del cumpleaños feliz en inglés y Daniella se agarró la cabeza avergonzada, mientras los demás clientes del bar y del restaurante se unían, silbando y gritando por la tímida desconocida.

Al final de la canción, Daniella tenía la cara roja como la remolacha, aunque intentó sonreír cuando Lourdes le dio una palmada en la espalda mientras se alejaba y Diego le hizo un gesto con el pulgar hacia arriba mientras se retiraba a buscarle la comida; cualquiera podía darse cuenta de que no estaba contenta.

Mac se sentó, se dio la vuelta y le dedicó a Daniella una sonrisa pícara de niño antes de volver a su comida a medio comer y a su cerveza. Daniella se rio para sus adentros.

Idiota.

66

"ME ALEGRO MUCHO DE verte", dijo Deanna.

"¡Lo mismo digo!" Daniella hizo una pausa. "Así que, The Pickle Barrel, ¿Eh?"

Las dos se rieron, sentadas en una mesa alta cerca del bar en el sótano del centro comercial de Yorkdale.

"¿Deberíamos haber ido a The Cheesecake Factory? Lo siento, sólo quería probar algo diferente, ¡Y nunca he estado aquí! Podemos ir-"

"¡No! ¡Basta! ¡A mí me gusta! De todas formas, como en The Cheesecake Factory a menudo. Me gusta probar cosas nuevas".

"Definitivamente no debería haber pedido la poutine sin embargo."

"Mierda. Estaba horrible".

"¡Pero todo lo demás estaba genial!"

"Estoy de acuerdo." Dijo Deanna. "Así que en serio, ¿Cómo estás?" Deanna puso su mano sobre la de Daniella.

"¡Estoy genial!" Daniella volteó su mano y tomó la de su amiga. "Estoy genial. Echo de menos a mi padre, por supuesto. Pero he estado tratando. A Trefo le va bien".

"Eso es bueno".

"¡A quién le importa, cómo estás! ¿Qué haces aquí arriba? Me imaginaba que ya habrías vuelto a Kansas".

"Dios mío, ¿Kansas? ¿Me estás tomando el pelo?" Deanna hizo una pausa para llevarse a la boca una patata frita fría con queso semifundido. "¿Has estado alguna vez en Kansas?"

"Bueno, no, pero-"

"Pero nada. Me encanta América y todo eso, pero no hay nada en Kansas para mí. Mis hijos ya son mayores y tienen sus propios hijos. Y me gusta mucho esta ciudad". Deanna sonrió: "Incluso estoy saliendo con alguien".

"¡Qué!" exclamó Daniella en voz alta, "Oh mierda, lo siento". Las dos soltaron una risita. "¿Por qué no me lo dijiste?", continuó ella en un susurro.

"Bueno, ya sabes..." Deanna se interrumpió.

"¿Saber qué?"

"Es que no me pareció que quisieras enterarte de algo así".

"Deanna... ¿Te parezco una niñita herida?"

"¡No!" Deanna se sentó erguida y sacó pecho. "Vale. No eres una niñita herida. No eres frágil. Te pido disculpas. Bueno, maldita sea, tengo un hombre. Y me está dando un pene estupendo. Diariamente".

La pareja volvió a reír, juntos. Daniella pidió todos los detalles, y Deanna se los dio todos, con extremo detalle. Incluso mostró fotos. Fotos especiales que ella había solicitado. Las dos las miraron e hicieron sus juicios y observaciones.

"¿Desean algo más, señoras?" Matt, su camarero regresó.

Deanna retiró rápidamente su teléfono de la mesa.

"Umm, ¿Dani? ¿Algo más? ¿Postre?"

"Dios mío, no, de ninguna manera. Estoy hasta arriba. Sólo la cuenta por favor".

"¿Dividida?" Preguntó Matt.

"No, yo pago". Daniella le entregó la tarjeta a Matt y éste se retiró hacia la caja registradora.

"Dani".

"Cállate, Deanna. Además, no te he llamado aquí sólo para una reunión amistosa y ver unas fotos de penes decentes. Quería preguntarte algo".

"Oh, Dios... Daniella, sólo me van los chicos. Te quiero pero esto nunca funcionaría".

Daniella estalló en carcajadas.

"¡Estás tan loca!"

"Lo sé, en serio, ¿Qué tienes en mente, cariño?" Deanna le guiñó un ojo.

"Vaya, casi había olvidado lo graciosa que eras. Umm... por trabajo. ¿Qué estás haciendo? ¿Has encontrado otro restaurante?"

"No. Ahora trabajo en una licorería. Me pagan mucho menos que ese imbécil. Y no puedo decir que realmente disfruté siendo sommelier. Me encantaba el vino. Me encantaba hablar de ello... me encantaba todo. Pero la gente y su mal gusto y su falta de comprensión me ofendían cada día". Deanna suspiró. "Pero este trabajo actual me mantiene aquí en Toronto. Así que, da igual. ¿Sabes?" dijo Deanna rotundamente.

"Deanna, ven a trabajar para mí. En Trefo Toronto. Sé la gerente de mi tienda", dijo Daniella con brío.

"¿Qué?"

"Lo sé, no es para lo que estudiaste y perfeccionaste tus habilidades, pero Canadá finalmente se está abriendo de nuevo y me encantaría tenerte dirigiendo las cosas". Daniella hizo una pausa. "Y te quiero, y confío en ti y no pareces feliz, y puedo pagarte más. Si pudieras aportar aunque sólo fuera una cuarta parte de la pasión que pones en ser sommelier, lo harías perfectamente", dijo Daniella apretando los dientes.

"Por cualquiera de esas razones iría encantada a trabajar para ti, pero por todas ellas juntas, ¡Estoy extasiada!".

Daniella se levantó bruscamente y abrazó a su amiga.

"¡Especialmente la parte de 'pagarme más'!" dijo Deanna en el hombro de Daniella.

"¡Genial!" Daniella rio entre dientes. "Presenta tu renuncia, te necesito de inmediato".

67

"*MUY BUENO, DANI. MUY bueno.* ¡Otra vez!"

Daniella pateó ligeramente la cara interna del muslo derecho de su entrenador con el pie derecho, haciendo al mismo tiempo un fuerte sonido de silbido con la boca, luego volvió a colocar el pie derecho detrás de ella antes de empujar inmediatamente la colchoneta con el izquierdo y plantó una patada firme en el oblicuo izquierdo del protector acolchado del cuerpo de Daniel Peña.

A continuación cambió e hizo lo mismo con el pie izquierdo. Le siguió una andanada de puñetazos bien colocados en sus guantes de sparring.

"¡Sí! ¡Muy bien, Dani!" Daniel Peña tiró del velcro de sus guantes, se los quitó rápidamente y los dejó caer a la colchoneta y le dio un abrazo a Daniella. "¿Cómo se sienten tus espinillas hoy, *Blanquita*?"

"¡Queman como el infierno!" dijo Daniella con la respiración entrecortada mientras apretaba a su entrenador de sparring favorito.

"¿Qué decimos siempre?" Daniel Peña empujó a Daniella hacia atrás y la miró a los ojos.

"¡Muay Thai es igual a dolor!"

Dijeron los dos juntos.

"Muy bien, larguémonos de aquí y vamos a por unos tacos".

"¡Vamos!" gritó Daniella con entusiasmo.

Daniella tomó su bolsa de lona Moschino del banco cercano a la entrada y empezó a quitarse sus vendas rosas Venum de las manos y los tobillos. Se puso un gran pantalón de chándal negro por encima de sus pantalones cortos de Muay Thai y se dejó puesto el sujetador deportivo. Se calzó un par de zapatillas deportivas Balmain rosas y blancas y se colgó la bolsa al hombro.

Daniella decidió seguir el consejo de Deanna y se hizo miembro activo en Internations.com. Pagó por la membresía Albatross mejorada y comenzó a asistir a eventos y a conocer gente de inmediato. Le ayudó no sólo con su vida social, sino también con sus conocimientos lingüísticos y su comodidad general en el país.

"Daniella. Tienes buen aspecto ahí fuera", dijo Daniel Peña esperando a Daniella junto a la salida. "¡Llevas trabajando con nosotros unos nueve meses y tu progresión es increíble! Nunca te lo he preguntado, ¿Estás entrenando para competir pronto en algún sitio?"

"Gracias, Daniel. Y no, no estoy entrenando para una competición".

"Entonces, ¿Sólo quieres dar palizas a los chicos?" Daniel Peña se rio.

"Si es necesario", dijo Daniella con severidad. Daniel Peña se quedó callado mientras seguían caminando. "¡Sólo estoy bromeando!"

Daniel Peña finalmente se rio.

"Sólo quiero aprender para la defensa personal", dijo Daniella con seriedad.

"Es muy importante, especialmente aquí en México. Estás haciendo algo inteligente, **Blanquita**".

"Gracias Daniel". Las dos llegaron a la parada del autobús que las llevaría a Juriquilla. "¿Vendrá tu novio esta noche?"

"¿Qué novio?" preguntó Daniel Peña.

"Dios mío, ¿Otra vez? ¡Dani! Eres peor que yo conservando a un hombre".

"Oh, eso es malo, porque nunca te he visto con un hombre". Daniel Peña esquivó un falso puñetazo de Daniella mientras ambos reían. "¡Ni una sola vez!"

"Tienes razón. Supongo que los hombres mexicanos no me encuentran atractiva", dijo Daniella cuando el autobús 76 se detuvo.

"**Callate, *Blanquita*.** Eres preciosa. Pero tienes lo que los americanos llaman 'Resting Bitch Face'", dijo Daniel Peña sin emoción.

Daniella se sentó; se quedó boquiabierta mientras miraba fijamente a su entrenador y amigo.

"¿En serio?" preguntó Daniella.

"Sí, en serio. ¿Te has mirado al espejo últimamente? Parece como si nos odiaras a todos los hombres".

"Bueno".

"Sí, Dios mío, ¿Qué te ha pasado?"

"No lo sé, pregúntale a mi madre", bromeó Daniella mientras apoyaba la cabeza en el asiento.

"Me encantaría. ¿Pero estás segura de que no te la has comido?"

68

"¡DIOS, ESTO ES INCREÍBLE!" exclamó Daniella desde el balcón de su bar favorito. La Cantina El Patrón, justo en el corazón de Querétaro.

"¡Sí, Feliz día de los muertos, **Blanquita**! ¡Me alegro de haber podido estar contigo en tu primera vez!" dijo Daniel Peña, levantando su cerveza hacia ella.

"¡Yo también!" dijo Sofía, otra nueva amiga de Internations.com que estaba en el lado opuesto de Daniella.

"¡Y yo! Nunca había visto tantos colores y festividad!"

"A los mexicanos nos encantan las cosas coloreadas", dijo riendo Daniel Peña.

"¡Y esas caléndulas naranjas por todas partes!"

"**Cempasúchil**", corrigió Sofía.

"**Cempa-**" Daniella forcejeó

"**¡Cempasúchil!**" Exclamaron tanto Sofía como Daniel Peña.

"*¿Cempasúchil?*" preguntó Daniella con una mueca de dolor.

Sofía movió el índice arriba y abajo en señal de afirmación.

Daniella no paraba de hablar de su primera experiencia con el Día de los Muertos. Para ella, la ocasión sonaba horrible e inapropiada. Después de que Sofía y Daniel Peña la sentaran y le explicaran los orígenes y significados de las celebraciones, se preguntó por qué no lo hacían en Estados Unidos en lugar de disfrazarse principalmente de zorras, criminales o personajes de ficción y repartir aperitivos azucarados a los niños.

El aire se llenó de música procedente de diferentes locales de la plaza. Había bellas flores naranjas, vendedores ambulantes, lugareños y turistas por igual. Algunos iban vestidos con ropa de calle cotidiana mientras que otros se disfrazaban de calaveras. Daniella no se cansaba de contemplar las vistas y los sonidos y hacía tantas preguntas como sus dos amigas le permitían.

Celebrar y recordar a los seres queridos que han fallecido era algo que Daniella querría hacer por su padre: construirle un altar como los que veía alineados a lo largo de las calles del centro de Querétaro, rodeando una bonita foto suya con hermosas velas, cempasúchil y algunas de sus cosas favoritas como el fino bourbon y los palos de golf.

Daniella sonrió.

"Te extraño, papá"

Antes de que nadie se diera cuenta, Daniella se secó una lágrima reveladora del ojo derecho.

"¡Sofía, me encanta tu maquillaje! ¿Quién te lo hizo?" preguntó Daniella, intentando apartar la mente de su padre.

"Mi amiga Alejandra. Trabaja en la tienda MAC, ¡Es increíble! Tiene una cabina ahí abajo en Jardin Zanea, ¿Quieres ir?"

"¡Daniella! ¡Aquí!"

Daniella miró a su alrededor para ver quién era esa extraña persona que la llamaba.

"¡Daniella, por aquí!" Mac la llamó desde el interior del segundo nivel del Bar Cantina El Patrón.

"Oh Jesús. Sí, Sofía, en realidad me gustaría ir. A cualquier lugar, honestamente".

"¡Dios mío, Daniella conoce a un hombre! Pensé que nunca vería este día!" bromeó Daniel Peña. "Preséntanos a tu amigo".

"¿Daniel, no ves que ella no debe querer hablar con él? Vámonos". La vocecita de Sofía sonaba más asertiva que de costumbre.

Daniella movió el dedo hacia Daniel Peña imitando a Sofía.

"Gracias, Sofía. Vámonos".

"Lo siento, sólo quería saludar", dijo Mac con menos volumen cuando el trío pasó de largo. Daniella evitó el contacto visual mientras Sofía sonreía incómoda. Daniel Peña sonrió y le saludó con la mano.

"Hola", dijo Daniella sin levantar la cabeza.

"¿Feliz Día de los Muertos?" dijo Mac antes de dar otro sorbo a su cerveza.

69

"Siempre hemos apreciado la forma en que nos trata, Sra. Daniella". dijo Lupita, sentada a la gran mesa del comedor de la mansión del condado de Cobb.

Las dos trabajadoras de ayuda a domicilio vestían sus modestos uniformes como de costumbre.

"Sí, señora. Yo también", asintió Xochitlally.

"Nenas, no hace falta que me llamen 'señora' y 'señorita Daniella'. Por favor, sólo Daniella. ¿DE ACUERDO?"

"De acuerdo", respondió Lupita. Xochitlally simplemente sonrió y asintió.

"Quiero decir, Lupita, ¡Eres dos años mayor que yo!". Daniella se rio. Por cierto, ¿Cómo está tu hijo, Ignacio?". preguntó Daniella.

"¡Vaya, qué bien lo pronuncias! Tu español está mejorando Sra.- Daniella". Lupita sonrió. "Él está bien, gracias".

"Eso está bien y lo estoy intentando". Daniella le devolvió la sonrisa. "Entonces", Daniella suspiró de forma poco natural. "¿Adónde vas a ir ahora que tu misión aquí ha terminado, Xo?". Preguntó Daniella adelantándose.

"Voy a volver a Bernal. Probablemente construiré una casa con..." Xochitlally se interrumpió, mirando hacia Lupita.

"¿Con el dinero que te dejó mi padre?"

Xochitlally asintió.

"¡Oye! ¡Está bien! ¡Podemos hablar de eso! Y me alegro mucho de que mi padre lo hiciera por ustedes dos. Se lo merecen. Y construir tu propia casa es lo más inteligente que podías hacer. Me alegro por ti, Xo. ¿Y tú, Lupita?"

"No estoy segura, probablemente también regrese a México. Tu padre gestionó nuestras VISAS de trabajo y expiran pronto; probablemente haré lo mismo que Xochit".

"¿Qué harán ustedes dos para trabajar?"

"Bueno, probablemente volveré a trabajar como abogada".

"Por Dios, ¿Eres abogada?". Daniella se quedó boquiabierta.

"Sí, pero ganaba más dinero aquí trabajando para tu padre como ayudante a domicilio".

"Si fuese un hombre ese no sería el caso".

"Me estás tomando el pelo", dijo Daniella con franqueza.

Las nenas se rieron.

"No, las abogadas ganan un treinta y cinco por ciento menos que los abogados. Y en la mayoría de los casos, las abogadas están limitadas a ciertos tipos de trabajo. Normalmente no son casos importantes o de alto perfil". Lupita hizo una pausa. "Yo no sabía esto cuando tomé la decisión de estudiar derecho. Pero, como muchos otros, pensé que podría ayudar a cambiarlo una vez que me convirtiera en abogada."

Dios mío, dijo Daniella con seriedad.

"¡Me encanta oírte hablar español!" dijo Lupita, riéndose las tres.

"Xo, ¿Tú también fuiste abogada?" preguntó Daniella, sinceramente.

"No, trabajaba en el comercio minorista. Esto fue completamente un paso adelante para mí. Siempre quise ser auxiliar de vuelo, pero estaba teniendo mala suerte para que me contrataran en Aeroméxico cuando vi el anuncio de trabajo de tu padre. Pensé que sería una oportunidad de venir a Estados Unidos para mejorar mi nivel de inglés y ganar un buen dinero". Xochitlally sonrió, con un punto de preocupación en los ojos.

"Bueno. Esperaba que ustedes dos vinieran a trabajar para mí. En mi nueva tienda en Querétaro".

"¡Señorita Daniella!" exclamó Lupita.

"¡Daniella! Por favor!" suplicó Daniella con una sonrisa.

"¿En serio?" preguntó Xochitlally, emocionada.

"Les pagaré el mismo salario que mi padre pagaba aquí. Los llevaré en avión. Me gustaría que fueran mi gerente y mi subdirectora".

"¡En serio!" volvió a decir Xochitlally, ¡Esta vez mucho más alto que la primera!"

"¡Cálmate, Xochit!" dijo Lupita, avergonzada.

No le prestó atención; la silla hizo ruido al levantarse para tomar a Daniella en un abrazo.

"¡Gracias, Daniella!"

"¿Estás segura de que está bien? ¿Lo más probable es que tengas que conseguir una casa más cerca de Santiago de Querétaro en lugar de Bernal?

"¡Me encanta Querétaro! Puedo visitar Bernal los fines de semana!" dijo Xochitlally, todavía gritando mientras abrazaba a su nueva jefa.

Lupita se puso de pie y le dio un fuerte apretón de manos a Daniella.

"Empezamos el 3 de enero. Por favor, vete a pasar la Navidad y el Año Nuevo con tu familia, y te veré entonces..."

"¡Si jefa!" dijo Xochitlally riendo.

"Claro que sí, Daniella", dijo Lupita con una sólida mirada de estima, gratitud y respeto en su rostro.

70

NOTICIAS DE ÚLTIMA HORA. A ESTA HORA ACABAMOS DE CONOCER EL FALLECIMIENTO DE LA QUERIDA ARTISTA BETTY WHITE A LA EDAD DE NOVENTA Y NUEVE AÑOS. LA ICÓNICA ACTRIZ...-

"Pareces triste, *Blanquita*. ¿Conocías a esta mujer?" le preguntó Daniel Peña a Daniella mientras estaban sentados en la barra, mirando uno de los televisores montados en la pared sobre la barra que mostraba un canal de noticias en inglés.

"¡No, pero Betty White era una de mis artistas favoritas! Era tan dulce y divertida". Daniella hizo un mohín. "Esto definitivamente le quita la diversión a esta velada".

"¡Oh vamos, *Blanquita*! Estoy segura de que Betty White no querría que estuvieras triste. ¡Anímate!"

"¿Recuerdas la semana pasada cuando murió El Charro?"

Daniel Peña se desgañitó de repente.

"¡Eso es diferente! ¡El Charro es una leyenda y los dos somos de Guadalajara!" Gritó Daniel Peña.

"¡ESTÁ BIEN!" Dijo Daniella en voz alta, mientras hacía pucheros.

Daniel Peña frotó la espalda de su amiga mientras pedía chupitos de tequila a un camarero con el que había estado flirteando durante los últimos treinta minutos. Daniel Peña vestía vaqueros azules, como de costumbre, con un polo Lacoste de imitación.

"¿Viene Sofía?" preguntó Daniella después de hacer su chupito.

"Debería estar de camino", dijo Daniel Peña volviéndose para examinar la entrada de McArther's. "Sin embargo, alguien conocido está aquí".

Daniella se giró para ver a Mac. Se sorprendió al verlo vestido decentemente por una vez, con un atuendo elegante e informal: vaqueros azules ajustados con puños en los bajos sobre mocasines negros brillantes, junto con una camisa gris de cuello de corte bajo una american noir. Llevaba los puños cortos, por lo que se notaba a una legua que su reloj era un Rolex. Y por una vez llevaba el pelo bien peinado.

"Familiar y con muy buen aspecto, Daniella", dijo Daniel Peña justo antes de tomarse por fin su chupito, haciendo una señal a su camarero para que le pidiera otra ronda.

"Más despacio, Daniel, sólo son las 11 de la noche, vas a estar demasiado borracho para la cuenta atrás", dijo Daniella.

"¡Hola, buenas noches!" Sofía entró desde el patio.

"¡Buenas noches!" respondieron Daniella y Daniel Peña antes de ponerse de pie para saludar a su amiga.

"Esta es mi amiga, Celeste", dijo Sofía, señalando a una joven rubia y esbelta que vestía toda de negro igual que Sofía.

"Mucho gusto", dijo Daniella.

"Esta es Daniella, este es Daniel Peña," dijo Sofía mientras todas se daban la mano y se abrazaban.

"¡Hola a todos!" dijo Mac al pasar. "¡Feliz Año Nuevo!" dijo Mac justo antes de soplar en un juguete hinchable dorado y plateado de tamaño mediano.

"¡Feliz Año Nuevo!" respondieron todos menos Daniella.

"Disculpen, chicos. De nuevo, encantada de conocerte Celeste, ahora vuelvo". Daniella pasó de largo para caminar hacia Mac. "Hola".

Mac se dio la vuelta, sin responder verbalmente a Daniella pero claramente sorprendido.

"Oye, quiero disculparme por cómo me he comportado contigo. No he sido yo misma estos días. Yo sólo..."

"¡Está bien, querida!" Mac puso una mano amistosa en el hombro de Daniella. "¡La gente pasa por cosas, y yo soy un poco exagerado! Soy ruidoso. Soy intenso. ¡Y no nos conocemos!" dijo Mac de forma sorprendentemente alegre.

"Sí, lo sé. Sólo te estoy saludando. Y por favor, háblame o sal conmigo siempre que me veas fuera. Prometo no ser grosera ni maleducada. Como he dicho, yo no soy así. Y es un nuevo año".

"¡Bueno, es un buen momento para empezar de nuevo!" Mac extendió la mano. "Soy McCoy. Pero la gente me llama-"

"Mac. Sí", se rio Daniella. "Soy Daniella. Mucho gusto".

"Mucho gusto", respondió Mac. "Es triste oír lo de Betty White, ¿Verdad?"

71

U<small>N FLAMANTE</small> A<small>UDI</small> A7 gris Manhattan 2022 se detuvo en la entrada de la mansión del condado de Cobb. Daniella apagó el motor pulsando un botón en la consola central, debajo de la pantalla de 12,3 pulgadas. Comprobó su teléfono, que había estado vibrando durante todo el trayecto a casa desde el aeropuerto: mensajes de Clarissa, Louis y Lupita. También había de Mac, que se las había arreglado para conseguir su número en Año Nuevo, preguntándole si había llegado bien.

Daniella les respondió a todos antes de salir de su vehículo. Hacía una fresca temperatura de 11 grados aquella mañana de principios de febrero. Daniella tiró con fuerza de su larga bufanda de seda Chantilly sobre su traje pantalón Dior naranja quemado y se acercó a los escalones de la puerta principal.

Antes de abrir, se volvió para contemplar la mansión. Sabía que allí no la esperaba nada. Ni su perrita, ni su padre. Hacía meses que no veía ni sabía nada de su madre. Y si hubiera vuelto a la mansión, las cámaras ARLO ya la habrían avisado. La propiedad era tan vasta. Como lo era en su infancia.

Y aunque en esta zona del condado de Cobb reinaba la tranquilidad, ella podría gritar a pleno pulmón y nadie la oiría.

Eso era exactamente lo que le apetecía hacer. Esta casa era la única constante en su vida. Todo y sobre todo todos los asociados con los recuerdos de la mansión se habían ido o estaban fuera de su vida de alguna manera.

Entró y vio que Xochitlally y Lupita habían dejado la casa en un estado impecable. No fue ninguna sorpresa. Lo único que hacía ruido eran sus pasos y el zumbido de la nevera. Daniella subió a su habitación y miró su cama. Éste había sido el lugar que había utilizado no sólo para dormir, sino para ir a llorar por todas las cosas terribles que le habían ocurrido. Lloró aquí cuando Amos la dejó. Lloró aquí cuando Eska murió. Lloró aquí cuando murió su padre. Incluso volvió a llorar aquí, después de que Michel casi la matara.

¿Me merezco todo esto?

Bajó las escaleras y salió al patio trasero para presentar de nuevo sus respetos a su amiga de cuatro patas. Realmente le vendría bien acurrucarse con su perrita ahora mismo, pensó.

Un escalofrío la invadió mientras pensaba en su perro y en todo lo demás, así que sopló un beso en dirección a Eska y luego se dio la vuelta para retirarse lentamente hacia la mansión. Mientras lo hacía, se fijó en una puerta por la que debía de haber pasado un millón de veces pero nunca se había molestado. Eran puertas dobles de madera a la derecha de la casa principal, pintadas de un gris apagado, con una ventana cuadrada de seis por seis a la altura de los ojos en cada una, pero ambas ventanas estaban ennegrecidas.

Fue a abrir la puerta pero estaba cerrada con llave. Sacó las llaves de la casa y las probó todas. La última funcionó: una llave que se dio cuenta de que nunca había utilizado. La entrada conducía directamente a unas escaleras, cuesta abajo. Daniella buscó un interruptor de la luz en las paredes a ambos lados de la escalera, pero no lo encontró.

Vio que más o menos a mitad de la escalera había una lámpara circular de cristal en lo alto con un interruptor de cadena. Cuando tiró de él, la luz efectivamente se encendió. Continuó el resto del camino.

Hacía frío y había un olor a humedad en el interior. Era un espacio amplio, construido completamente con ladrillo rojo, totalmente diferente del resto de la mansión. Vio otra luminaria más adelante, lo cual era bueno porque la luz de detrás de ella menguaba cuanto más caminaba.

Cuando tiró de ella, no vio gran cosa: sólo una carretilla apartada a un lado, varios sacos de mezcla de hormigón, unas cuantas herramientas y montones de los mismos ladrillos rojos que formaban las paredes y los techos.

Más adelante, vio un pasadizo arqueado que se inclinaba un poco hacia abajo. Daniella encendió la linterna de su teléfono móvil y siguió adelante. Se dio cuenta de que la señal de su teléfono también se había ido. Los pasillos parecían viejas catacumbas con sus estrechos caminos y sus techos arqueados.

El sonido de los tacones negros y lisos de Versace de Daniella resonaba por el pasillo. Había otra lámpara de techo, tiró de la cadena y la luz se encendió. Finalmente, llegó a otra abertura, igual que la anterior. La habitación estaba completamente vacía. Estaba completamente confundida y también asombrada. Asombrada porque no sabía que existiera este sótano en forma de cueva. Y confusa porque no tenía ni idea de para qué servía.

Sacó el teléfono para llamar a su madre y recordó que no había señal. Miró hacia arriba y arrugó la frente cuando vio que había ganchos colgando del techo.

¿Qué es este lugar?

Daniella volvió a guardar el teléfono y empezó a caminar hacia la salida. Volviendo a tirar de la cadena de todas las luces.

72

"Madre mía, sí que se esforzaron", dijo Daniella, antes de meterse en la boca uno de los cinco tacos de chorizo de su plato.

"¡Dijiste 'que fuera festivo' jefa!" afirmó Xochitlally, la nueva subgerente de Trefo QRO.

"Es cierto, lo dije", respondió Daniella, tapándose la boca mientras respondía y masticaba al mismo tiempo. "¿Cómo va todo?"

"Bueno, todo está a mitad de precio durante las dos primeras horas como usted dijo. Nos hemos quedado completamente sin proteína de suero, y los suplementos de superalimentos y las bolsas de semillas de chía también se están moviendo rápido", respondió Lupita mientras leía en un portapapeles.

"Bueno, ya sabes qué hacer", respondió Daniella.

"Ya se han pedido más existencias y tenemos un plan para que estos artículos se cambien a las zonas de exposición principales".

"Vaya, las dos son increíbles".

"¿Más increíbles que los tacos?" preguntó Lupita, mientras sonreía.

"Dios mío". A Daniella sólo le quedaba un taco y dos limas exprimidas en el plato. "Cállate, Lupita", dijo Daniella juguetonamente.

"¿De quién fue la idea de poner a Clarissa y Deanna en esta enorme pantalla de T.V. de aquí? ¡Qué genial!" preguntó Daniella, mientras guardaba su último taco".

"Deanna, en realidad", respondió Lupita.

"Sí, *jefa.* Clarissa creó un chat de WhatsApp para todas nosotras, y Deanna lo sugirió allí".

Lupita lanzó una mirada a Xochitlally.

"¿Qué?"

"¡Ustedes tienen un grupo de WhatsApp sin mí!" Daniella miró a la gerente y a la subdirectora de un lado a otro con severidad. Esperó un momento antes de reírse. Entonces las dos finalmente respiraron y se unieron también a la risa.

"¡Por qué nos reímos, señoras!" Mac salió de la nada, riéndose también como si formara parte de la conversación.

"¡Dios mío! Has venido!"

"Por supuesto, no me lo perdería", respondió Mac, vestido de nuevo como siempre.

Lupita y Xochitlally compartieron una mirada sugerente.

"Señoras, éste es mi amigo Mac. Mac, ¡Estás viendo a la nueva Gerente y Subgerente de Trefo Querétaro!" anunció Daniella emocionada.

Xochitlally se sonrojó, mientras que Lupita le tendió la mano para un apretón de manos.

"Mucho gusto, señor".

"Mucho gusto. Señoras, si me disculpan, veo tacos". Mac se fue rápidamente después de estrechar la mano de Xochitlally.

"¡Señorita!" exclamó Xochitlally juguetonamente.

"Xochit". Lupita ocultó su sonrisa. Daniella se sonrojó.

"¡Mamacita!" continuó Xochitlally. ***"¡Ay dios mío, él es muy guapo!"***

"¡Xo! Para!" dijo Daniella, avergonzada y sin poder ocultar más su sonrisa.

"¿Pero por qué se viste así?" preguntó Lupita, mirando a Mac pedir tacos al

vendedor ambulante que contrató para el evento.

"¡Exactamente!" empezó Daniella. **"¡Como un idiota adolescente!"**

Las tres se rieron.

"¡Todavía no puedo superar que hables español!" dijo Lupita sonriendo.

"Ahora eres una de nosotras", dijo Xochitlally, entrelazando el brazo con su jefa.

Daniella sonrió.

Soy yo.

73

"VALE, ¿A QUÉ TE dedicas? No sé nada de ti. Aparte de que eres un tipo alto, guapo y molesto con un gran acento que aparece misteriosamente por todas partes", dijo Daniella mojando un trozo de tortilla caliente en un plato de guacamole fresco.

"Vaya". Mac rio entre dientes, haciendo girar lentamente su botella de agua sobre la mesa entre ellos. "¿Gracias?" Mac volvió a reír entre dientes. "Ni siquiera puedo..." Mac se puso nervioso.

Daniella sonrió con picardía mientras masticaba sus patatas fritas.

"Soy ingeniero aeronáutico. Estoy haciendo algunos trabajos con Safran aquí en Querétaro. Trabajo unas quince horas a la semana. Soy de Irlanda. No hay mucho más que contar. Aunque me gusta que me llamen misterioso". Mac se llevó por fin el vaso de agua a la boca y bebió un sorbo.

"¡Ingeniero aeronáutico! ¡Suena interesante!"

"No lo es, te lo aseguro. Paso la mayor parte de mis días en TikTok, y las veces en las que estoy realmente ocupado en el trabajo es cuando alguien quiere hacer una de esas ridículas reuniones de Zoom o si estoy dando una clase".

"¿Dando una clase?" cuestionó Daniella.

" Vale, Pollo sureño." El camarero puso delante de Mac un plato de pollito, glaseado con achiote-guajillo y miel de agave, con guarnición de arroz hoja santa y remolacha asada. *"Y tostadas arrieras."* Frente a Daniella, colocó tortillas de maíz crujientes, ensalada de nopal. fajitas de arracheta y queso ranchero.

Los ojos de Daniella se abrieron de par en par, de puro asombro por la alta cocina mexicana de la Cantina Comalli, en el centro de Querétaro.

A esa hora de la tarde, mientras el sol se ponía, el Centro de Querétaro bullía de lugareños que disfrutaban de un paseo o de una conversación con un amante en el parque. Los vendedores ambulantes vendían sus mercancías por toda la plaza y por las calles circundantes. A veces sonaba música, pero esa noche parecía que Comalli tenía una pequeña banda propia preparándose para tocar música para los clientes del apreciado restaurante.

"Buen provecho", dijo el camarero antes de marcharse.

"Gracias", dijo Mac, Daniella le siguió al salir de su aturdimiento.

"Lo siento, siga por favor. Es sólo que esta comida se ve y huele muy increíble", exclamó Daniella.

"No te preocupes, vengo aquí todos los fines de semana. Estoy deseando oír su crítica sobre el sabor. Podemos conocernos mejor más tarde", respondió Mac.

"Me parece justo. Tenemos mucho de qué hablar. Como de tu forma de vestir, por ejemplo", dijo Daniella juguetonamente.

Daniella hizo todo lo posible por dejarse llevar y disfrutar de su cita. Un acontecimiento que había estado evitando durante mucho tiempo. Después de las cosas que le ocurrieron en sus dos últimas relaciones, le resultaba extraño, estar sentada frente a un hombre nuevo, comiendo, hablando y sonriendo y haciendo bromas. Pero siguió adelante de todos modos, esperando lo mejor.

"¡Qué tiene de malo mi forma de vestir!" preguntó Mac, juguetonamente ofendido.

"Oh, mi amigo. Mucho".

74

"¡No puedo creer que mañana cumplas treinta y dos años!"

"Dios, Clarissa por favor no me lo recuerdes".

"¡Oh, cálmate, treinta y dos ya no es viejo!"

"¡Lo es si eres una perdedora soltera sin hijos!" Dijo Daniella subiendo la cremallera de su maleta.

"Vale... ¡A quién no le encantaría ser una soltera, atractiva y guapa directora ejecutiva, que vale cientos de millones de dólares, con un novio irlandés buenorro y una prima hermosa!".

Daniella se rio, pidiendo para sí un Uber Black mientras tenía a su prima en el altavoz del teléfono. Tenía que coger un vuelo a Toronto, que por desgracia tenía escala en Houston.

"Estás buenísima, pero Mac no es mi novio. Sólo tuvimos unas cuantas citas. Y viste como un veterano borracho".

"¡Eh! ¡Mi padre es un veterano borracho y viste bien!"

"Tiene que agradecérselo a mi tía".

"¡Vale! ¡Entonces enséñale a este tipo a vestirse y haz lo tuyo, nena!"

"Clarissa", suspiró Daniella, "¿Por qué siempre estás en mi vida amorosa? ¿Qué pasa contigo? ¿Estás saliendo con alguien? ¿A quién le estás amargando la vida estos días?".

"Vale, en primer lugar yo no hago desgraciados a los hombres. Segundo, te haré saber que estoy recibiendo varias ofertas de solteros elegibles de la ciudad de Atlanta. Sólo mantengo mis opciones abiertas".

"Sí, estoy segura de que no es lo único que mantienes abierto", dijo Daniella sin emoción.

Clarissa jadeó ruidosamente por el teléfono.

"Antes de que empieces a maldecirme déjame llamarte de nuevo; estoy recibiendo una llamada de Florida, podría ser tu tía. No puedo esperar a oír esto."

"Hola, soy Tina de los servicios de urgencias del hospital Florida Gulf Coast en Panamá City, Florida. ¿Puedo hablar con una tal Sra. Daniella Cartwright?

"Dios mío, es ella. ¿Está bien mi madre?"

"Señora, llamamos por la Sra. Evelyn Cartwright. ¿Es ella su madre?"

"Sí señora, ¿Qué ocurre?

"Su madre ha tenido un accidente, se encuentra aquí en el HCA Florida Gulf Coast Hospital en el 449 West 23rd street en Panamá City Florida, sería-"

"Bien, ¿Qué le pasa, está bien? ¿Puedo hablar con ella?"

"Señora desafortunadamente, ya le he dicho todo lo que puedo, sería mejor si usted u otro miembro de su familia pudiera venir lo antes posible. ¿Quiere la dirección otra vez?"

"No, ya la tengo, gracias".

Daniella dejó su maleta, se subió al Uber e inmediatamente comenzó a reservar un vuelo de ida desde Houston a ECP, un aeropuerto para las playas del noroeste de Florida. Daniella no tuvo ocasión de empezar a preocuparse de verdad hasta que subió al avión sólo con su pequeño bolso Gucci Dionysus mini, su teléfono móvil y el cargador.

Más allá de la preocupación, sintió autocompasión; deseó poder pasar sólo un corto periodo de tiempo sin que se produjera algún desastre extremo en su vida. ¿Acaso el mundo no la había castigado lo suficiente? Llevaba meses sin saber nada de su madre, desde su última y ridícula discusión. Su madre nunca se ponía en contacto con ella a menos que fuera para quejarse de lo que recibía del testamento de su padre. Era casi como si nunca se hubiera preocupado realmente por su padre. Lo que, a su vez, hacía que a Daniella le importara cada vez menos su madre. Sin embargo, allí estaba ella, dejando su ajetreada vida de dirigir un negocio internacional para intentar ayudar a su madre a salir de aquello en lo que se había metido.

75

"HOLA, HE VENIDO EN cuanto he recibido tu mensaje. ¿Cómo estás?" preguntó Mac, de pie en la puerta del Airbnb favorito de Daniella. "¿Estás segura de que quieres estar en México ahora mismo con todo lo que está pasando?".

Se había alojado allí tan a menudo que el anfitrión le ofreció varias veces un contrato de alquiler de un año. Pero el lugar era tan caro que siempre estaba disponible cuando ella estaba en la ciudad, así que no veía la necesidad de mantenerlo alquilado cuando no estaba en el país. Pero la oferta era definitivamente tentadora. Aunque, pensó, cuando estuviera preparada para una residencia permanente en México, se limitaría a comprar una casa en propiedad. No sería nada para ella.

"¿Seguimos?" preguntó Daniella.

"¿Toda la violencia de las bandas y las protestas por los arrestos de los cárteles de Jalisco y Sinaloa?". Mac entró.

"Le he echado un ojo. Parece que todo el drama está en Guanajuato y Jalisco", dijo Daniella, cerrando la puerta tras su invitado.

"Pero aun así..."

"Amigo, yo soy de Atlanta. Si saliera del país cada vez que hay un crimen de interés periodístico, nunca volvería a casa", dijo Daniella con franqueza.

"Entendido", dijo Mac sobre un suspiro derrotado.

"Entonces, ¿Cómo fue el viaje de trabajo?" preguntó Daniella, cambiando de tema.

"¿Viaje de trabajo?"

"¿El viaje a Irlanda del que me hablaste?"

"¡Oh! Vale, el seminario. Aburrido. Increíblemente aburrido".

Daniella se rio entre dientes.

"¿Quieres algo de beber?" preguntó Daniella, acompañando a su invitada a la zona de la cocina.

"No, estoy bien. Gracias. Sólo quería venir lo antes posible. Recibí tu mensaje y siento mucho no haber podido estar allí-"

"¿Qué quieres de mí, Mac?" interrumpió Daniella tras tomarse una botella de agua del frigorífico.

"No estoy seguro de lo que quieres decir exactamente, querida".

"¿Qué es lo que quieres de mí? Ya ha pasado un año. Te he evitado durante la mitad de él. Hemos hablado. Hemos salido. Nos comunicamos a diario. ¿Qué es lo que quieres? ¿Por qué ocupas tanto de mi tiempo, qué es lo que buscas?"

"Querida, ¿Estás segura de que quieres hablar de esto en este momento? Sé que hace poco..."

"Sí, acabo de enterrar a mi madre. Que Dios la tenga en su gloria; ella es parte de la razón por la que estamos teniendo esta conversación."

"No entiendo."

"No me queda más paciencia para los usureros, los mentirosos, los abusadores ni para nada negativo". Daniella hizo una pausa. "Simplemente no la tengo. No puedo con ello".

Hubo un silencio mientras Mac y Daniella se miraban a los ojos.

"De acuerdo entonces", dijo Mac finalmente.

"De acuerdo entonces. Dime qué es lo que buscas. ¿Un buen revolcón en el dormitorio de vez en cuando? ¿O es sólo cosa de una vez? Obviamente no estás buscando dinero, gracias a DIOS. Ya he pasado por eso antes. ¿Quieres una muñeca de trapo para revolcarte cuando quieras? ¿O sólo una novia en México para mantenerte caliente mientras estás aquí?"

Mac se levantó rápidamente y avanzó hacia Daniella. Daniella puso un pie detrás del otro y preparó los puños en la postura defensiva del Muay Lopburi.

"¡Vaya!" Mac se paró en seco y lanzó las manos al aire. Casualmente, Daniella estaba vestida con sus pantalones cortos de Muay Thai naranja y negro, un sujetador deportivo a juego con una larga bata blanca desatada y calcetines altos hasta la pantorrilla; Mac la encontraba tan atractiva como en cualquier otro momento. Quizá incluso más.

"No estoy aquí para hacerte daño. Quiero decir, físicamente estoy bastante seguro de que no podría aunque quisiera. Ni de ninguna otra forma, Daniella. Y no estoy aquí para ninguna de esas cosas". Mac suspiró y bajó las manos. Daniella hizo lo mismo. "Siento que hayas pasado por todo eso. Sea lo que sea que te haya pasado. Y no puedo imaginar por lo que estás pasando. ¿DE ACUERDO?"

Daniella apartó la mirada. Mac dio un paso atrás.

"Para responder a tu pregunta, estoy aquí para lo que quieras. Si quieres un revolcón ocasional en el dormitorio, seré eso. Si quieres un amigo, puedo serlo. Si quieres amor, también puedo hacerlo. Sólo dímelo". Mac dio otro paso atrás hacia el salón. "Para ser honesto, sólo he querido estar en tu vida de alguna manera desde el momento en que te vi".

Joder.

Ella no quería estar haciendo esto. Lo hizo, por supuesto, porque ella dio el primer paso, pero al mismo tiempo, se dijo a sí misma que no volvería a hacerlo. Podía darse cuenta, mirando la cara de Mac mientras se movía rítmicamente encima de él en el suelo del salón, de que le estaba volviendo loco. Después de sus dos últimos amantes, se dio cuenta de que tenía ese efecto. Y no podía ser normal: la forma en que la miraban asombrados, lo que les hacía, cómo les hacía sentir.

Pero nunca debieron ser ellos. Ella se lo dio a Amos. Y se suponía que tenía que ser él. Luego se lo dio a Michel, que ella sentía que se lo merecía, pero nunca estuvo segura de su futuro. Y ahora se lo da a Mac. ¿Se suponía que ella no debía hacer esto? ¿Por qué a ella? Conocía a mujeres que se habían acostado con diez veces más hombres que ella y aun así habían acabado casadas. Daniella había estado con dos, ahora tres hombres y ya se estaba cuestionando su valía. Su virtud. Su futuro.

Pero esto también le gustaba. Le gustaba ser deseada por un hombre. Le gustaba la sensación que a su vez él también le proporcionaba. Sólo deseaba que alguien se comprometiera con ella. A ella y sólo a ella. Que viera que ella era algo que valía la pena conservar. Alguien a quien valía la pena no hacer daño. Algo que no merecía un buen trato, si no el mejor de los tratos. Allí estaba con Mac, esperando. Confiando en las palabras que él decía.

76

"VALE, ESTO ES OSTENTOSO", dijo Clarissa.

"Nena este lugar es increíble".

"¿Qué les parece?"

"Espera, ¿Por qué estamos aquí?" Preguntó Clarissa.

"Esa es una buena pregunta, porque sé que eres rica y todo eso pero sé que no vas a comprar este edificio", dijo Louis.

Daniella se rio mientras rodeaba los pocos muebles que había en toda la oficina, una megaoficina de dos plantas en el último piso de la Torre Salesforce en Buckhead Atlanta. Una torre de oficinas comerciales con paredes de cristal que daba al noreste de Atlanta y, concretamente, al centro comercial en cuyo interior se encontraba el local original de Trefo.

Se sentó en la silla que había detrás del escritorio y echó un vistazo a la increíble vista de la puesta de sol sobre Atlanta antes de girar la silla para mirar a su mejor amiga y a su querida prima.

"Estamos aquí, para las entrevistas".

"¿Para qué nos entrevistas?" preguntó Louis mientras se apresuraba a ganar a Clarissa para sentarse en el único asiento frente a Daniella.

"Tú, Louis", dijo Daniella haciendo lo posible por no reírse. "Estás haciendo una entrevista para gerente de tienda, de Trefo Atlanta".

"¿Yo?" dijo Louis.

"Sí, cariño tú. Y Clarissa, estás siendo entrevistada para COO de Trefo International Incorporated".

"¿Quieres que sea tu COO?"

"Es mucho trabajo. Pero sí, quiero".

"¿Cuándo empiezan las entrevistas? Estoy segura de que puedo ser mucho mejor gerente de tienda que esta zorra. Tengo ideas".

"Por mucho que quiera discutir contigo, tienes razón", dijo Clarissa.

Louis jadeó.

"Pero no sé lo más mínimo sobre ser directora de operaciones. La única razón por la que sé siquiera lo que eso significa es por esa película de Facebook", admitió Clarissa sin ningún pudor.

Daniella bajó la cabeza y soltó una risita.

"Eso era director financiero", añadió Louis.

"¿Lo ven?"

"Chicos, ninguno de los dos sabía nada de esto antes de conseguir sus puestos. Pero confío en ustedes más que en nadie. Ustedes son leales. Y realmente creo que ambos pueden y estarán a la altura de las circunstancias".

Louis se sentó erguido.

"Louis, has visto a Clarissa en acción, y como has dicho, tienes ideas, tienes el trabajo. A partir de ahora, eres el gerente de Trefo Atlanta. Aquí tienes tu carta de oferta y tu nuevo salario". Daniella deslizó un sobre blanco estándar sin sellar a través de la mesa hacia su mejor amigo.

"Clarissa, ya que fuiste empleada aquí primero, es natural que tengas esta oportunidad. Has recorrido un largo camino desde que coqueteabas con los clientes y estropeabas los pedidos de batidos. Has estado conmigo en cada paso del camino. No sólo por Trefo sino también personalmente". Daniella se detuvo para mirar a Louis. "Ambos lo han hecho. Por eso estamos aquí".

Daniella volvió a centrar su atención en su prima. "Clarissa, nuestras gerentes de tienda Deanna, Lupita y, por supuesto, Louis, te informarán: ganancias, tendencias, proyecciones, fluctuaciones y necesidades. Te asegurarás de que los beneficios de cada tienda lleguen a sus respectivos destinos. Te enseñaré cómo hacerlo. Viajarás a cada sucursal trimestralmente para comprobar las cosas en persona y hablar con nuestros empleados. Y lo más importante, me informarás de cualquier cosa de importancia y también me enviarás un cheque al final de cada mes". Daniella sonrió. "Tú eres la jefa. Lo último importante que haré será abrir esta sucursal en Grecia. Algo en lo que he estado pensando durante un tiempo".

"Bueno, el nombre de la tienda es griego, así que tiene sentido", afirmó Clarissa con naturalidad.

"Dios mío, realmente has recorrido un largo camino".

"De acuerdo, jefa. Entonces, ¿Por qué, si yo soy la gerente y trabajo en la tienda, y ella es la directora de operaciones, y tú básicamente estás abandonando, necesitamos esta oficina tan grande?

"Esa es una gran pregunta. Honestamente, esta oficina es para nosotros, y no voy a abandonar. Tú, Clarissa, Lupita, Deanna y yo tendremos oficinas aquí. Ninguna estará aquí a tiempo completo, por supuesto, aparte de mí, Clarissa y la tercera: necesitamos un especialista en informática barra gestor de páginas web barra gestor de medios sociales."

"Así que básicamente, un adolescente", dijo Clarissa.

"Más o menos", se rio Daniella. "Clarissa, esa es tu primera responsabilidad; encuéntrame uno, preferiblemente mujer. Con el tiempo, necesitaremos un jefe de oficina barra secretaria y un personal de finanzas. Además," Daniella hizo una pausa y volvió a mirar a su alrededor, "¡Además siempre me ha gustado la idea de los edificios altos de oficinas!" dijo Daniella encogiéndose de hombros. "Así que, sí, lo compré".

"¿Comprado? ¿No alquilado?"

"Sí, comprado".

"Vale, así que esto es sólo un capricho de niña rica", dijo Louis.

"¿ESTOY DE ACUERDO?" Clarissa estuvo de acuerdo.

"Así que esa es tu oficina, Louis". Ignorándolos a ambos, Daniella señaló un gran despacho a lo largo del perímetro del enorme espacio de oficinas, que contaba con una puerta de cristal y, por supuesto, nada más que una ventana recién lavada que lo separaba del exterior. "Y COO, ahí está el tuyo".

"¡Un despacho en la esquina! ¡Qué bonito!"

"Y éste es el mío", se dijo Daniella. Mientras entraba en el despacho más grande del espacio, que ocupaba todo un lateral de la oficina de 2 plantas".

"¡Búscame un informático y trae muebles aquí!" gritó Daniella antes de cerrar la puerta.

"¡Entendido, jefa!" gritó Clarissa antes de que un fuerte grito de excitación se le escapara.

77

"¡TE VES MUY BIEN en tu rojo, blanco y verde, Dani!" le dijo Daniel Peña a su amiga.

"¡Gracias!" respondió Daniella alegremente.

"¿Sabías que Querétaro es considerada la cuna de la Independencia de México?" le preguntó Sofía a Daniella, también vestida con los colores de la bandera mexicana, mientras el trío que acababa de reunirse después de la clase de boxeo de Daniella y Daniel Peña caminaba hacia el centro.

"No, no lo sabía", respondió Daniella.

"Fueron los primeros en conspirar para rebelarse contra los españoles a principios del siglo XIX".

"Esto fue antes de la batalla de Hidalgo", añadió Daniel Peña.

"¡Vaya, así que estamos en la cuna de la Independencia de México!" dijo Daniella, emocionada.

Sofía sonrió y movió el dedo índice.

"Ven, busquemos a tu novio para que podamos conseguir un lugar para ver los fuegos artificiales".

"¡Oohhhh!" exclamó Sofía.

"¡Basta, chicos, no es mi novio!". Daniella puso los ojos en blanco". Pero debería estar por aquí. Le enviaré mi ubicación por WhatsApp. Nos encontrará".

Después de encontrar a Mac, las cuatro buscaron un sitio en la plaza. Hacia las once de la noche empezaron a suceder cosas. La guardia militar presentó la bandera y un locutor al que Daniella no pudo localizar con la vista anunció al alcalde y a su esposa. Cuando Luis Nava y su esposa, que llevaba un asombroso vestido rojo, salieron del ayuntamiento, la multitud empezó a aplaudir. Daniella observó asombrada cómo el hombre ondeaba orgulloso la bandera mexicana, empezando por gritar *"¡Mexicanos, vivan los héroes que nos dieron patria!"*. Después, todos los que se encontraban al alcance del sonido de su voz desde los altavoces respondieron exultantes: *"¡Viva!"*.

"¡Viva!" gritó Mac, mientras miraba a Daniella.

"¡Viva Hidalgo!" El alcalde Nava volvió a gritar tan alto como pudo.

"¡Viva!" gritó Daniella. Sonriendo a Sofía, que saltaba emocionada a su lado mientras también intentaba grabar la

escena con su teléfono móvil como casi todo el mundo hacía también.

"¡Viva Morelos!" Gritó el alcalde Nava.

"¡Viva!" Daniella apretó la mano de Mac y gritó con los ojos cerrados.

Fue un momento tan liberador-estar entre todos los orgullosos mexicanos, declarando su gratitud a aquellos que vinieron antes que ellos. Nunca se había sentido así en un desfile del 4 de julio. En ese momento, se sintió a sí misma soltando la ira y la rabia que ignoraba por completo que guardaba en su interior. Por el momento, sólo estaba disfrutando de la celebración de un país que había llegado a amar con buenas amigas, y con un hombre por el que posiblemente también sintiera amor.

Para Daniella, sentir amor por otro aún le resultaba extraño. El miedo a ser herida, de cualquier tipo, la hacía extremadamente aprensiva hasta el punto de que casi utilizó su entrenamiento en artes marciales para defenderse de su actual amante en un momento dado. No sólo el amor, sino su habilidad para confiar se estaba esfumando.

"¡Viva Allende!"

"¡Viva!"

Sin embargo, cada vez que Daniella se unía a la multitud en El Grito, sentía esperanza.

"¡Viva la Independencia Nacional!"

"¡Viva!"

Daniella se dio cuenta rápidamente de que estaba gritando por su propia independencia. Ella también quería ser libre.

"¡Viva Querétaro!"

"¡Viva!"

No quería admitirlo, pero era prisionera del odio. Pasaba su tiempo manteniéndose ocupada, cuidando de los demás, cuidando de su negocio, y fingiendo que no le afectaba lo que Amos, y Michel le habían hecho, además de todos los actores secundarios en su camino hacia donde estaba como su madre, y Dawn. Sentía odio por todos ellos en su interior. Fingió que no deseaba ver a Michel tirado en el suelo de su casa sangrando y conmocionado en vez de a ella. Fingió que no deseaba que Amos hubiera perdido su negocio, estuviera, arruinado, solo y con el corazón roto. Ella deseaba todas estas cosas y más. Sólo que no se había permitido admitirlo hasta ahora.

"¡Viva México!"

Daniella no dijo nada, pero fingió una sonrisa cuando Mac la abrazó y la besó en la mejilla. Daniella no supo qué sentir entonces. Gritar "¡Viva!" no iba a cambiar nada para ella. Lo único que perduraba en su interior era el dolor. No estaba segura de si era algo que siempre estaría ahí, mientras ella seguía navegando expertamente por la vida, o si se trataba de asuntos que realmente necesitaba superar, u olvidar, antes de seguir adelante con su vida. Seguir adelante con otra persona.

"¡Dani!"

"¿Sí? ¿Sí? ¿Mande?" Respondió Daniella, saliendo lentamente de su proceso de pensamiento.

"¡Despierta! No estarás borracha ya, ¿Verdad?" preguntó Daniel Peña.

Daniella bajó la mirada hacia la lata intacta de veinticuatro onzas de Modelo que tenía en la mano.

"¡Aún no!" Daniella se llevó la lata a la cara y bebió de un trago todo lo que pudo.

Mac, Daniel Peña, Sofía y algunos desconocidos de alrededor la animaron mientras bebía unas veinte onzas de la cerveza tibia, algunas goteando de los lados de su boca hasta el suelo.

"¡Viva México!" gritó Daniella tras su sesión de tragos.

Mac, sus amigos y los curiosos a lo largo de todo el caos gritaron una vez más.

"¡Viva!"

78

"Me estás matando, ¿Qué dices?" le gritó Clarissa a su primo. Te juro que voy a tirar la puerta abajo si no me lo dices". amenazó Clarissa. "¡Quiero decir, sabes que no haré eso, técnicamente sigue siendo tu casa pero aun así! ¡Ahora estoy preocupada! Llevas ahí dentro cinco minutos, Daniella!" Clarissa se paseó un par de veces.

"¡Mira, te di la caja! ¡Decía un minuto así que sé que ya tienes los resultados!" Clarissa estaba ahora en la puerta apoyada en ella. "¡Daniella! ¿Qué...?"

La puerta del baño del pasillo de la antigua casa de Daniella en Sandy Springs se abrió de golpe.

"No puedo creerlo", dijo Daniella en una inflexión baja y monótona.

"¡Qué! ¡Dámelo!" Clarissa metió la mano en la puerta sin abrirla más de lo que estaba.

"Me acabo de mear encima. Es asqueroso", dijo Daniella, cambiando sólo un poco el tono para mostrar su disgusto ante la petición de su prima.

"¡Me importa una mierda, dame la prueba!" exigió Clarissa.

En cuanto Clarissa sintió el palito en la mano, lo apretó y tiró de él a través del umbral. La lanza de la prueba de embarazo Clearblue mostraba un claro signo positivo, sin nada en la ventana negativa.

"¡Dios mío!" Clarissa irrumpió por la puerta para ver a Daniella sentada en la tapa del retrete, con las bragas por los tobillos y el pie izquierdo apoyado sobre el otro. Una pequeña camiseta blanca cubría su mitad superior. "¡Esto es jodidamente increíble! Vas a ser la mejor madre del puto mundo". dijo Clarissa de rodillas abrazando a su prima. "¿Qué pasa?"

"Ni siquiera sabemos si son exactos. Tengo que ir a ver al doctor Sams", dijo Daniella aturdida.

"Nena estas cosas son precisas como el infierno en estos días, confía en mí. Pero sí, ve a ver a tu doctorcito de cabecera. Sé que te dirá lo mismo". Clarissa se levantó. "Ve a verle, luego vuelve conmigo, llamaremos a Louis, lo celebraremos... ¡Sin alcohol para ti! Luego empezaremos a buscar nombres de bebés".

"Espléndido", respondió Daniella, de nuevo en tono monótono. "¿Y Mac? ¿Se ha olvidado del estado de soltería en el que me encuentro, y del hecho de que él y yo ni siquiera somos nada oficialmente? Ni siquiera me ha llamado nunca su novia".

"Bueno, estoy segura de que ahora será tu novio. Llámale y cuéntale las buenas noticias". Clarissa se rio entre dientes.

"No, en primer lugar ahora mismo está de viaje de negocios, y en segundo lugar, no quiero eso. No quiero que un hombre se comprometa conmigo sólo porque voy a tener un hijo suyo. Eso es una locura", dijo Daniella, todavía sin hacer contacto visual.

"Vale, lo siento, sólo estaba bromeando, pero ¿Te estás escuchando? Suenas muy negativa. Todo para ti es negativo. ¡Es una gran noticia! ¡El mundo necesita al niño que vas a criar!"

"¡No quiero que sólo sea yo quien críe al niño! Se supone que debo ser yo, un marido y un niño. ¡No sólo yo! ¡No quiero ser esa nena!"

"Nadie quiere. ¡Y lo siento, pero nadie te obligó a saltar sobre ese pene, nena!" Clarissa hizo una pausa, "una, otra y otra vez...-"

"¡Vale! ¡Ya está!" Daniella bajó la cabeza, derrotada. "Tienes razón. Lo siento", Daniella hizo una pausa, "no es propio de mí ser tan irracional". "Bueno, estás embarazada, tonta. Aunque aún necesites más convencimiento, se te avecinan muchos comportamientos que no son propios de ti". Clarissa se acercó a la puerta del baño. "Mira, vístete, vamos a ver a tu médico. Seguiremos a partir de ahí".

79

"¡Te he echado de menos, amor!" Mac abrazó a Daniella. "¡Estás increíble, Dios mío!" Era un día raro y bien vestido para Mac. Llevaba unos vaqueros azules ajustados, con una camisa abotonada, azul claro, de lino, de Derek Rose, bajo un blazer a rayas, de Brooks Brothers Archive.

"Tú también estás muy guapo", respondió Daniella, inclinándose hacia atrás para volver a mirar su atuendo. "¿Has comido?" preguntó Daniella.

"Cariño, sabes que odio la comida de avión", contestó Mac, haciendo cola para coger un taxi fuera del aeropuerto internacional de Querétaro.

"¿Quieres ir a Comalli?" preguntó Daniella cogiendo a Mac de la mano después de que él tomara su bolsa de un solo hombro.

"Absolutamente, amor. Fantástica idea", respondió Mac con una sonrisa y un beso justo antes de abrir la puerta del taxi para que Daniella entrara.

Los dos se tomaron de la mano, se besaron y hablaron durante los cuarenta minutos que separaban el aeropuerto del centro de Querétaro. El viaje de Mac se ocupó en algunos negocios en Irlanda y también un viaje de dos semanas a Qatar para ver los últimos partidos de la Copa del Mundo. A eso le siguieron más viajes de negocios a varios otros países que lo mantuvieron alejado hasta el día anterior a la víspera de Año Nuevo.

Daniella no pudo evitar sentirse culpable por no haber dicho nada todavía. Pensó que les dejaría comer, que sus pies tocaran el suelo de su viaje, antes de emboscarle con la noticia de que su vida estaba a punto de cambiar para siempre.

Su viaje para ver al doctor Sams junto con Clarissa fue tal y como su prima dijo que sería. Definitivamente estaba embarazada. Para entonces, apenas tenía diez semanas. En ese momento estaba de doce semanas y no se le notaba nada, aparte de los pechos y las mejillas. Ella notaba todos sus cambios corporales. Todo lo que Mac notó fue un poco más de escote, imaginó. Pero eso es sólo un hombre siendo un hombre, pensó. Rara vez se fijaban en las cosas sutiles.

"Tengo que decirte algo", dijo Daniella, después de que pidieran la comida. Sentados en una mesa al aire libre, como la última vez.

"Oh no, ¿Decidiste no ir a la fiesta de Año Nuevo mañana?" preguntó Mac, mientras desplegaba y colocaba su servilleta en el regazo.

Levantó la vista y vio los detalles del rostro de su amante. No había nada de diversión ni de humor.

"Oh, esto es más serio", dijo Mac mientras esperaba a que una silenciosa Daniella soltara la noticia. "Espera, ¿Estás... estás rompiendo conmigo?" dijo Mac, en un tono mucho más serio. Ahora cubriendo suavemente la mano de ella con la suya.

"No, no."

"¿Qué, amor?"

"Estoy embarazada, tengo 12 semanas".

Daniella dijo esto con severidad mientras miraba a Mac a los ojos. Quería presenciar toda su reacción.

Se quedó sin habla. No había forma de calibrar sus pensamientos. Estaba estupefacto y completamente sin palabras. Ni siquiera parecía que siguiera mirándola.

"¿Mac?" Daniella tomó la mano que yacía inmóvil, sin vida, sobre la suya. "¡Mac!"

"¡Sí! ¡Sí amor!" dijo Mac como si despertara de un profundo sueño. "¡Es una noticia espléndida! ¡Felicidades! Deberíamos celebrarlo!"

"¿En serio?" Daniella suspiró aliviada.

"¡De verdad!" Mac le devolvió la sonrisa.

"¿No estás disgustado o preocupado?"

"¿Tener un bebé con mi preciosa, asombrosamente exitosa y maravillosa dama? ¿Qué hay para estar molesto o preocupado?" preguntó Mac triunfalmente.

Daniella empezó a llorar. Estaba encantada con su reacción. Era perfecta. Por supuesto, necesitó un segundo para digerirlo. Pero estaba feliz, y preparado, y ella era su dama.

8O

"Bien, ya está listo".

"Gracias, Doc."

"Mira, ahora que estás casi en tu segundo trimestre voy a necesitar verte cada cuatro semanas. Tracy ya te tiene agendada hasta tu semana veintisiete, entonces te cambiaremos a cada dos semanas-"

"Hasta la semana treinta y seis entonces cambiaré a semanal. ¿Verdad?" interrumpió Daniella.

"Correcto. Es muy raro que tenga una paciente que se preocupe lo suficiente como para hacer sus deberes. O al menos que haga los deberes y los haga bien. No es ninguna sorpresa", dijo el Dr. Sams, impresionado.

"Lo siento, es que estoy muy emocionada".

"¿Tienes también un médico en México o Canadá o donde sea que esté pasando la mayor parte de tu tiempo?"

"He buscado a unos cuantos en México y he hecho algunas llamadas, pero no, todavía no he visto a ninguno".

"Hice que Tracy quemara en un CD algunos duplicados de su historial por si acaso necesita ver a otro ginecobstetra mientras está fuera del país. Nunca se sabe. Como hasta ahora estás disfrutando de un embarazo sano, no veo ningún problema en que vueles. Sólo debes saber que a medida que avance tu embarazo, será cada vez más incómodo maniobrar con esa nueva y hermosa barriga tuya".

Daniella miró hacia abajo y sonrió.

"¿Dónde está el papá? ¿Cómo se llama?"

"Mac".

"¡Mac! Sí, ¿Un tipo alto y británico?" Dijo el Dr. Sams, inseguro.

"Irlandés".

El Dr. Sams chasqueó los dedos con los labios fruncidos.

"Está fuera del país por negocios. Viaja mucho por trabajo".

"Los dos lo hacen", añadió el Dr. Sams.

"Cierto. Pero creo que es diferente porque-"

"Tú no tienes un jefe. Lo entiendo".

Daniella sonrió.

"Bueno, por favor, hágale saber que su hijo se ve muy bien, creciendo dentro del percentil 90, lo cual es sobresaliente. Y esperamos verlos a ambos en un mes para echarle un vistazo a todos esos organitos".

"¡Por supuesto!"

"Genial, ahora vamos a..."

El Dr. Sams fue interrumpido por el sonido de alerta de transmisión de emergencia en su teléfono. Seguido por el del teléfono de Daniella. Podían oír otros sonidos en el vestíbulo, detrás de la puerta cerrada de la habitación en la que estaban.

"¿Alerta Amber?" dijo Daniella, haciendo una mueca de dolor. "Tengo que admitir que ahora que estoy embarazada, la idea de esa alerta me afecta de forma diferente".

"Como debe ser, pero no". Contestó sin levantar la vista de su teléfono. "Hay un tornado que ha tocado tierra en el lado oeste de la ciudad". El Dr. Sams se levantó para dirigirse a la ventana. "Dios mío, está oscuro ahí fuera".

"Oh vaya."

"Bueno, puedes volver a vestirte y todo eso, pero no voy a dejar que conduzcas fuera de aquí hasta que todo esto esté despejado. Te haré saber si necesitamos refugiarnos en un armario o algo. No hay tanta gente aquí hoy, así que cabemos todos".

Daniella soltó una risita nerviosa cuando su médico de cabecera abandonó la habitación. Se estaba convirtiendo en madre y sólo podía pensar en proteger a su bebé. Estar en el centro de una cuarto anti tornados, indefensa, era el último lugar en el que quería estar.

Miró su aplicación meteorológica después de vestirse y vio que habían estado cayendo tornados durante todo el día en el noroeste de Georgia y el este de Alabama.

Daniella se puso de pie con la espalda apoyada en la pared opuesta a la ventana.

No te preocupes, yo te protegeré. Mamá siempre te protegerá.

81

"¿Y PARA CENAR?" PREGUNTÓ Lupita a su amiga y compañera de trabajo mientras caminaba por el último pasillo de Soriana Hiper.

"No tengo hambre, amiga," respondió Xochitlally con tristeza mientras se frotaba el estómago.

"¿En serio?" contestó Lupita mientras se detenía en la cola de la caja detrás de otro cliente.

"Shh. Mira." Xochitlally hizo un gesto con la cabeza hacia el hombre alto que tenían delante y que sostenía una cesta con pan y vino.

"Estaré allí en unos días cariño; tengo algunas cosas que terminar aquí en México".

Xochitlally y Lupita se miraron extrañadas.

"Lo sé, lo sé. Las cosas están casi terminadas aquí. Sabías que esto iba a ser un asunto largo aquí. ¿Qué quieres que haga?"

Xochitlally sacó su teléfono y abrió la cámara. Lupita empujó lenta y suavemente la mano de Xochitlally hacia su costado, mientras movía la cabeza de un lado a otro.

"Lo sé, y los resolveremos cuando regrese a casa contigo y los niños, ¿De acuerdo, cariño?".

Xochitlally tenía los ojos muy abiertos, la cara hinchada de ira. Lupita también empezó a mostrar signos de enfado.

"De acuerdo, Sí. Sí. Yo también te amo". Mac colgó el teléfono y se lo guardó en el bolsillo corto del cargo. "¡Oh hola! ¡Te conozco!" dijo Mac con sorpresa tras mirar detrás de sí.

"¡Hola!" Contestaron las dos mujeres. Xochitlally trató de no hacer contacto visual, mientras que Lupita quemó una mirada crítica directamente a través de sus ojos.

"¿Vas a ver a Daniella?" preguntó inocentemente Lupita.

"¡Sí!" Mac levantó un poco su cesta. Pan para ella, vino para mí". Se rio entre dientes antes de darse la vuelta.

El teléfono de Lupita emitió un sonido, señal de un mensaje de WhatsApp. Se quedó boquiabierta e inmediatamente le dio a Xochitlally una palmada en el hombro tan fuerte como pudo.

"¡Puta madre!" gritó Xochitlally.

Toda la zona delantera del Hiper Soriana se quedó mirando a Xochitlally durante un breve instante antes de volver a sus asuntos. Todos excepto Mac, que entregó sus artículos a la mujer que estaba detrás de la caja, saludándola en español.

"¿Estás loca?" susurró Lupita asertivamente.

"Ella necesita saber," dijo Xochitlally sin remordimientos. *"Maldito cabrón."* Xochitlally miró de soslayo a Mac mientras se alejaba sin despedirse.

Lupita sacudió la cabeza mientras miraba de nuevo el texto que Xochitlally había publicado en el chat de grupo.

Xochit

El Novio de la Jefa, la está engañando.

82

"¡ESTOY CONTIGO! ¡SÓLO digo que primero consigamos alguna prueba, nena!"

"¡Toda la prueba que necesito será ese maldito británico con sus pelotas servidas en bandeja!" Gritó Clarissa.

"Clarissa, eso ni siquiera tiene sentido", dijo Louis, de pie en su ahora amueblada oficina en un rascacielos con vistas a la ciudad de Atlanta.

"¡Ya lo sé!" Clarissa se levantó con la cabeza entre las manos. "¡Lo sé! Ella no necesita esto".

"Lo sé".

"¡Esto ha sido lo único bueno que le ha pasado en los últimos ocho años!"

"Lo sé."

"¡Ella necesita esto para estar bien!" suplicó Clarissa.

"Lo sé, cariño. Lo sé. Pero no podemos controlar lo que hace este imbécil más que ella. Averigüémoslo con seguridad antes de decirle nada".

"Creo que es un error. ¿Cómo se sentiría si hubiera algo que necesitara saber y no se lo dijéramos en nombre de su protección? Recuerda lo que pasó con El Barbero. Sabíamos que estaba casado y-"

Louis levantó la mano en el aire. Clarissa dejó de hablar, sorprendida.

"Bueno, si alguna vez me quedara embarazada, te lo agradecería. Pensé que tú mejor que nadie serías capaz de entenderlo".

Clarissa miró a Louis con un fuego en los ojos que él no había visto en mucho tiempo.

"Mira, no intento ser mala. Pero no querrás que Daniella también pierda a su bebé, ¿Verdad?".

Clarissa se calmó inmediatamente.

"Yo también quiero decírselo. Y quiero partirle la cara a ese irlandés más que nadie".

"Irlandés, así es".

"Pero tenemos que ser inteligentes con esto", terminó Louis sin detenerse ante la intrascendente realización de Clarissa.

"Tienes razón. Empecemos a indagar".

Clarissa envió un mensaje en el chat de grupo que puso a ella, a Louis, a Deanna, a Lupita y a Xochitlally en pleno modo detective.

C.O.O.

Acabemos con ese imbécil.

83

En Atlanta-Hartsfiled, Daniella descansaba la vista en la sala Delta Sky Club de la explanada E. Acababa de enviarle a Mac otro mensaje de texto haciéndole saber que estaba de regreso a México y que todo iba bien. Incluyó detalles sobre el progreso del bebé y su próxima cita y que esperaba que él estuviera allí pero que entendía si no podía. Esta fue la primera visita de Daniella a un bar sin buscar una bebida. Tomó un zumo recién exprimido y un croissant de la zona del bufé. Hacía semanas que tenía antojo de croissants.

Daniella se sentó en un gran sofá gris, junto a una mesita de noche que le ofrecía un lugar para colocar y cargar su teléfono, y más tarde el platillo cubierto de migas que antaño sostenía un croissant caliente y mantecoso. Se relajó, respiró hondo y siguió pensando en las mismas cosas a las que había estado dando vueltas durante los últimos tres meses. En primer lugar, el sexo del bebé, que decidió que no quería saber hasta que naciera. Pensó en dónde vivirían ella y el bebé. La primera opción era la mansión. Había tantas cosas allí que no quería ver: recuerdos de sus padres fallecidos, de los momentos que compartieron allí juntos, de su habitación, que estaba llena de grandes recuerdos pero salpicada de algunos terribles. Había regalado su casa a su mejor amigo y prima. Y no quería retirar ese regalo. Vivía en un Airbnb cuando estaba en México y en realidad ya no frecuentaba mucho Toronto.

Se preguntaba qué querría hacer Mac. Dónde querría vivir. También pensó en nombres para el bebé. ¿Debería ser original, pero no demasiado? ¿Debería ponerle al bebé el nombre de alguien? ¿Como el padre del bebé o incluso su padre si era un niño? ¿Debería ponerle el nombre de alguna de las abuelas del bebé si fuera niña? De ninguna manera llamaría a su hija Daniella.

ATENCIÓN A TODOS LOS PASAJEROS DEL VUELO NÚMERO DL641 SERVICIO SIN ESCALAS A CIUDAD DE MÉXICO, ESTAMOS PREEMBARCANDO A TODOS LOS PASAJEROS DELTA ONE, DELTA PREMIUM SELECT, PRIMERA CLASE -...

Daniella hizo caso del anuncio y empezó a recoger sus cosas -todavía sólo su bolso Gucci, el teléfono y el cargador.

Mientras estaba de pie detrás de otro pasajero previo al embarque, sonó el teléfono de Daniella. Bajó la vista apresuradamente, pero aún no era a quien esperaba.

"¡Clarissa, hola!" dijo Daniella con bastante energía.

"¡Hola, nena! ¿Cómo te encuentras?"

"Estoy bien, sólo embarcando en mi vuelo de vuelta ahora".

"¿Deberías siquiera estar volando?" Preguntó Clarissa en voz alta.

"¡Sí!"

"Dios mío". Daniella no pudo evitar sonreír. "Hola, Louis".

"¡Hola Vainilla!"

"¡Eh, es nuestra jefa, no puedes estar llamándola 'Vainilla'! Ahora eres gerente, ¡Sé más profesional, chico!"

Daniella bajó la cabeza, mientras se reía de sus dos personas favoritas.

"Tienes razón, zorra. ¡Señora Vainilla! ¿Se supone que estás volando?" Louis gritó por el altavoz de Clarissa tan alto que Daniella tuvo que apartar el teléfono de su oreja.

"Gracias, disfrute de su vuelo señora", dijo el agente de la puerta de embarque, sonriendo después de que Daniella escaneara su tarjeta de embarque digital desde su teléfono.

"Dios mío, qué ruidosa eres. Sí, el médico dijo que volar estaba bien. El embarazo es saludable, sólo necesito seguir haciendo lo que he estado haciendo, y mantener los niveles de estrés bajos. Quizás tomármelo con calma con el Muay Thai".

"Pues claro", añadió Clarissa.

"¿Sabes algo del papá del bebé?" Preguntó Clarissa antes de que se hiciera un breve silencio.

El silencio pasó de breve a momentáneo mientras Daniella pensaba. Luego, ese momento pareció convertirse en una eternidad al recordar el silencio que recibió de Amos. Mac nunca tardaba tanto en responder. Aunque estuviera durmiendo. Incluso si estaba en un vuelo. Siempre le respondía en una hora más o menos, ¡Y había pasado más de un día desde su cita! No respondió cuando ella le envió un mensaje de texto sobre estar encerrada a causa de la serie de tornados. No respondió a los mensajes de buenas noches. No respondió a los mensajes que ella le había enviado desde que estaba en el aeropuerto.

¿Qué coño está pasando?

"No, hoy no, creo que probablemente esté en un vuelo de vuelta a México. Probablemente tendré noticias suyas para cuando regrese a México".

"Bueno..."

"Vale, nena. Pues adelante, sube tu embarazado trasero a ese vuelo", interrumpió Clarissa a Louis. "Mándame un mensaje cuando aterrices, prima".

"Lo haré, te quiero".

"¡Yo también te quiero!"

84

EL BURÓ FEDERAL DE INVESTIGACIÓN DE LOS ESTADOS UNIDOS (FBI) CONFIRMÓ QUE CUATRO CIUDADANOS ESTADOUNIDENSES FUERON SECUESTRADOS LA SEMANA PASADA EN MATAMOROS, MÉXICO, EL 3 DE MARZO DE 2023. LOS INDIVIDUOS CRUZABAN LA FRONTERA DE BROWNSVILLE, TEXAS, A MATAMOROS PARA BUSCAR TRATAMIENTO MÉDICO CUANDO LOS DELINCUENTES ABRIERON FUEGO CONTRA SU VEHÍCULO.

"Tratamiento médico. Sí, claro", se dijo Daniella mientras comía croissants y helado.

Era mediodía y Daniella no había salido de casa en todo el día. Ni siquiera se había vestido. Estaba todavía con sus pantalones cortos de Muay Thai y su bata, estaba sentada descalza en el sofá viendo las noticias por satélite en el salón.

"¿Por qué no me ha llamado este imbécil?"

"Esto no volverá a ocurrir. No lo aceptaré. Simplemente no lo haré."

Llamaron a la puerta. Al menos Daniella pensó que habían llamado. Nunca venía nadie, ni siquiera sus amigas.

"¿Qué pasa, prima?"

"¿Clarissa?" Dijo Daniella después de un jadeo excitado. "¿Qué demonios haces aquí?"

"¡He venido a verte!"

"¿Cómo sabías dónde vivía?"

"¿Sabes esa cosa de la ubicación que me envías por WhatsApp? Esa cosa permanece encendida unas ocho horas. Nena, sé dónde te alojas, dónde haces tu cosa esa de kárate o lo que sea; incluso sé dónde compras tus croissants".

"Es Muay Thai. ¡Jesús, estás loca! Entra aquí!"

Daniella tomó el asa extendida de la maleta negra de cuatro ruedas American Tourister de Clarissa y empujó a su prima a través de la puerta. Daniella Intentó cerrar la puerta pero no pudo.

"¡Perdona!"

"¡Louis! ¡Qué demonios!" gritó Daniella.

Daniella dejó caer la bolsa de Clarissa y abrazó a su mejor amiga.

"¿Han saltado la frontera? Louis, ¡Ni siquiera tienes pasaporte!"

"No". Louis sacó un pasaporte azul nuevo del bolsillo delantero de su vaquero. "El viejo Louis no tenía pasaporte".

"¡Chicos! No quiero parecer desagradecido pero..."

"Deanna está en el local de ATL, su ayudante de dirección se encarga de Toronto, y Lupita y Xo están haciendo lo suyo aquí. Nuestra especialista en informática Carlie está instalada en su nueva oficina y ahora estamos haciendo entrevistas a distancia para secretaria y seguridad." Louis pasó junto a su mejor amigo, con una mirada de suficiencia en el rostro.

Daniella se quedó sin habla.

"Este lugar es tan bonito".

"Sí que lo es, nena", convino Louis.

"Entonces, ¿Podemos sentarnos?" Preguntó Clarissa

"Um, ¡Claro!" Daniella no sabía qué más decir.

"HM... migas y helado derritiéndose", dijo Louis después de sentarse en el sofá junto a Daniella.

"Oh. Sí", empezó Daniella, deslizándose el pelo detrás de las orejas. "Sí, chicos, hace cuatro días que no sé nada de él". Daniella miró su teléfono. "Cinco días".

Las tres se sentaron en silencio un momento.

"Creo que está pasando otra vez".

En cuestión de segundos, el rostro de Daniella se cubrió de lágrimas. Clarissa corrió hacia su prima y la abrazó junto con Louis.

"Ustedes saben algo, ¿Verdad? Si no, no estarían aquí", dijo Daniella entre lágrimas. "Sólo díganmelo. Intenté ponerle una denuncia por desaparición pero la policía me dijo que en realidad no tenía base para hacerlo. No tiene residencia aquí, no somos parientes y como viaja todo el tiempo por trabajo no podían calificarlo como persona desaparecida. Quedé como una tonta".

"Oye, el único tonto aquí es Mac".

"Alias Patrick McCoy, Alias Sr. Casado con tres hijos. Alias cara de trasero, Alias..."

"¿Está casado?" preguntó Daniella en voz baja.

Las tres volvieron a sentarse en silencio durante un momento. Entonces Clarissa sacó su teléfono. Abrió su aplicación de Facebook.

"Deanna encontró esto. Creo que dijo que tiene amigos comunes con una de las amigas de su mujer. Entre Xo, Lupita, nosotros y Deanna... podríamos abrir una agencia de detectives".

"Sí, podríamos llamarla atrapa-al-canalla.com", dijo Louis.

"Ya tienen algo así", dijo Daniella llorando y moqueando todavía. "Es él. Jesús, ¡Ni siquiera sabía su puto nombre real!"

Daniella se levantó rápidamente, haciendo que Clarissa y Louis cayeran de lado.

"Patrick McCoy. Estado civil: Casado. Esposa: Noelle McCoy. Vive en: Milton Malby, Irlanda". Daniella se tapó la boca. "La foto de portada. ¡Su familia es preciosa! Su mujer es preciosa!" Daniella se puso violenta con el teléfono de Clarissa. "¿Por qué nunca funciona?"

"Espera, Dani, es sólo una captura de pantalla. No somos amigos en Facebook, esta página es privada. Pero aceptó una solicitud de amistad de Deanna porque -como dije- tenían amigos en común".

"Dile que haga más capturas de pantalla".

"Dani", intentó Louis.

"¡Díselo!" Daniella se alejó hacia la cocina. "A la mierda, se lo diré".

"Vale, vale, vale, Vainilla, se lo diré. Vamos a calmarnos. Recuerda, tenemos un bebé ahí dentro". Louis tomó el teléfono de Daniella de su mano y lo colocó de nuevo en la encimera de la cocina.

"¡Calmarme! Cómo coño... ¡Calmarme!" gritó Daniella.

Clarissa, aún sentada en el sofá, parecía asustada.

"¡Por qué coño me sigue pasando esto!" gritó Daniella.

Se hizo el silencio en la casa. Las lágrimas brotaron de los ojos de Clarissa. Se las secó antes de que cayeran. Louis se quedó sin palabras.

"¡Eso no era retórica!" gritó Daniella.

"Vainilla", dijo Louis con calma, "No tenemos la más mínima idea de por lo que estás pasando. Sólo estamos aquí para apoyarte".

"¿Quieren apoyarme? Tráiganme las pelotas de ese imbécil ¡Así es como pueden apoyarme!"

"Clarissa sugirió eso antes en realidad", dijo Louis en voz baja, mientras Clarissa asentía con la cabeza arriba y abajo.

"¡Ya tienen la jodida idea!" Daniella se sentó en la mesa del comedor. Llorando más. No sabía si estar triste o enfadada. Ambas cosas la agotaban demasiado, pero aun así, revoloteaba entre las dos emociones una y otra vez.

¿Está malditamente casado?

"¿Qué se supone que debo hacer?" preguntó Daniella inocentemente. "Acaba de dejarme tirada". gimoteó

Daniella. "Sé que es culpa mía. No debería haberme acostado con él antes de casarnos. Es culpa mía".

"¡No!"

"¡No, no, no! No hagas eso. No es culpa tuya. ¡Él debería haber sido sincero contigo! Y esto sigue siendo su responsabilidad", dijo Clarissa con severidad, ahora de pie, acercándose a su prima.

"¿Responsabilidad?" preguntó Daniella. El rostro, aún cubierto de lágrimas. "Nuestro hijo ya ha sido reducido a una responsabilidad. No un niño. No alguien a quien amar y querer. Sólo una responsabilidad".

Daniella pidió a Clarissa y Louis que volvieran al trabajo al día siguiente. Les aseguró que estaría bien. A pesar de que estuvieron despiertos casi toda la noche, diciéndole que de ninguna manera iban a dejarla en su estado actual. Pero al final, cortésmente, les dijo que tenían que volver al trabajo y que ella estaría bien.

Aunque sabía que no lo estaría, no quería ser una carga para sus amigos. Les reembolsó en silencio los billetes y los Ubers que tomaron para ir y volver tanto del aeropuerto de Querétaro como de Atlanta.

85

"LO SIENTO, ES ANORMAL pero no completamente extraño".

A Daniella no le importó oír mucho más de lo que el Dr. Sams tenía que decir. Clavó los ojos en la pared frente a ella sin poder encontrar lágrimas. En su mente sólo había pensamientos de cómo se había entregado a otro hombre, la había enamorado, incluso había llegado a amarlo... y aquí estaba de nuevo. Dolida. Todo estaba bien; lo único que tenía que hacer era contener la tensión. En lugar de hacer precisamente eso, se estaba volviendo loca por el paradero del padre de su hijo, y luego estresándose aún más por el hecho de que la habían engañado y abandonado una vez más.

Casado, con tres hijos.

Su vida continuaría, perfectamente bien con su bella esposa, Noelle y sus tres hijos perfectos: Micah, Caitlin y Ronan. Vivirían felices para siempre. Mientras ella, Daniella, estaba allí sentada enterándose de que había dado a luz a un bebé muerto tras veinte semanas de los mejores momentos de su vida.

El Dr. Sams divagaba. Ella intentó escuchar pero no pudo. Su hijo se había ido. No era culpa suya ni de ella. A Mac no le importaba, pero a Daniella sí. Daniella lo quería y nunca supo que lo quería hasta que ocurrió. Ahora ya no estaba.

En su periferia, podía ver a Louis y Clarissa en la puerta de la suite de pacientes, pero no se molestó en reconocerlos. Daniella no quería ser grosera, pero no podía ocuparse de nada en absoluto. No sabía qué sentido tenía. Estaba hecha un mar de lágrimas. Y lo único que necesitaba hacer en ese momento, ser madre, era algo que tampoco se le exigía ya.

Intentó no sentir lástima de sí misma. Pero lo hizo. Intentó no agravar todas las cosas que habían sucedido en su vida reciente. Pero lo hizo. Intentó no machacarse. Pero lo hizo. Intentó no odiar a esos supuestos hombres. Porque ese no era el tipo de persona que ella era. Pero lo hizo. Ella los odiaba. Todos de diferentes maneras, la habían dejado de lado, como basura. Y ella no podía sentirse más baja.

Sintió que alguien le frotaba la espalda con un movimiento circular. No podía decir quién. No le importaba. Sólo quería que la dejaran en paz. En una habitación oscura. Sola. Ya no quería estar rodeada de gente. No quería estar en ningún sitio.

"¿Vainilla?" Louis se acercó a su mejor amiga despacio, con cautela, como si Daniella fuera un animal peligroso al que hubiera que capturar. "¿Cariño? Rissa y yo vamos a sacarte de aquí, ¿De acuerdo? ¿Adónde quieres que te llevemos?"

Clarissa clavó los ojos en Louis mientras frotaba la espalda de Daniella. El Dr. Sams seguía sentado, mirando a su paciente, con lástima; sabía, incluso siendo ajeno, por lo mucho que había pasado en los últimos años.

"¿Cariño? ¿Quieres ir a tu casa o a la mansión? ¿Quieres volver a México?" Louis continuó suavemente, como si estuviera intentando que un niño abriera la puerta del baño y dejara de llorar. "¿Quieres dar una vuelta? Aunque tenemos que salir de aquí. Seguro que van a cerrar en algún momento".

"Tómense todo el tiempo que necesiten".

"Gracias, doctor", dijo Louis sin mirar.

"Le dije después del parto que podía quedarse hasta mañana o incluso pasado mañana. Ella insistió en que llamara para que la sacaran de aquí hoy", le susurró el doctor Sams a Louis después de apartarlo. Luego anunció a la sala: "Voy a salir a buscar una silla de ruedas". Luego se retiró al pasillo.

"Sí, es una buena idea. Mi chica está en shock", dijo Clarissa rotundamente.

"Llevémosla a la-"

"Llévenme a la mansión", habló finalmente Daniella, en un tono desconocido, carente de emoción.

"¡Vale! Podemos hacerlo", gritó Clarissa con entusiasmo. "¿Vale, Louis?"

"¡Sí, nena! Por supuesto, iré a por el coche". Louis abandonó la suite y se dirigió hacia la salida.

"Muy bien, aquí tienes". El Dr. Sams regresó con una silla de ruedas. Se detuvo rápidamente y luego giró la silla de ruedas para que quedara de cara a la puerta.

Clarissa ayudó con cuidado a una Daniella prácticamente sin vida a levantarse de la cama y luego a sentarse en la silla de ruedas con la ayuda del Dr. Sams.

"Gracias, doctor", dijo Clarissa, sacando a su prima en silla de ruedas al vestíbulo. El Dr. Sams y Tracy se miraron con tristeza mientras veían salir por la puerta principal al último miembro de la familia Cartwright que quedaba en su consulta.

86

"Ha estado encerrada en su habitación toda la semana. Ni siquiera creo que se haya duchado desde que la vimos en la oficina la última vez". Clarissa retorció la tapa de un poco de mantequilla de maní cremosa de la marca Publix. "¿Quieres uno de estos?"

"Nena, será mejor que me prepares dos". Louis sacó de una bolsa un tarro de mermelada de fresa y otro de durazno y los puso junto a la mantequilla de maní.

"Muy bien". Clarissa se rio entre dientes y abrió una bolsa de pan integral.

"Deanna, Lupita y Xo le han estado mandando mensajes. Dicen que apenas reciben respuestas".

"Lleva aquí en la mansión desde el hospital. No sale de la ciudad, no ha ido a ver cómo están QRO o Toronto".

"Técnicamente ese es mi trabajo", intervino Clarissa.

"Sí, vale. Sra. COO".

"Mira, no la culpo por derrumbarse, ¡Sólo estoy cabreada porque no hay nada que podamos hacer para ayudar!" dijo Clarissa.

Hubo una larga pausa mientras Clarissa preparaba rápidamente bocadillos para él, Louis y Daniella.

"¡Vamos a sacarla!"

"¿Perdón?" Clarissa miró a Louis, con una expresión desdeñosa en la cara.

"Me refiero a salir con ella esta noche. ¡A un bar o a un club!"

"¿En serio? ¿Crees que necesita salir de fiesta?"

"¿Por qué no? En primer lugar, es su cumpleaños".

Clarissa jadeó. El cuchillo cayó sobre la encimera, arrojando mermelada de fresa sobre la encimera y el fregadero.

"Zorra, ¿Te olvidaste?"

"¡Dios mío, se me olvidó!"

"Eres una zorra".

"¡Cállate! ¡Vale, tenemos que llevarla a algún sitio! Aunque tengamos que forzarla. ¿Dónde deberíamos ir?"

"Empecemos en Glady's Knights: Chicken and Waffles, luego-"

"Han cerrado."

"¡Qué! ¿Cuándo?" Dijo Louis, sorprendido.

"Creo que en 2017. ¿Dónde has estado?

"Dios mío". Se tomó un momento, bajando la mirada, casi ofendido. "¡Oh, ya sé! ¡Ese lugar elegante en la azotea que le gusta!"

"Oh, ¿Whiskey Blue? ¡Eso sí que suena bien! Nos arreglamos todos, puedes ponerte uno de tus atuendos de gay con estilo y lo pagamos todo, por supuesto".

"Por supuesto. ¡Es nuestro turno de cuidarla! respondió Louis con orgullo, ignorando el comentario de su amiga.

"Primero, veamos si se come estos sándwiches".

"Vamos".

87

"Ha estado encerrada en su habitación toda la semana. Ni siquiera creo que se haya duchado desde que la vimos en la oficina la última vez". Clarissa retorció la tapa de un poco de mantequilla de maní cremosa de la marca Publix. "¿Quieres uno de estos?"

"Nena, será mejor que me prepares dos". Louis sacó de una bolsa un tarro de mermelada de fresa y otro de albaricoque y los sentó junto a la mantequilla de maní.

"Muy bien". Clarissa se rio entre dientes y abrió una bolsa de pan integral.

"Deanna, Lupita y Xo le han estado mandando mensajes. Dicen que apenas reciben respuestas".

"Lleva aquí en la mansión desde el hospital. No sale de la ciudad, no ha ido a ver cómo están QRO o Toronto".

"Técnicamente ese es mi trabajo", intervino Clarissa.

"Sí, vale. Sra. COO".

"Mira, no la culpo por derrumbarse, ¡Sólo estoy cabreada porque no hay nada que podamos hacer para ayudar!" dijo Clarissa.

Hubo una larga pausa mientras Clarissa preparaba rápidamente bocadillos para él, Louis y Daniella.

"¡Vamos a sacarla!"

"¿Perdón?" Clarissa miró a Louis, con una expresión desdeñosa en la cara.

"Me refiero a salir con ella esta noche. A un bar o a un club!"

"¿En serio? ¿Crees que necesita salir de fiesta?"

"¿Por qué no? En primer lugar, es su cumpleaños".

Clarissa jadeó. El cuchillo cayó sobre la encimera, arrojando mermelada de fresa sobre la encimera y el fregadero.

"Zorra, ¿Te olvidaste?"

"¡Dios mío, se me olvidó!"

"Eres una zorra".

"¡Cállate! ¡Vale, tenemos que llevarla a algún sitio! Aunque tengamos que forzarla. ¿Dónde deberíamos ir?"

"Empecemos en Glady's Knights: Chicken and Waffles, luego-"

" Han cerrado."

"¡Qué! ¿Cuándo?" Dijo Louis, sorprendido.

"Creo que en 2017. ¿Dónde has estado?

"Dios mío". Se tomó un momento, bajando la mirada, casi ofendido. "¡Oh, ya sé! ¡Ese lugar elegante en la azotea que le gusta!"

"Oh, ¿Whiskey Blue? ¡Eso sí que suena bien! Nos arreglamos todos, puedes ponerte uno de tus atuendos gay y lo pagamos todo, por supuesto".

"Por supuesto. ¡Es nuestro turno de cuidarla! respondió Louis con orgullo, ignorando la pulla de su amigo.

"Primero, veamos si se come estos sándwiches".

"Vamos".

88

"Sɪ ELLA SE DESPIERTA-"

"¡Cuando se despierte!" Corrigió Louis.

"Tienes razón, lo siento. Cuando, ella se despierte," Clarissa respiró hondo. "Le daré una bofetada".

"No vas a hacer eso", dijo Louis con rostro inexpresivo.

"No, pero voy a querer darle una bofetada. De verdad".

"Nena".

"¡Hablo en serio! ¿Cómo pudo hacerse esto a sí misma? ¡Y a nosotros!" Clarissa levantó la voz.

Louis miró la suite vacía de Daniella como si no supiera ya que estaban solos dentro.

"¡Su vida no es sólo suya!"

"¿No lo es?" Preguntó Louis entre risas.

"¡No! dijo Clarissa con severidad. "En parte pertenece a todos los que la quieren. Sé que está sufriendo, y no puedo imaginar tanta pérdida en tan poco tiempo, pero esto no deja de ser egoísta."

"¿Egoísta?"

"¿He tartamudeado?" respondió Clarissa a su amigo sin ningún pudor.

"Estás alucinando". Louis se levantó y caminó hacia la puerta. Tenía una mano en la cadera y la otra en la frente baja.

"Ella tiene razón", dijo Daniella lentamente, con los ojos aún cerrados.

"¿Dani?" Clarissa se puso en pie.

Louis saltó al lado de la cama de Daniella.

Tanto Louis como Clarissa apoyaron las manos en alguna parte del cuerpo de Daniella. Clarissa le acarició la pierna. Louis le apretó la mano. Normalmente hacían turnos, pero era fuera de horario y Trefo estaba cerrado por negocios. No querían que Daniella estuviera sola cuando se despertara. Por suerte, no lo estaba, y se despertó con la única cosa constante en su vida: sus discusiones.

"¿Cuánto tiempo llevo aquí?" dijo Daniella, todavía con los ojos cerrados.

"Unos nueve días, cariño". dijo Clarissa.

"Siento que hayas tenido que despertarte con esa tontería", se disculpó Louis.

"Sí, cariño".

"¿Estás de broma? Me encanta. Oírlos discutir es casi la mitad de mi vida adulta. Es agradable despertarse con algo de normalidad". Daniella giró la cabeza hacia sus voces. "Lo que no me gusta es que ustedes dos me mimen. Saben que no necesito eso. Seamos... normales". Daniella respiró entrecortadamente y gimió mientras volvía a mover la cabeza hacia el centro. "Ustedes dos discuten, yo me río, ustedes dos se burlan de mí, yo me ofendo, nos queremos, trabajamos juntos y ustedes siguen siendo una mala influencia en mi vida".

Los tres se rieron.

"¡Bueno, no fuimos nosotras las que te influenciamos para que te comieras un frasco entero de Zoloft!". bromeó Clarissa.

Louis le dio un codazo a Clarissa mientras la habitación se quedaba en silencio. Pero con los ojos cerrados, Daniella estalló en carcajadas.

"¿Demasiado pronto?" Clarissa miró a Louis.

"Zorra", dijo sonriendo.

"¡Demasiado pronto!" Daniella se rio, "Pero está bien. Eso es lo que quiero de ustedes dos. Por favor, no cambien nunca.

"No lo haremos, Dani", dijo Clarissa, todavía frotando la pierna de su prima.

"Nunca".

Poco después entró en la habitación una enfermera, una pequeña mujer filipina llamada Jocelyn. Louis y Clarissa habían llegado a conocerla bien durante la semana y media que llevaban de visita. Antes de que la enfermera volviera a aparecer, celebró con ellos la recuperación de Daniella y pasó a explicarles los siguientes pasos.

"Un momento. ¿'P.A.I. Wellness'?" preguntó Clarissa. "¿No es eso como un centro de internamiento psiquiátrico?".

"No necesitas ir a uno de esos, estás bien", dijo Louis.

"Lo siento, chicos. Pero por desgracia, con el incidente inicial, la ley exige que se someta allí a este plan de tratamiento. Pero no se preocupen, las instalaciones son de primera. Y su horario de visitas es mejor que el de todos los demás en el estado".

"Esto es una mierda. Ella..."

"Clarissa."

"¡No! No necesita-"

"¡Clarissa!" Daniella repitió de nuevo, la debilidad desapareció de su voz. Sus ojos estaban abiertos ahora. "Basta. Sólo está haciendo su trabajo". Todos guardaron silencio. "Todos sabemos que esto es así. Estaré bien. Me lo merezco". Daniella hizo una pausa. "¿Cómo te llamas?"

"Jocelyn. Puede llamarme Jo, o Lyn. Como quiera, señora", respondió Jocelyn, sonriendo.

"Gracias por todo lo que haces".

"Dios mío. No, señora. Es mi trabajo. Gracias a usted. Eres muy fuerte. Y tu amigo y tu prima te quieren tanto. Me contaron mucho de ti. Eres una mujer increíble".

"Gracias, Lyn". Daniella intentó sentarse por su cuenta.

"¡Oh!" Dijeron las tres casi simultáneamente.

Todos ayudaron a Daniella a sentarse.

"¿Cuánto tiempo estaré en..."

"¿P.A.I. Wellness? Eso depende completamente de usted en realidad, señora. Podría ser tan poco como setenta y dos horas, y podría durar el tiempo que sea necesario para que el centro considere que está lista para continuar con su vida. Después de oír al Sr. Louis y a la Sra. Clarissa hablar con usted, y después de hablar con usted ahora, creo que no estará allí mucho tiempo. Pero depende de usted y de su total recuperación, señora".

"Sr. Louis. Dios, me encanta".

"Dios mío, cállate", dijo Clarissa poniendo los ojos en blanco.

"¡Estos dos deben ser los más divertidos para pasar el rato!"

"Los más divertidas", dijo Daniella secamente.

"Voy a llamar a la enfermera practicante por ti. Ya debería estar aquí. De nuevo, fue un placer conocerla Sra. Daniella. Hasta luego".

Parte IV

Closure

89

"Tienes razón, con demasiada frecuencia la gente acaba en lugares como éste porque se enfadaron, se sintieron desesperados en un momento determinado y se les fue la mano".

Daniella asintió con la cabeza.

"No debería ser tan sincera contigo, pero si todo eso me hubiera pasado a mí, no sé qué habría hecho. Es fácil para la gente observar una situación y decir lo que habrían hecho. Pero nunca hemos pasado por ello". El Dr. Brown hizo una pausa. "Mire, Sra. Cartwright".

"Se lo he dicho un millón de veces, es Daniella". Ella sonrió, volviendo a ser la de antes, completamente.

"Daniella. Lo siento, es completamente imposible para cualquiera de nosotros decirlo."

'Sí. Estoy segura de que esta persona nunca volverá a intentar hacerse daño'. "Simplemente no es posible. Pero en tu caso, realmente no siento que quisieras hacer esto. Para mí, sentarme aquí y seguir evaluándote una y otra vez no tiene sentido".

"Pero sigues pareciendo preocupado", dijo Daniella sin rodeos.

"Lo estoy. Porque aún te esperan problemas. La tristeza aún te aguarda. Y puedo atestiguarlo personalmente: la decepción aún te espera".

"Sí, por supuesto". Daniella se rio un poco.

"Lo que me interesa, es su nueva solución o conjunto de soluciones para lidiar con esto, para que posiblemente no terminemos aquí de nuevo. O peor".

"Por supuesto. En primer lugar, me gustaría agradecerle toda su ayuda, y todo su tiempo. Sé que tiene un trabajo importante y a la vez exigente", empezó a decir Daniella al Sr. Brown, el psiquiatra titular de P.A.I. Wellness. "Tengo que admitir que tiene usted razón. No quería hacer esto y estoy segura de que lo ha oído un millón de veces, pero me encontraba en un mal momento. Desgraciadamente, en ese momento olvidé que me quiero".

"Sí".

"¡Quiero a mis amigos! A mi prima y a mi familia de Trefo. ¡Mi negocio y el trabajo que hacemos para mejorar los hábitos alimentarios y la salud de la gente! Permití que mis turbulencias personales me permitieran perder eso de vista".

"Bien, bien. Me encanta la responsabilidad", intervino el Sr. Brown.

"Además, usted mencionó algo en nuestra primera charla. ¿Clausura Cognitiva?"

"¡Sí, sí! Lo recuerdas. La necesidad de una clausura cognitiva. Es más una cuestión de psicología, pero creo que la gente lo desea. Algunas personas realmente lo necesitan. Y creo que usted es sin duda una de esas personas. para las preguntas realmente difíciles. Las que a veces necesariamente no tienen respuestas tajantes, pero que son importantes para usted. Como "¿Por qué yo?" o "¿Por qué me duele tanto?" o "¿Cómo puedo superar tal o cual cosa?" Conseguir esa clausura podría ser una de las claves, o la clave, de su lapsus". El Dr. Brown empezó a barajar el papeleo de Daniella. "Porque no eres una enferma mental, y eso es exactamente lo que he puesto en tu papeleo". El Dr. Brown firmó algo, luego tomó un gran sello de plástico y lo plantó firmemente sobre su firma. "Aquí tiene, Sra. Daniella". Le entregó los papeles. "Creo que va por el buen camino y espero de verdad que le hayamos ayudado".

"Sí, realmente lo ha hecho, doctor Brown. Y es definitivamente lo que voy a buscar". Daniella presentó una hermosa sonrisa genuina.

90

Los ojos de Amos se abrieron lentamente. Sólo unos segundos después de despertarse y sentir un dolor extremo en los hombros y los huesos parietales del cráneo. No había nada alrededor en esta oscura y silenciosa guarida de ladrillos rojos, excepto una mesa, algo de iluminación rudimentaria, una carretilla, algunas cadenas y ladrillos sueltos apilados.

"¿Qué demonios? ¡Hey!" resonó la voz de Amos. "¡Hey!", volvió a gritar.

No obtuvo respuesta.

Empezó a arrastrar los pies pero se dio cuenta de que sólo las puntas de los dedos tocaban el suelo. Miró hacia arriba y estaba encadenado por las muñecas al techo. Sus tobillos también estaban encadenados. Conectados a algo detrás de él, no podía decirlo.

"¡Ey!" Amos aguantó este grito mucho más tiempo pero el eco fue el mismo.

No hubo respuesta.

Amos estaba muy confuso. Intentó recordar sus últimos momentos de conciencia. Lo único que recordaba era estar en la barbería. Era un día tranquilo, como siempre un miércoles. Recordó que Magic había salido temprano para ir a ver a una mujer. Demetric le llamó para preguntarle si quería ir a ver la nueva película de Bob Marley que acababa de estrenarse.

"Mierda".

No recordaba nada más.

Tenía hambre. Le dolía todo. No tenía ni idea de dónde estaba.

91

Los ojos de Michel se abrieron lentamente. Apenas unos segundos después de despertarse y sentir un intenso dolor en los hombros y náuseas extremas. No había nada alrededor en esta oscura y silenciosa guarida de ladrillos rojos, excepto una mesa, algo de iluminación rudimentaria, una carretilla, algunas cadenas y ladrillos sueltos apilados.

Aún llevaba puesta la ropa de la inauguración de su nuevo restaurante "Le Meilleur" en la zona de South Tuxedo Park de Atlanta. Había estado planeando este restaurante desde antes de que el COVID destruyera su negocio en Toronto. Miró hacia abajo y vio que su camisa blanca estaba manchada con una mezcla de suciedad, sudor y algo más que no podía nombrar. También le faltaban los zapatos. Los dedos de sus pies tocaban el suelo, sus tobillos estaban encadenados a algo detrás de él. No podía decir qué era. Sus brazos se extendían por encima de su cabeza, con las muñecas encadenadas.

"¡Hey!"

Michel se sobresaltó casi hasta la muerte.

"¡Hé!" Michel respondió frenéticamente, mirando tan a la izquierda como podía. Los movimientos de su cabeza estaban restringidos, pero pudo ver a un hombre, un hombre de color, vestido con vaqueros y camiseta. También descalzo. Pero no podía verle bien la cara.

"Hey, ¿Quién eres?"

"¿Quién eres tú?" Michel respondió.

"Soy Amos. ¿Dónde coño estamos?"

"¡Soy Michel, no lo sé! ¡Socorro! ¡Socorro! ¡Libere-moi!" Gritó Michel.

"Tranquilo hombre, es inútil. Hace días que estoy aquí. Creo. He estado gritando pidiendo ayuda. Nadie puede oírnos".

"¿Cuánto tiempo llevas aquí?"

"Creo que llevo aquí unos seis días. Tal vez una semana. No sabría decirlo con exactitud".

"¿Quoi?"

"Todo lo que sé es que estamos encadenados. Este tipo te arrastró aquí hace un rato. Te encadenó igual que a mí. Y probablemente te traerá algo de comida dentro de un rato. Algo de pan y agua o algo así. Es todo lo que he comido desde que estoy aquí. Amos continuó.

"¿Por qué estamos aquí?"

"Ni idea. ¿Quién eres? ¿A qué te dedicas?"

92

Los ojos de Mac se abrieron lentamente. Apenas unos segundos después de despertarse y sentir un dolor extremo en los hombros y una punzada en el elevador de la escápula. No había nada alrededor en esta oscura y silenciosa guarida de ladrillos rojos, excepto una mesa, algo de iluminación rudimentaria, una carretilla, algunas cadenas y ladrillos sueltos apilados.

"¡Hey!", gritó Mac con su voz habitual. Mientras recuperaba lentamente la consciencia.

Iba descalzo, con la misma ropa que llevaba de camino al aeropuerto. Recordaba haber tenido un día normal en el trabajo, luego volver a su hotel, hacer las maletas para un viaje de vuelta a Irlanda para las vacaciones de primavera, y entonces se despertó aquí.

Sus tobillos estaban encadenados. Sus muñecas estaban encadenadas por encima de su cabeza. Estaba muy confuso.

"Hola".

"¿Qué demonios?" respondió Mac, asustado por una voz masculina desconocida, luego notó que había alguien a su izquierda y detrás de él. Intentó girarse para mirarles pero sus movimientos estaban restringidos. "¿Quiénes son?" volvió a gritar Mac.

"Soy Amos, y éste es Michel".

"¿Sabes qué día es hoy?" Michel preguntó a Mac.

"No lo sé. Me dirigía a casa para las vacaciones de primavera".

"¿Las vacaciones de primavera?" preguntó Michel.

"¿Vacaciones de primavera? Amigo, ¿Estamos en marzo?"

"Sí, me temo que sí. Espera, ¿Qué demonios está pasando aquí? ¿Cuánto tiempo llevan aquí?" preguntó Mac.

"Llevo aquí desde enero".

"¡Qué!" exclamó Mac. "¡Socorro! ¡Socorro! ¡Sáquenme de esta mierda!" Mac gritó y gritó.

"¡Hey!" Amos gritó.

"¡Ayuda!"

"¡Oye!" Amos gritó.

Mac dejó de gritar.

"¿Cómo te llamas, británico?"

"¡Soy irlandés! Y me llamo Mac".

"De acuerdo, Mac. Soy Amos, otra vez. Soy de Atlanta, soy barbero. Este es Michel, es francés, de Francia por supuesto, tiene un nuevo restaurante en la ciudad. ¿Y tú?"

"¡No quiero conocerte, quiero largarme de aquí!" gritó Mac.

"Lo entiendo, hermano, nosotros también queremos salir. Pero como este cabrón no para de noquear a hijos de puta y arrastrarlos aquí, encadenarlos y esas mierdas, estamos intentando averiguar quién es".

"Averiguar cuál es su motivo", añadió Michel.

"Exacto, a ver si podemos averiguarlo y luego idear un plan. Así que, ¿Puedes tranquilizarte y decirnos quién eres?".

Mac se lo pensó un momento.

"¡Vete a la mierda! ¡Ayúdenme! ¡Sáquenme de aquí!" Mac siguió gritando pidiendo ayuda.

En la fría y oscura mazmorra de ladrillo rojo en la que parecían encontrarse, los gritos de ayuda de Mac no cesaron durante algún tiempo. Gritos que no tuvieron ninguna respuesta. Amos y Michel se cansaron rápidamente de los gritos de Mac, pero no pudieron hacer nada al respecto.

"Por favor, ayúdenme", gritaba ahora Mac.

A lo lejos se oyó un portazo.

"Hora del pan y del agua", dijo Amos en voz baja.

"¡Ayuda!" La energía de Mac había vuelto. Con lágrimas en la cara, empezó a gritar de nuevo. "¡Por favor, déjenme ir!"

Apareció una figura vestida con botas negras, pantalones cargo negros, una camisa negra de manga larga y cuello alto bajo un gran abrigo negro con muchos bolsillos, guantes de neopreno negros y un pasamontaña negro con gafas de sol negras. La persona llevaba una pistola negra en la cadera en una funda negra lisa. Esta persona también llevaba un bate de béisbol de metal negro brillante, arrastrándolo por el suelo tras de sí.

"¡Eh! ¡Eh! Quienquiera que seas, ¿Puedes dejarme ir, por favor? ¡No he hecho nada malo! ¡No he hecho daño a nadie! Ni siquiera..." La divagación de Mac se interrumpió y lo siguiente que se oyó salir de su boca fueron fuertes jadeos.

El bate de béisbol aterrizó con fuerza en sus entrañas. No lo vio venir, pero Michel sí. Sólo hizo una mueca de dolor, pero no dijo nada. Ya había estado antes en el extremo receptor de ese golpe de homerun. Tuvo que haber sido hace semanas y aún lo sentía.

Mac sufrió otros dos golpes en la espalda. Aunque gritó de dolor, aprendió rápidamente a callarse como los otros dos. Las lágrimas de Mac cayeron al suelo mientras permanecía colgado deseando poder aliviar el dolor de su estómago y espalda con sus propias manos. En lugar de eso, tuvo que lidiar con ello. Tan silenciosamente como pudo.

La figura vestida de negro asintió con la cabeza después de hacer lo que sólo podía imaginar que era mirarlos fijamente, rodeándolos con el bate arrastrándose por el suelo detrás. Luego, quienquiera que fuese, se alejó. Los tres hombres pudieron oír el portazo y la cerradura. Lo único que quedaba por oír eran los quejidos procedentes de Mac y sus lágrimas cayendo periódicamente al suelo.

Amos suspiró.

"Hoy no habrá pan ni agua".

93

"De acuerdo, eso lo aclara todo. Es completamente al azar".

"Sí, supongo que sí. Ninguno de nosotros se conoce. Ninguno de nosotros está en el mismo negocio. Todos estamos casados o comprometidos".

"Es aleatorio", resumió Michel. "Entonces, ¿Qué quieren de nosotros?", preguntó, enfadado. "Llevamos aquí mucho tiempo. Apestamos. Todos hemos perdido peso".

"Seguro que nuestras mujeres están muy preocupadas por nosotros".

"Joder. Echo de menos a mi hija", dijo Amos.

"Esto es una maldita locura", empezó Mac. "Sabes qué, no me importa si me dan una paliza, voy a hacer algunas malditas preguntas la próxima vez que vengan".

"No creo que sea una buena idea, monsieur".

"¡Qué importa!" gritó Mac. "¿Qué? Ustedes dos, garrapatas sin carácter, llevan aquí mucho más tiempo que yo. ¡Lo que me dice que este imbécil no piensa dejarnos marchar! Entonces, ¿Qué sentido tiene portarse bien? ¿Eh?" Mac esperó un segundo por una respuesta a su obvia pregunta retórica. "¿Por tu pan y tu agua? Lo más probable es que muramos aquí; ¡No voy a irme sin luchar!"

Los hombres oyeron ruidos desde fuera de su zona de visión.

"¡Oye! Mira aquí, amiguito. ¡Los juegos ya han durado demasiado! Déjanos ir!" gritó Mac.

La figura entró de nuevo, esta vez sin bate, sin abrigo grande, sin guantes. Sólo ropa ceñida.

"¿Es una mujer?" Michel.

"¡Qué diablos! No puede ser". Amos mirando por encima de su figura, ya que era el único que tenía una buena línea de visión de ella desde donde estaba atado.

"¿Qué?" gritó Mac. "¡Qué!" se oyó miedo en su voz.

"De ninguna manera", repitió Amos y empezó a respirar con dificultad. "¿Daniella?"

"¿Qué?" dijo Michel, con los ojos muy abiertos. "¿Daniella? Oh Dios. Oh no. No, ¡Por favor!"

Se oyó un fuerte golpe. Amos estaba inconsciente. Segundos después, otro ruido sordo, Michel estaba inconsciente.

"No puede ser. ¿Eres tú, Daniella?" preguntó Mac. "¿Hola?"

Daniella caminó hacia Mac.

"Mierda".

"¿No te gustan los juegos, Patrick?" La voz de Daniella le resultaba familiar, pero no exactamente igual. Era siniestra, fría e inquietantemente tranquila.

"Daniella, lo siento. De verdad, espera. Déjame explicarte". suplicó Mac en voz alta.

Daniella levantó la culata de su Heckler & Koch VP9 Tactical OR.

"¡Daniella, por favor!"

Un tercer golpe seco.

94

Daniella se encontraba en la esquina noreste de la calle Iraklitou y la calle Skoufa, en Kolonaki, una zona comercial y residencial acomodada de Atenas. Estaba repleta de calles peatonales, restaurantes y cafés con asientos al aire libre, tiendas de ropa con telas de marcas conocidas que se exhibían a través de grandes escaparates de cristal.

Sonreía, aparentemente despreocupada mientras miraba la propiedad que acababa de comprar para su cuarta instalación de Trefo, un gran hito para la pequeña empresaria internacional, que abría un local en el país del que procedía el nombre de su marca. Trefo sería reconocido por los hablantes nativos de Grecia y, con suerte, bien recibido en unos meses, cuando ella abriera la tienda.

Durante el comienzo de este viaje de una semana, Daniella se reunió con algunas candidatas para las que Clarissa había visto currículos. Se reunió con varias personas que ponían su sombrero en el ring para ser el nuevo gerente, subdirector y asociados de Trefo Atenas. Cassandra realmente le llamó la atención a Daniella. Era joven, estaba en forma, era atenta, hablaba un inglés impecable, tenía una gran sonrisa y ¡Realmente seguía la marca! Era la única de las candidatas que conocía las otras sucursales de Trefo, el orden en que se abrieron y los nombres de los gerentes. Fue una simple búsqueda en Google, una visita a la página de LinkedIn o al sitio web de la Compañía, pero la iniciativa que tomó para encontrarlo, memorizarlo y luego regurgitarlo en su entrevista realmente caló en Daniella. Le ofreció el trabajo en el acto y recibió un abrazo de bienvenida de su nueva gerente. Le encantó la energía.

Daniella caminó hasta la acera adyacente a su nueva propiedad y sacó su nuevo Apple iPhone 15 Pro Max de su pequeño bolso plisado de Hermes. Abrió la cámara y tomó unas cuantas fotos y vídeos de la propiedad, incluyendo unos cuantos selfies. Esto aún no se había hecho pesado. La emoción de abrir una nueva tienda en otro país, de difundir su trabajo por todo el mundo... sentía que realmente estaba marcando la diferencia, y pensó que su padre habría estado orgulloso de ella. Por eso, al menos.

Después contestó a unos cuantos mensajes de texto y comprobó sus cámaras ARLO. Se quitó las gafas de luna cuadrada Louis Vuitton y observó cómo Amos y Michel hablaban con Mac. Pulsó el botón que activaba el micrófono de la cámara. Hablaban entre ellos de su tiempo con Daniella. Sonrió satisfecha y cerró la pantalla del teléfono después de haber oído lo suficiente, volvió a colocar el teléfono en su bolso de mano y se fue a buscar un buen restaurante para comer souvlaki y realizar su próxima llamada de zoom.

95

"¡HOLA A TODOS!" DIJO Clarissa, utilizando su recién perfeccionado tono profesional.

"¡Hola chicos!" Deanna habló a continuación.

"¡Hola! ¡Buenos días! ¿Qué hora es allí, Jefa?" preguntó Lupita a Daniella.

"¡Hola chicos! Hola, buenos días, kalinichte-"

"¿Qué? ¿Ya sabes griego?" preguntó Luis, impresionado.

"¡Es una gran estudiante!" intervino Cassandra.

"Son las 6:05 donde estoy yo, y las 7:05 donde está Cassandra. Y allí son las 10:05 chicos".

"Si, perfecto Jefa," dijo Lupita sonriendo.

"¿Ya hace calor allí, Deanna?" le preguntó Daniella a su gerente de Toronto.

"Sabes que no. Hace diez grados y todavía hay nieve en el suelo".

"¿Diez?" preguntó Louis en voz alta.

"Son grados Celsius, cariño", informó Clarissa.

"¡Aún así!"

"¿Vale? Hace mucho frío aquí. Pero, sinceramente, me sigue encantando la ciudad". Deanna sonrió.

"Más poder para ti", empezó Clarissa. "Yo estoy bien aquí en Atlanta, donde sólo tenemos que pasar frío dos, quizá tres meses al año".

Daniella sonrió, mientras veía a sus gerentes y a la directora de operaciones hablar entre ellos en armonía. Se preguntaba por qué no podía ser todo tan sencillo. A veces había problemas, y dificultades por las que pasaban juntos, pero ella nunca consideró que ninguna de ellas fuera un problema. Inmediatamente volvió a sentir el remordimiento de haber sido tan irresponsable con su propia vida. Ella no había hecho nada malo; eran ellos: Mac, Michel y Amos. Sus vidas eran las que necesitaban ser arruinadas. No la de ella.

Daniella mantuvo la sonrisa mientras pensaba en aquellos hombres, consumiéndose en su sótano. Se marchó ocho días antes a Grecia y sólo los alimentó lo suficiente para mantenerlos con vida. Los controlaba varias veces al día. La hacía sentir bien verlos tan indefensos. A veces llorando. A veces enfadados. A veces incapaces de dormir por el malestar. Pero estaba segura de que siempre se arrepentían de lo que le habían hecho.

"Muy bien, chicos, antes de irnos, tengo un anuncio".

"¡Dios mío, vas a abrir una nueva tienda!" dijo Clarissa sarcásticamente. Todos se rieron, incluso Cassandra. Aunque no sabía por qué a todos les hacía gracia, pero sabía que era su COO y todos podían verle la cara, así que le siguió el juego. Los demás estaban acostumbrados al sentido del humor de Clarissa.

"Ojalá, pero no. Me jubilo".

"¡Ja!" Otra broma. Vamos, deje de jugar, Señora Jefa, díganos qué está pasando".

"Hablo en serio, cariño. He terminado. Después de la apertura de Trefo Atenas estaré entregando las riendas a Clarissa, y buscando un nuevo COO. Te Miro a ti, Louis".

"¡Sí! ¡Louis! ¡Louis!" Lupita empezó a corear.

"Lupita, cielos, basta", suplicó juguetonamente Louis. "Jefa, estoy conmocionado".

"Bueno, no deberías estarlo, lo has hecho muy bien allí en Atlanta, y ya es hora. Además, sé que te gusta mucho la oficina".

"Dios mío, Señora Jefa, de verdad que sí". Louis entornó los ojos. "Espere, ¿Significa esto que tengo que buscar y contratar a un nuevo gerente?"

"Absolutamente, cuando llegue el momento eso será únicamente tu responsabilidad, y él o ella tiene que ser tan bueno, o mejor, que tú".

"No nos hagamos ilusiones, señoras. Es un hueso duro de roer".

Todas rieron y felicitaron a Clarissa y Louis.

"Entonces, ¿Con retirarse quiere decir que ya no participará en absoluto? Estoy confudida. Quiero decir... señora, ¡Usted es Trefo!" preguntó Cassandra apasionadamente.

"Ella tiene razón. Por favor, dinos que no estarás completamente desvinculada", pidió Deanna.

"¡Oh, no hay forma de que esté completamente desvinculada, porque seguiré enviándole cheques!" bromeó Clarissa.

Todos rieron de nuevo.

"Bueno, en realidad, ¡Ese sería yo!" corrigió Louis.

"Tiene razón, ¡Pronto tendrás otras responsabilidades, Clarissa! Vivirás en aeropuertos igual que yo".

"¡Eh, mientras me paguen tanto como a ti ahora, adelante!" bromeó Clarissa.

"Dios, me encanta cómo nuestras llamadas de Zoom de negocios son las cosas más poco profesionales de la historia", dijo Deanna.

Todos en la llamada se rieron, y se rieron un poco más hasta que se dijeron todas las bromas, y por supuesto después de que se habló un poco más de negocios.

96

Entró con un aspecto increíble, vestida con un vestido de verano floral de Milla sobre unas sandalias blancas de tiras de René Caovilla. Los tacones resonaron en el improvisado oubliette y los hombres se sentaron, esperando en silencio a que ella entrara. Llevaba dos bolsas rojas y negras de comida para llevar de Ruth's Chris Steak House y un vaso transparente para llevar que parecía lleno de Sprite y hielo. Daniella bebió un sorbo de la pajita mientras colocaba la bolsa encima de la mesa solitaria. Se sentó detrás y empezó a vaciar las bolsas de comida sobre la mesa. Les quitó la tapa una a una y dejó que el aroma del atún ahi chamuscado, el filete t-bone, las pechugas de pollo rellenas de ajo, hierbas y queso, el puré de patatas, los macarrones con queso y la cola de langosta se abriera paso por el túnel subterráneo. Daniella tomó su tenedor.

"Voy a cenar y les voy a contar una historia mientras como. Espero que permanezcan en silencio a menos que les pregunte algo. O si no..." Daniella sacó el bate negro brillante de debajo de su asiento y lo golpeó contra el pequeño espacio vacío que quedaba en la mesa. "Te estoy mirando, 'Mac'".

Daniella empezó con el pollo y el filete.

"Vale, por supuesto, Amos. Fuiste fácil. Quiero decir, vamos. ¿Desde que volviste con tu ex no pensaste en expandirte, abrir una nueva propiedad o no sé, conseguir algunas cámaras de seguridad? ¿Quizás después de casi recibir un tiro en el trasero tres veces, pensarías un poco en tu seguridad? Quiero decir vamos, ahora eres padre. ¡Vale!" Las palabras de Daniella fueron como un viaje en montaña rusa, trazando rápidamente colinas, giros, picos y caídas de ira, excitación y furia.

Amos decidió que morderse literalmente el labio era lo mejor. Ahora estaba sentado, en una silla robusta. Los tres estaban sentados uno al lado del otro, a un metro de distancia, frente a la mesa, se dio cuenta. Sus brazos, manos, piernas y tobillos estaban atados a ella con tanta fuerza que no podía moverse y estaba seguro de que casi le habían cortado la circulación. Recordó que cuando se despertó por primera vez tras ser noqueado por segunda vez, agradeció estar sentado y no colgando de sus muñecas. Él y los chicos tenían que invertirse cuando Daniella no estaba cerca para no perder miembros por el entumecimiento.

"Sabía que los miércoles no solía haber mucho trabajo. A veces te traía la cena. A veces cogíamos detrás del local.

Dejaba que me cogieras duro antes de cerrar". Amos se chupó los dientes.

"¡Qué fue eso!" Daniella tomó el bate y se levantó tan bruscamente que Amos echó la cabeza hacia atrás pensando que se había equivocado. Pero Daniella volvió a sentarse tras una mirada momentánea.

"¡Te di todo cuánto quisiste!" gritó Daniella con autoridad después de tirar el resto del filete al suelo. Empezó a comerse el atún de aleta amarilla.

"Lo siento. Volviendo a la historia, tenía este mismo bate en la mano cuando estabas cerrando. Te dirigías a tu pequeño y bonito monovolumen. Perfecto para un marido y padre primerizo, ¿Verdad? Te golpeé en la parte de atrás de esa hermosa cabezota tuya y ¡Te apagaste como una bombilla!". Daniella se rio. Te tiré en el asiento trasero de mi Audi. Nadie nos vio, y aunque lo hicieran, en ese barrio a nadie le importaría una mierda. La regla es no chivarse ¿Verdad, cariño?" Dio unos mordiscos al puré de patatas.

"¡Y aquí estamos!"

Daniella seguía masticando. Pero se levantó y lentamente hizo una reverencia.

"Para mi próximo acto. Michel". Daniella se sentó, señalando con el tenedor a Michel, "Fuiste un poco difícil, pero no terriblemente. Me enteré por nuestro amigo común, el Sr.

Brock, de que ibas a abrir un restaurante en una zona muy elegante de mi ciudad". Daniella dio un mordisco al pollo. "¡Dios mío, es increíble! Este pollo... ¿Han comido alguna vez en Ruth's Chris? Jesús, es el mejor. Quiero decir... no tan bueno como tú y Le Meilleur", dijo Daniella, burlándose con su mejor acento francés. "La apertura fue genial. Y la comida, por supuesto, estuvo inmaculada. Sin embargo, tu sommelier era un imbécil". Daniella bebió un trago de su Sprite.

Michel estaba furioso. Estaba hambriento. No le gustaba especialmente cenar en restaurantes de cadena pero sabía que Ruth's Chris tenía buena reputación por algo. Sin embargo, en ese momento podría haber sido un filete del Golden Corral y él lo querría. Y se quedó allí en el suelo. Probablemente un trozo de carne de setenta dólares, tirado en el suelo mientras lo único que había comido durante semanas, posiblemente meses, era pan y agua. Pasó por tantas emociones mientras la escuchaba. Sabía que estaba allí porque la había maltratado, y mucho. No había pensado mucho en ella después de aquel día en que la molió a golpes en su piso de lujo de Toronto. Sólo por eso sabía que se merecía lo que ella le hiciera. La había dado por muerta. ¿Y para qué?

"¿Sabía que podía comprar cloroformo en las tiendas de suministros químicos? Sin permiso, sin identificación, sin nada. Tan sencillo como... '¡toma, ten esta sustancia extremadamente peligrosa!'". Daniella se rio antes de dar unos bocados a los macarrones con queso. "Durante tu escapadita para fumar, chico travieso, te seguí hasta el callejón, te dejé inhalar una gran bocanada de algo que no es bueno para tu salud y ¡Te vi caer al suelo como saco de papas!". Daniella golpeó la mesa con la mano para que le afectara. "De camino aquí, te vomitaste encima. Hiciste un desastre en mi coche. El Ferrari, no el Audi. ¡Tuve que venir un poco más elegante a Tuxedo Park! No para destacar, sino para encajar con el resto de yuppies. Arrastré tu cuerpo detrás de un contenedor de basura mientras caminaba pacientemente para coger mi coche y recoger tu inútil y lamentable trasero y sentarte en el asiento del copiloto. ¿Sabes cuánto cuesta cambiar el interior de un Ferrari Roma?".

Daniella terminó sus macarrones con queso, el puré de patatas y el atún. Seguía trabajando lentamente en la pechuga de pollo.

"Jesús, estoy llena. Tengo una especie de pequeño bebé de comida. Miren". Daniella se puso de pie, redondeó su mano en la parte superior de su vestido sobre su vientre. "Hablando de bebés", Daniella volvió a sentarse. "Sí tuve un bebé. Tuve una vida dentro de mí". Daniella empezó a llorar. "Y por si no fuera suficientemente malo, que este hombre me robara años de mi vida". Daniella señaló hacia Amos, "se aprovechó de mí, de mi dinero y de mi tiempo, y éste",

Daniella señaló a Michel. "Me golpeó hasta dejarme medio muerta, ¡Pero tú!". Daniella se colocó ahora sobre Mac.

La miró a los ojos con vergüenza.

"¡Ya eres un maldito padre! ¿Cómo has podido? Sabes lo que es ayudar a crear un niño, amarlo y criarlo!" Daniella empezó a pasearse. "Sabías que ya lo tenías todo. Entonces, ¿Por qué...?" Daniella se detuvo a mitad de la frase.

Se recompuso y volvió a su mesa, continuando con su última mitad de pollo.

"Fuiste un poco más duro que los otros dos. Uno vive aquí, y es un maldito idiota", dijo Daniella, clavando los ojos en Amos.

Volvió a chuparse los dientes. En un segundo, Daniella se había puesto de pie, en otro, había dado dos pasos rápidos en dirección a Amos, levantando su vestido de sol lo suficiente para elevar su pierna en un kradot te de nivel experto, estrellando la suela de su sandalia contra la cara de Amos echándolo a él y a su asiento hacia atrás y ambos golpearon el suelo detrás de él.

Michel estaba asombrado. No tenía ni idea de que Daniella fuera capaz de algo así. Mac no se sorprendió; la había visto muchas veces en Muay Thai. Sabía que era ágil, fuerte y rápida. Sin embargo, nunca la había visto ser tan despiadada.

Amos sangraba por la nariz y la boca, apenas consciente.

"Maldita sea, lo siento, déjame que te levante, cariño". Daniella gruñó sarcásticamente mientras tomaba a Amos y lo llevaba de vuelta a donde estaba antes.

Intentó controlar la hemorragia de su nariz olfateando. Todavía estaba sorprendido por lo que acababa de ocurrir.

"He dicho que necesito que estén callados. Eso incluye los ruiditos, ¿Vale? Estoy contando una historia, así que no sean groseros". Daniella volvió a sentarse y se bebió de un trago el resto de su Sprite. "Como iba diciendo, la bonita cara de aquí vive en la ciudad. Fue demasiado fácil. Michel vive en Francia con su hermosa prometida pero acaba de abrir un restaurante en mi ciudad. Eso hizo que todo esto fuera posible para ti, gracias. Ahora tú. Te conocí en México, pero vives con tu hermosa familia en Milton Malby". Mac quiso decir algo pero se paró en seco. "Ahora esto, siento que fue un simple golpe de suerte... ¡Oh, a quién quiero engañar, te he estado acosando durante meses!" cacareó Daniella. "Parece que Safran no puede mantener nada en privado. Conocía su programa de prácticas de ingeniería aeronáutica allí. Tú lo dirigías y, por lo tanto, era muy fácil capturarte de camino a tu coche tras una noche de clase. Creo que te dirigías al aeropuerto para tomar un vuelo para ver a tu esposa, ¿Verdad?".

"¡Ah! ¡Zorra! ¡Vete a la mierda!" gritó Mac a pleno pulmón.

Michel cerró los ojos. Lo siguiente que oyó fue el golpe metálico del bate contra la rodilla izquierda de Mac. Mac gritó con un dolor insoportable. Luego, hubo otro fuerte ping, esta vez en la rodilla derecha. El bate repiqueteó contra el suelo.

"No has hecho más que empezar a ver lo zorra que puedo llegar a ser".

97

TRAS LA DESAPARICIÓN DE OTRO ADOLESCENTE EN
EL CONDADO DE CLAYTON, LOS HABITANTES DE
ATLANTA EMPIEZAN A PREGUNTARSE QUÉ HACER CON
LA RACHA DE SECUESTROS Y DESAPARICIONES EN EL
ÁREA METROPOLITANA DE ATLANTA. TODAVÍA HAY
MÁS DE DOSCIENTOS CINCUENTA CASOS ABIERTOS
DE PERSONAS DESAPARECIDAS EN GEORGIA DEL AÑO
DOS MIL VEINTITRÉS. UN AÑO DESPUÉS, Y HEMOS
AUMENTADO ESA CIFRA HASTA BIEN ENTRADOS LOS
TRESCIENTOS. ALGUNOS CASOS INCLUSO SE HAN
INTERNACIONALIZADO, HABIÉNDOSE DENUNCIADO
VARIAS DESAPARICIONES DE PERSONAS MIGRANTES
PROCEDENTES DE MÉXICO Y GAUTEMALA, HASTA
EXTRANJEROS DE VISITA Y PROFESIONALES QUE
TRABAJAN AQUÍ DESDE EL EXTRANJERO. PARA MAS
INFORMACION, POR FAVOR VAYA A LA PAGINA
PRINCIPAL DE FOX5 NETWORKS EN LINEA PARA BUSCAR
CASOS DE PERSONAS DESAPARECIDAS, O LLAME AL
911 O AL DEPARTAMENTO DE POLICIA DEL CONDADO
DE CLAYTON AL 770-477-5555 SI HA VISTO ALGO

SOSPECHOSO O RECONOCE A ALGUNA DE ESTAS VICTIMAS DE SECUESTRO.

98

"¡Es muy agradable oírlo! Sí."

"Sólo quería avisarle, Sra. Cartwright. Sus consejos realmente han ayudado a que las ventas aumenten notablemente y le agradezco que me ayude a ser un mejor activo para la Compañía."

"¡Cassandra, te lo dije, llámame Daniella! Y de nada, ¿Por qué no iba a ayudarte a que Trefo ganara más dinero?"

"Supongo que tienes razón. Al fin y al cabo es tu dinero", dijo Cassandra entre risas.

"¡Nuestro dinero, Cassandra! ¡Nuestro dinero! ¡Nuestra Compañía!" corrigió Daniella a su antigua gerente.

"Nuestra Compañía".

"Así es". Daniella suspiró. "Está bien, cariño. Tengo que irme. Y también, estaré 'fuera de la red' como dice la gente durante bastante tiempo. Cualquier cosa que necesites por favor llama literalmente a cualquiera de la dirección, y por supuesto a Clarissa. Están todos a tu disposición".

"Sí, señora. Eh", Cassandra hizo una pausa.

"¿Qué pasa, Cassy?" preguntó Daniella, preocupada, mientras arrastraba los pies para recoger sus cosas de la consola central de su Audi.

"Lo siento. Es que... ¿Puedo preguntar adónde vas? Eres toda una inspiración para mí, y eres el único miembro del equipo que he conocido en persona".

"En primer lugar, Cassy, quiero que sepas que te agradezco que hayas sido tan abierta y sincera conmigo. Te aseguro que hablar con cualquiera de las chicas o con Louis es como hablar conmigo. Todas te adoran y adoran tu ética de trabajo. Estás en buenas manos, no te dejaría a ti o a Trefo si no sintiera que se manejaría con el mismo cuidado que yo le doy. ¿De acuerdo, cariño?" Dijo Daniella, preocupada y compasiva.

"Sí, señora".

"En cuanto a dónde voy, diré que sólo necesito algo de tiempo. He estado pasando por algunas cosas que me han dejado un poco agotada y sólo necesito desaparecer por un tiempo. Sé que no lo entiendes pero..."

"¡No! No, en realidad lo entiendo totalmente. De verdad que lo entiendo. Me alegro de que te tomes el tiempo que necesitas. No hay suficientes mujeres que hagan eso".

"¡Gracias, Cassandra!" Daniella respiró.

"Es usted una inspiración, señora".

"¡Dios mío!" Daniella empezó a emocionarse. "¡Me vas a hacer llorar, para!" exigió Daniella juguetonamente.

"Vale, vale, lo siento. ¡Gracias por llamar! Espero volver a verte".

"Lo harás; cuídate, Cassandra. ¡Sigue pateando traseros ahí fuera!"

"Sí, señora. Adiós".

Daniella salió finalmente de su coche y se dirigió a la puerta trasera de la mansión. Desabrochó el mosquetón que sujetaba todas sus llaves de la trabilla de su cinturón, que estaba justo al lado de su arma enfundada.

Tiró de la cadena de todas las luces en su camino escaleras abajo y a través de los túneles.

"DIOS mío, apestan", exclamó Daniella al entrar.

Dejó sus cosas sobre la mesa y miró a sus ex amantes. Sus prisioneros. Mantenían la cabeza baja. No a propósito. Estaban perdiendo energía. Perdiendo la esperanza. Ella las alimentaba cada vez menos a medida que pasaba el tiempo.

Daniella se sentó detrás de su mesa. Preguntándose qué haría a continuación. Sinceramente, no había planeado su final. Varios planes habían ido y venido. Liberarlos en el bosque y volar a México. Dispararles a todos en la cabeza y enterrarlos en el patio trasero. O, dispararles a todos en la cabeza y luego pegarse un tiro a sí misma también. Pero lo que le dijo al Sr. Brown iba en serio. Se quería demasiado como para quitarse la vida. Pero había muchas opciones, muchas vías. Y parecía que pronto tendría que elegir una. Se estaban marchitando. Estaban sucios; estaban definitivamente desnutridos.

"¿Quieren hablar?" dijo finalmente Daniella a los tres.

Amos levantó la vista. Michel y Mac se miraron. Se hizo el silencio. Pero ella, efectivamente, tenía su atención.

"¿Qué? Es una pregunta de verdad".

"Bueno", empezó Mac. "Nos has estado golpeando por hablar".

"Es cierto", dijo Daniella con una despreocupada montaña rusa de cejas.

"Casi matas a Michel, mientras recordabas la velada en su piso".

"Cierto. Cada vez que pienso en ese día, sólo quiero clavarle mi puño en la cara una y otra y otra vez", dijo Daniella animadamente, mientras sonreía.

"Pero si nos permite, nos gustaría disculparnos", dijo Mac, mansamente.

"¿Oh?" Daniella se sentó hacia delante en su silla.

"Sí, Daniella. Todos lo sentimos mucho".

"Lo sentimos", dijo finalmente Michel.

"¡Bien!" dijo Daniella. "¡Una bonita disculpa general en grupo! Bien hecho, chicos. Supongo que ahora los desataré y los dejaré ir a sus casas!"

"¿En serio?" preguntó Michel, con un atisbo de esperanza.

"Está siendo sarcástica, bro", dijo Amos, mirando a Michel.

"Supongo que no eres un idiota total después de todo", dijo Daniella mirando a Amos.

"No. No, soy un idiota. Al cien por cien". Todos miraron a Amos mientras continuaba. "Tuve una mujer maravillosa. A ti". Amos hizo una pausa. "Lo hiciste todo por mí. Eras literalmente perfecta para mí. Hermosa. Sexy. Entregada. No habría montado la tienda sin tu ayuda. No habría tenido mi propio local sin ti. Me inspiraste a querer algo más que ser un simple peluquero en la tienda de otro. Me animaste a ser mi propio jefe".

Daniella miró a Amos, con lágrimas en los ojos.

"Me llevaste a cuestas durante todo nuestro primer año juntos. Pero nunca me hiciste sentir menos hombre". Una lágrima cayó del ojo derecho de Amos. Miró a Daniella.

"Me ayudaste a convertirme en un hombre, pero aun así me trataste como tal. Siempre me apoyaste. Y tienes razón. Soy un maldito idiota. Haciendo lo que te hice. No tengo ni idea de lo que estaba pensando. Dawn siempre me dominó, y yo no la había superado cuando nos conocimos. Hiciste que me olvidara de ella, pero cuando volvió a aparecer, fue como si todo... volviera a empezar". Amos resopló, se humedeció los labios y continuó. "Pero de lo que no me di cuenta es de que estaba mejor sin ella. Había encontrado a alguien mejor, y en lugar de centrarme en eso, permití que sentimientos del pasado me hicieran creer que ella era lo que aún quería. Tienes razón, Daniella. Soy un idiota. Y lo siento. Lo siento por la forma cobarde en que todo sucedió. Por mensaje de texto. Soy un estúpido. Me merezco esto".

La habitación estaba en silencio. Daniella estaba callada. Su expresión facial era completamente distante. Pero sus ojos estaban llenos de lágrimas. No podían ocultar el hecho de que estaba escuchando todo lo que necesitaba oír de él cuando todo sucedió. Necesitaba oír que no había nada malo en ella, que había sido él y su estupidez todo el tiempo. ¿Por qué no podía decirle eso entonces? ¿A la cara? ¿Con el respeto que ella merecía?

"Daniella, sé que no hemos pasado juntos el tiempo que tú y Amos. Pero también sé que no hiciste nada para merecer lo que te hice. No puedo mentir y decir que todo esto no es una locura... Pero, lo entiendo. Te mentí. Te engañé. Te dejé embarazada y mientras me revolvía intentando averiguar qué iba a hacer, pensé que lo mejor para todos sería que simplemente desapareciera."

"Lo estabas planeando desde el principio. Por eso nunca llevaste anillo. Me diste un nombre falso. Tuviste sexo sin protección conmigo, una y otra vez, sabiendo que no estabas preparado para tener un hijo y, como mínimo, cuidarlo. No te sientes aquí y actúes como si estuvieras reaccionando a la situación. Sabes lo que estabas haciendo", dijo Daniella con calma.

"No, no. Tienes razón. Miento constantemente, tienes razón", dijo Mac, "siento lo de tu bebé".

Hubo un breve silencio.

"Mi bebé", dijo Daniella.

Se levantó, se desabrochó la funda y se acercó rápidamente a Mac. Éste se preparó para el culatazo, cuando oyó la explosión. Una punzada inmediata en su abdomen. Daniella estaba de pie frente a Mac, con los pies separados a la anchura de los hombros, su arma empuñada con una perfecta coincidencia. Una ligera humareda salió del cañón en forma de "s", y el sonido del disparo resonó en toda la tumba del sótano.

Daniella enfundó su arma, se secó la única lágrima que salió de su ojo y volvió a su escritorio. Mac sangraba por el estómago, mientras miraba alrededor de la habitación, como buscando ayuda de alguien. Se quedó sin habla. Amos miró a Daniella, y ella vio una sensación de calma en sus ojos, como si supiera ahora su destino seguro. Michel parecía seguir en estado de shock, mirando fijamente la sangre que goteaba del respaldo de la silla de acero de Mac.

"¿Algo más?" dijo Daniella, mirando a Mac. Luego a Amos, luego a Michel.

De nuevo se hizo el silencio. Mac entraba y salía de la conciencia. Ahora eran audibles las gotas de sangre, que caían en un charco bajo su asiento.

"Yo también lo siento", empezó Michel tras varios minutos de silencio. "No te traté bien. No estaba preparado para darte lo que necesitabas. Además, abusé de ti... con mis manos. Y con mis pies. No sé qué pasaba por mi cabeza para que me pareciera bien hacer eso. Je suis profondément désolé".

"¿Alguna vez la has golpeado? ¿A tu prometida?" preguntó Daniella, inexpresiva.

"No, nunca".

"Hm". Daniella apartó la mirada.

"¡Je sais! ¡Yo tampoco lo entiendo! ¡No estoy seguro de lo que estaba haciendo! ¡Por favor! Lo siento, Daniella. ¡Ambos sabemos que no te lo merecías! No debería haber hecho lo que..."

Las súplicas de Michel se cortaron. Daniella se dirigió desde el escritorio, a la pila de ladrillos, hacia Michel mientras hablaba, y luego avanzó hacia su ex amante francés. El primer golpe fue fuerte, haciendo que cualquier palabra que hubiera querido decir se le escapara de la boca, y de la mente. El segundo le llegó a la parte superior de la cabeza. Sus ojos se pusieron en blanco, y Amos miró hacia otro lado, mientras los golpes continuaban, cada uno desarrollando su propio sonido. Un crujido. Un ruido sordo. Un sonido de bofetada. Luego otro crujido. Seguido de otro crujido. Pronto, sólo era el sonido de golpes carnosos y gelatinosos. Como si alguien estuviera golpeando gelatina o plastilina.

Pronto, la cara de Michel estaba irreconocible. Dejó caer el ladrillo. Éste y sus manos estaban cubiertos de sangre de Michel, algunas partes de su nariz, un diente y piel diversa. Daniella se quedó en estado de shock. Respiraba con dificultad. Con los ojos cerrados.

Caminó lentamente hacia la bolsa después de abrir los ojos y sacó una botella de agua. Le quitó el tapón y la puso de lado sobre el escritorio. Mientras el agua salía, se enjuagó las manos tan bien como pudo. La sangre aún manchaba su piel pero la mayoría de los grandes trozos y grandes cantidades de sangre habían desaparecido. Sacó más botellas de agua y una bolsa de cuarenta libras de hormigón.

Amos suspiró, cómplice. La vio mezclar el agua embotellada y el hormigón en la carretilla y empezar a colocar los ladrillos ordenadamente uno junto a otro en la entrada de esta parte de la mazmorra. Su tumba.

Ella estableció contacto visual con él varias veces mientras lo hacía, construyendo este muro, que le sellaría dentro durante el resto de su vida. Él siguió mirándola, sabiendo por qué era él, quien seguiría vivo por ahora. Por qué era él, quien vería esto, hasta su final. Él era donde todo comenzaba.

99

"ENTONCES, ¿ESTO ES TODO, hm?"

"Sí, voy a salir de aquí. Pero ustedes lo tienen. ¿Vale?"

"Sí jefa, te has asegurado de ello", dijo Louis, cogiendo de la mano a su mejor amiga en la entrada del garaje de la residencia de Sandy Springs. "Me has hecho vídeos, fichas, presentaciones en PowerPoint y me has dejado cientos de mensajes de voz en WhatsApp. Un niño de nueve años podría dirigir esta Compañía". Clarissa se rio.

"¿Sabes qué sería más fácil? Si simplemente no te fueras".

"Esa parte", coincidió Clarissa con su mejor amiga y directora de operaciones.

"Voy a preguntarte otra vez por qué te vas y adónde coño vas". preguntó Louis.

"Ya hemos hablado de esto mil veces. Es mejor que no sepan nada".

"Bueno, misión cumplida, jefa", dijo Clarissa con un saludo de girl scout.

"Ya no soy tu jefa", dijo Daniella con seriedad. "Si no las veo más-"

"Entonces estaremos rastreando tu trasero", dijo Louis.

"¡Eso!" dijo Clarissa, chocando los cinco con Louis.

"Chicos, están locos. Miren, tengo que tomar este vuelo. El Uber ya lleva cinco minutos esperando".

"De acuerdo".

Los tres intercambiaron abrazos y besos. Daniella se dio la vuelta y caminó hacia su coche.

"¡Sabes que me siento insultada!" gritó Clarissa.

"¿Qué pasa prima?" Daniella se detuvo a punto de abrir la puerta trasera de su Uber.

"No lo sé. He visto que ha habido muchos informes de personas desaparecidas últimamente. Algunos de ellos muy cerca de casa", dijo Clarissa.

Daniella no dijo nada y las miró a ambas sin comprender.

"No te preocupes. Estoy bastante seguro de que si alguna vez los encuentran, nadie sabrá lo que les pasó", dijo Louis sonriendo.

"Esperamos que hayan tenido su merecido. Eso es todo. Y te apoyamos", empezó Clarissa. "Ahora vete de aquí e intenta ser feliz. Chiflada".

Clarissa y Louis sonrieron. Daniella apretó los labios y contuvo las lágrimas. Sabía que los echaría de menos. Y no sabía cómo lo sabían, pero estaba segura de que su secreto estaba a salvo con ellos. Sólo había querido mantenerlos al margen por su bien, no por falta de confianza. Era agradable saber que no tenía que ocultar lo que les había hecho. Por muy mal que estuviera. Se alegraba de que le quedara alguien con quien seguir contando. Daniella subió al Uber y agitó la mano.

100

DECLARACIÓN

Keith Watson necesitaba esta historia. Su permanencia en The Times como columnista se estaba viendo amenazada por mejores historias, mejores escritores y sobre todo blogueros. Esta historia podía salvar su carrera. Los investigadores del FBI fueron incapaces durante años de unir los puntos entre todas las historias de personas desaparecidas en el estado de Georgia. Cuando recibió el correo electrónico anónimo y cifrado, sintió que iba en serio. Cuando recibió el billete de primera clase a Atenas, Grecia, supo que iba en serio. Siguió todas las indicaciones que le dieron en el correo electrónico. Nada de teléfonos. Nada de aparatos electrónicos. Sólo ropa, papel y lápiz. Sus maletas fueron revisadas minuciosamente a su llegada al aeropuerto internacional de Atenas. Tres Opel Mokka negros le recogieron. Él viajó en el vehículo del medio.

El trayecto fue largo. Le habría parecido largo incluso sin que le hubieran puesto una bolsa en la cabeza. No supo cuántas horas estuvo en él. Sólo supo que no le quitaron la bolsa hasta que estuvo sentado en una cama en una habitación de motel en el piso de arriba.

A Keith le trajeron comida antes de acostarse y de nuevo cuando se despertó. Uno de los hombres que conducía vigilaba en su habitación. Nunca salía de la habitación, nunca hablaba. Igual que todos los conductores.

Le volvieron a colocar la bolsa sobre la cabeza, le acompañaron escaleras abajo y los tres vehículos volvieron a ponerse en marcha, avanzando en alguna dirección durante mucho tiempo. Keith sabía por qué, fuera quien fuera esta persona, se tomaba tantas molestias. Si alguien sabía dónde estaba, posiblemente podría ser extraditada por cualquier cosa que admitiera. Sabía que si alguien quisiera hacerle daño, no se habría tomado tantas molestias para ocultar su ubicación. Keith intentó relajarse y disfrutar del viaje.

Finalmente, todos los vehículos se detuvieron. Sin decir una palabra durante los dos días de viaje, los conductores volvieron a ayudar a Keith Watson a salir del coche. Automáticamente supo que estaba en una playa. Sintió la arena bajo sus zapatos, oyó el movimiento del agua y, sobre todo, sintió ese olor que sólo tiene una playa. Le acompañaron a lo largo de un muelle de madera, luego le ayudaron a bajar unos escalones, donde oyó el motor de una embarcación en marcha. Entonces le ayudaron a subir a la embarcación, era pequeña, y cuando empezó a andar, se dio cuenta de que era una lancha motora.

Keith Watson y tres conductores vestidos con trajes negros, con camisas blancas y sin corbata se dirigieron hacia un barco anclado en el mar Adriático, no muy lejos de la costa de Durres, Albania. El nuevo hogar de Daniella. De hecho, era un país sin extradición, pero ella quería airear por el lado de la precaución y añadir más separación entre su ubicación y esta inminente publicación. Por lo que Keith sabía, seguía en Grecia. Posiblemente contaría todo lo que sabía cuándo volviera para escribir su artículo, así que Daniella pensó que era mejor ser precavida. Cientos de millones de dólares, casi mil millones, significaban que ella tenía la habilidad de pagar a gente para cubrir sus huellas, y hacer su trabajo sucio en este momento.

Keith Watson llegó por fin a la cubierta principal del barco anclado. En el casco de estribor se leía "Eska's Soul". El Eska's Soul era un yate Majesty de 175 pies, un megayate compuesto por tres niveles, una piscina infinita y un puente de mando de cristal. Keith nunca había pisado una embarcación semejante. Sus ojos tardaron algún tiempo en adaptarse a la luz del día cuando le quitaron la bolsa de la cabeza. Permaneció en estado de shock mientras repasaba los detalles de esta prístina embarcación. Miró a su alrededor, fijándose en el entorno: el mobiliario, el lujo absoluto y los hombres que lo rodeaban vestidos totalmente de blanco, incluso con pajaritas blancas.

"Buenas noches, Sr. Watson. Disculpe el dramatismo". Daniella se acercó al periodista.

"La comprendo perfectamente, señora. Su necesidad de anonimato, o de discreción, más bien, es evidente".

"Me alegro de que lo entienda". Daniella señaló hacia el gran sofá blanco acolchado que había frente a ella. "¿Quiere sentarse? He tenido la cortesía de traerle un brunch. Es libre de comer o podemos empezar inmediatamente. Depende de usted, sé que tiene muchas preguntas", le dijo Daniella con la mayor hospitalidad y educación.

"Tengo que admitir que usted no es en absoluto lo que o a quien me imaginaba", dijo Keith con naturalidad mientras tomaba unas rodajas de melón y las colocaba en un platillo.

"Me lo imaginaba. Probablemente porque lo que hice realmente no es indicativo de quién soy. Pero ya hablaremos de eso más tarde, estoy segura".

Daniella le contó a Keith toda la historia. No se dejó nada en el tintero. Él, a su vez, le contó todo lo que había sucedido desde que ella se marchó dos años antes de su encuentro, incluido el hecho de que los cadáveres de su sótano habían sido encontrados apenas unos meses antes. Por supuesto, Daniella ya lo sabía. Pero le permitió explicárselo de todos modos.

"Te están buscando, ¿Sabes?".

"¿Quién, el FBI?" preguntó Daniella.

"Clarissa y Louis. Tu prima y tu mejor amigo".

Daniella se estremeció ante esta información. Se puso de pie y caminó hacia la punta de babor de la cubierta principal. Permaneció allí varios minutos antes de volver a la entrevista.

"Lo siento, Sra. Cartwright. No digo estas cosas para molestarla".

"Por supuesto que no. Continúe", dijo Daniella con una sonrisa falsa.

"Entonces, supongo que lo que todos quieren saber en casa es, ¿Por qué lo hizo? Estos tres hombres eran hombres de negocios y profesionales. Tenían familias, esposas, prometidas y futuro. ¿Cómo pudiste hacerles lo que les hiciste?".

Daniella se estremeció ante la idea de que alguien le preguntara por qué hizo lo que hizo. Sobre todo después de todo lo que acababa de decir. Pero lo entendía, sabía que había llegado al extremo. Y sin pensar en la respuesta perfecta, simplemente contestó.

"Sólo quería saber por qué". Daniella se detuvo y miró a su alrededor antes de continuar. "Probablemente me mirarían y pensarían que estoy loca". Daniella hizo una pausa mientras se reía ligeramente. "Incluso me siento loca cuando lo recuerdo". Daniella suspiró, luego apagó su colilla de Paul Mall Orange King en la suela de su zapato y la arrojó al muelle por encima del hombro. "¡Incluso esto! ¡Fumar! ¡Soy una maldita nutricionista!" Se rio histéricamente. "Es que... ¡No creo que ellos, los hombres, en general, entiendan cómo nos afectan a veces sus acciones! Y en este caso, realmente... realmente necesitaba entenderlo. Y necesitaba que ellos entendieran. Mi tiempo. Mi dinero. Mi hogar, mi amor y mi familia-". Una sola lágrima cayó abruptamente del ojo de Daniella mientras fruncía los labios y arrugaba la frente, intentando continuar imperturbable. "¡Mi corazón! ¡Todos y cada uno son valiosos!"

Las olas creaban un telón de fondo rítmico y contrastado con los sentimientos de Daniella. El sol, sin nubes ni bruma, brillaba sobre el Eska's Soul de tal forma que uno sentía que sus dudas y preocupaciones se disipaban. Daniella llevaba ese día uno de sus típicos vestidos de verano, naranja, que le llegaba hasta los tobillos, donde sólo se veían sus zapatillas de ducha de 99 cents y las uñas de los pies pintadas de naranja. El sombrero de sol blanco más grande y holgado que jamás se hubiera visto en alguien menor de cincuenta años cubría sus gafas de sol Cartier. Y esas gafas de sol, casi cubrían sus ojos, que, aunque eran hermosos, parecían vacíos, perdidos, capaces de contar toda una vida de tristeza en una sola mirada.

"Sólo quería saber por qué".

Daniella apartó la mirada, hacia ninguna parte.

"Solo quería una CLAUSURA".

Sobre el Autor

Robert Lovelle Rooks es un escritor, profesional de la aviación y veterano estadounidense procedente de Texas. Padre de seis hijos, se ha propuesto escribir libros, viajar a todos los países de la tierra, ser un buen hijo, hombre y padre.

www.ingramcontent.com/pod-product-compliance
Lightning Source LLC
Chambersburg PA
CBHW022241020726
47496CB00004B/1002